소설이 국경을 건너는 방법

소설이 국경을 건너는 방법

정영목 지음

문학동네

책을 펴내며

길다면 긴 시간 동안 번역으로 책을 내왔지만 번역이 아닌 글로 온전히 한 권의 책을 채우는 과정은 꽤나 생소하다. 오래전부터 예상했던 일은 전혀 아닐뿐더러, 외려 약간 금기처럼 여기던 때도 없지 않았다. 하지만 결국 이 또한 나 자신을 번역하는 것이므로 번역의 한 부분이라고 합리화하는 것으로 생각이 정리되었다.

일이 이렇게 되어 오랜 기간 이런저런 이유로 쓴 짧은 글을 한 군데 모아놓으니 보기에 영 정신 사납지만, 이런 책의 피할 수 없는 한계라고 마음을 달래고 있다. 그나마 이 정도의 꼴을 갖추게 된 것은 전적으로 편집자 덕이다. 나아가 책의 제목도

편집자에게 빚지고 있는데, 그것은 몇 해 전 편집자와 나눈 대담의 제목이기도 하다. 그러고 보니 일의 시작부터 마무리까지 모두 편집자의 손끝에서 이루어진 셈이다.

'내가 통과한 작가들' 부분은 내가 번역한 작가들에 관한 글이다. 그동안 나는 나 나름대로 균형—외적으로 드러나는 어떤 양의 균형이 아니라, 나 자신의 어떤 균형—을 염두에 두고 소설만이 아니라 인문학 등 소설 외 분야의 책들도 번역해왔다. 하지만 이 책에는 주로 작가와 관련된 글만 추렸다. 역자후기나 해설로 쓴 글도 있고, 다른 요청에 의해 쓴 글도 있다.

'내가 읽은 세상' 부분에는 번역과 직접적인 관계를 찾기 어려운 글들을 모아놓았다. 번역하는 사람이 이런 글도 썼구나, 하고 놀랄지도 모르지만, 책이 너무 지루해지는 것을 막으려는 사려 깊은 편집자의 배려로 받아들이면 좋을 듯하다. 물론 이런 경우에도 글을 쓴 사람 입장에서는 오히려 더 지루해지는 것이나 아닐지 걱정만 쌓이기 마련이지만.

이런 걱정은 모은 글 전체를 한덩어리로 보면 훨씬 크게 부풀어오른다. 그러나 번역도 마감할 때가 되면 이런저런 아쉬움을 뒤로하고 결과물을 세상으로 내보내듯이, 이 책도 내 걱정은 내 눈에만 커 보인다고 스스로 다독이며 세상에 내보낼 수밖에 없겠다. 번역을 하면서 그것 한 가지는 배운 듯하다.

2018년 5월

정영목

내가 읽은 세상

내가 통과한 작가들

필립 로스 *Philip Roth*

1933년 미국 뉴저지주의 폴란드계 유대인 가정에서 태어나 시카고 대학에서
영문학을 전공한 뒤, 졸업 후 이곳에서 문예창작을 가르쳤다. 이후 아이오와
와 프린스턴, 펜실베이니아 대학에서 지속적으로 학생들을 가르치며 창작활
동을 계속했다.
1959년 단편집 『굿바이, 콜럼버스』로 데뷔한 로스는 이듬해 이 작품으로 전
미도서상을 수상하며 이름을 알렸다. 1969년 유대인 변호사의 성생활을 고
백한 『포트노이의 불평』을 발표하며 상업적·비평적 성공을 동시에 거둔다.
1998년 『미국의 목가』로 풀리처상을 수상했다. 2005년에는 "2003∼2004년
미국을 테마로 한 뛰어난 역사소설"이라는 평가를 받으며 『미국을 노린 음모
The Plot Against America』로 미국 역사가협회상을 수상했다. 다른 주요 작품으로는
『나는 공산주의자와 결혼했다』『휴먼 스테인』『에브리맨』『네메시스』 등이
있다.
로스는 미국의 생존 작가 중 최초로 라이브러리 오브 아메리카(Library of America,
미국문학의 고전을 펴내는 비영리 출판사)에서 완전 결정판(총 9권)을 출간했다.

유대인의 꿈, 미국인의 꿈
―『미국의 목가』를 옮기고 나서

 필립 로스는 팔십대에 이른 2012년에 프랑스의 한 작은 잡지와 인터뷰를 하면서 이제 쓸 만큼 썼다며 앞으로는 더 안 쓰겠다고 이야기했다. 로스는 글을 쓰면서 시간 낭비나 한 것은 아닌지 자기 인생을 살펴봤으나 그런 대로 괜찮았던 것 같다고 자평하면서, 권투선수 조 루이스의 말을 인용해 "내가 가진 것으로 최선을 다했다"고 덧붙였다. 이로써 로스는 2010년에 나온 『네메시스』로 오십 년이 넘는 작품활동을 마무리한 셈이 되었다. 로스는 그동안 생산성이 누구 못지않은 작가였기 때문에 그를 좋아하는 독자라도 은퇴 소식에 큰 아쉬움은 없을 것이라고 생각할지 모르나, 그것이 꼭 그렇지만은 않은 것이,

로스는 나이가 들면서 더 좋아진다는 평을 받는 드문 작가였기 때문이다. 아직 살아 있는 작가임에도 그의 작품활동을 흔히 초기, 중기, 후기로 나누어 구분하는 것 또한 그가 비단 오랜 세월 동안 소설을 써왔기 때문만이 아니라,『포트노이의 불평』으로 대표되는 초기작들의 명성에 기대지 않고 오로지 소설을 쓰는 데만 전념하면서 중기의 『미국의 목가』, 후기의 『에브리맨』(2006; 문학동네, 2009/이처럼 맥락상 원서 출간 시기가 중요한 경우, '원서 출간 연도; 번역본 출판사, 번역본 출간 연도'의 순서로 표기하기로 한다) 등 기억에 남을 만한 다수의 작품을 쓰며 자신을 갱신해왔기 때문이기도 하다.

이런 작가 인생을 살아온 필립 로스가 "내가 가진 것으로 최선을 다했다"고 말할 때 그가 "가진 것"은 무엇이었을까? 로스의 동년배이자 로스 못지않게 중요한 작가이며 또 서로 존중하는 사이이기도 했던 존 업다이크는 1990년대에 나온 로스의 한 작품을 약간 가혹하게 평가하면서, 그 작품은 "(1)이스라엘과 그 영향 (2)포스트모던적이고 해체적인 성향을 띤 소설의 발전 (3)필립 로스"에 관심을 가진 사람만 읽으면 된다는 식으로 이야기한 적이 있다. 업다이크가 유대인 문제를 첫번째로 꼽았다는 것에서도 알 수 있듯이, 로스를 혹평하든 상찬하든, 그를 거론할 때 유대인 문제는 대개 함께 따라온다.

물론 로스 자신은 이런 식으로 '딱지를 붙이는' 시각을 단호히 거부한다. 그런 "정체성의 딱지는 사람이 실제로 삶을 겪는 방식과 아무런 관계가 없다"는 것이다. 그러나 로스가 지적하는 일반화나 상투화의 위험은 충분히 이해하면서도, 그가 유대인이라는 자의식에 사로잡힌 인물들을 다수 빚어냈다는 사실 자체를 부정할 수는 없다. 흑인이 주인공으로 등장하는 소설에서 그가 흑인임을 무시하려고 하는 것이 오히려 소설을 제대로 읽는 것을 방해하는 경우와 마찬가지로, 그의 소설에서 주인공이 유대인임을 무시하는 것은 자칫 그의 소설로 들어가는 입구를 놓치는 일이 되기 십상이다. 실제로 로스는 작품활동 초기부터 같은 유대인들에게 반유대주의자라는 공격을 받을 정도로 유대인 문제의 예민한 부분을 건드려왔다. 사실 어떤 면에서는 미국사회의 핵심을 이루고 있으면서도 결코 '주류'에 끼지는 못하는 유대인의 위치 때문에 로스는, 예를 들어 '미국의 소도시, 신교도 중간계급'을 다루어온 업다이크와는 달리, 소설가로서 평생 긴장을 풀지 못하고 살았던 것인지도 모른다.

유대인 문제의 예민한 면을 다룬다는 것은 『굿바이, 콜럼버스』(1959; 문학동네, 2015) 등을 내놓던 데뷔 무렵부터 로스의 주요한 특징으로 지적되어왔다. 흔히 로스의 소설에서 작가 개인의 이야기와 허구의 경계가 모호하다는 지적을 하는데, 그 점은 그의 사생활의 디테일이 소설에 얼마나 들어가 있느냐 하는 문제보다도, 바로 이렇게 처음부터 작심하고 자신의 인종적 정체성 문제와 정면 대결했다는 사실과 연결시켜 생각해보아야 할 것이다. 그의 출세작으로 꼽히는 『포트노이의 불평』에서 정신분석가의 소파에 앉은 앨릭스 포트노이는 줄곧 자신의 유대인 정체성을 물고 늘어지며, 심지어 자신의 뿌리를 찾아 이스라엘까지 가보기도 한다. 물론 포트노이는 문란한 사생활에도 불구하고, 그런 사생활이 드러날까봐 공포에 떨 만한 지위에 있는, 공적 의무감에 충실한 실력 있는 유대인 법률가다.

이렇듯 포트노이는 유대인 공동체에서 태어나 뛰어난 능력으로 미국 엘리트 집단에 진입한 경우인데, 필립 로스 또한 1933년 포트노이와 마찬가지로 뉴저지 주 뉴어크의 위퀘이크(『미국의 목가』의 무대가 되는 곳이기도 하다)에서, 역시 포트노이와 마찬가지로 보험판매원이라는 직업을 가진 아버지 밑에서 태어났다. 부모는 모두 유대인 1세대 이민자였으며, 위퀘이크는 미국 문화에 동화되려고 노력하던 유대인들의 공동체가 단단히 뿌리를 박은 곳이었다. 로스는 이곳에서 고등학교까지 마치고,

『울분』의 주인공 마커스 메스너처럼 한국전쟁이 한창이던 시기에 고향을 떠나 작은 대학으로 진학한다. 그뒤에 시카고 대학 석사과정에 들어가면서 대도시로 진출하고, 이곳에서 솔벨로 같은 선배 유대인 작가를 만나면서 작가로서 첫걸음을 내딛게 된다. 바야흐로 미국 주류 사회에 얼굴을 내밀게 된 것이지만, 로스는 작가로서 처음부터 자신의 유대인 정체성을 탐구 주제로 삼았다. 그는 어떤 경우에는 이 점을 솔직히 인정하여, 한편으로는 "유대인의 연대라는 소명"을 느끼면서도, 다른 한편으로는 "문화적 동화와 사회적 상승 이동의 시대에 자신의 정체성을 확신하지 못하는 중간계급 유대계 미국인의 가치와 도덕에 자유롭게 문제를 제기하고 싶은 욕망"을 느낀다면서, 이 둘 사이의 "갈등을 탐사해보고 싶다"고 말하기도 했다.

아마 이런 그의 작가적 욕구를 가장 충실하게 반영한 대표적 작품이 북구인의 준수한 외모를 타고나 어린 시절 '스위드 (스웨덴 사람)'라는 별명을 얻고 운동선수로서 이름을 날린 뒤 장성해서는 사업가로서 미국 주류 사회에 깊숙이 진입한 인물의 몰락을 그린 중기의 대표작 『미국의 목가』(1997; 문학동네, 2014)일 것이다. 이 작품에서 주인공은 '이방인'과 결혼까지 하여 미국 주류 문화에 깊숙이 동화되었다는 환상에 빠지지만, 딸

이 미국사회의 격변의 소용돌이에 휘말리면서 정체성과 지위가 크게 흔들리는 경험을 하게 된다. 여기서 흥미로운 것은 이 작품의 제목이 '유대인의 목가'가 아니라 '미국의 목가'라는 점이다. 즉 유대인이 미국 주류 사회에 완전히 동화되지 못하는 이유를 유대인 자신만이 아니라 미국 자체에서도 찾고 있다는 암시인 것이다. 실제로 로스는 미국이 동화 능력과 탄력을 가졌던 시기는 1940년대 어름이며, 그 이후로는 그런 능력을 상실해간다고 본다. 로스의 이런 비관적 또는 복고적 진단이나 전망이 옳든 그르든, 이 작품에서 우리는 로스가 유대인의 문제에서 출발했으면서도 미국사회 전체를 조망하는 지점에 올라서게 되었다는 것을 알게 된다. 즉 필립 로스라는 작가의 그릇의 크기를 확인할 수 있는 것인데, 이것이 그가 단지 중요한 유대인 작가를 넘어 미국을 대표하는 작가가 될 수 있었던 이유라고도 할 수 있다.

그가 이런 지위에 이른 것은 어떤 면에서는 유대인 문제에서 출발한다는 작가적 전략이 성공한 결과라고 볼 수도 있다. 주변에서 주변성을 당연시하며 살아가는 경우보다는, 오히려 유대인처럼 자신의 주변성을 쉽게 받아들이지 못하는 경우에 오히려 그 주변성이 더 강하게 드러나고, 또 그 주변의 빛으로 중심을 비출 수도 있기 때문이다. 사실 주류란 말만 주류이지 주류에 속한 사람, 적어도 자신이 주류에 속했다고 느끼는 사람은 많지 않다는 것이 주류의 아이러니이기도 하다. 대다수는 주변부에서 아슬아슬하게 버티며 삶을 이어가고 있기 때문이다. 따라서 주류라는 것은 많은 경우 환상으로만 존재하는 것인지도 모르는데, 로스는 후기의 대표작 『에브리맨』에서 주류의 삶을 살아왔다는 착각에 빠졌던 한 중간계급 유대인의 말년을 통해 그런 주류의 환상을 깨면서 모든 인간의 보편성으로 나아간다. 이 작품이 강력한 힘을 발휘하는 것은 로스가 그려내는 것이 추상적인 '에브리맨'이 아니라, 유대인에서 출발하여 주류 미국인을 통과하여 도달한, 구체적 보편성을 가진 '에브리맨'이기 때문이다. 칠십대가 되어 다시 청춘을 되돌아본 『울분』에서도 로스는 유대인의 문제를 구체적인 역사적 상황이나 인간의 보편적인 조건과 맞물린 것으로 파악하여 균형잡힌 시각으로 그려내고 있다. 결국 로스는 유대인이라는 동굴로 들어가 갈 수 있는 데까지 깊이 파고든 끝에 온 인류의 땅으로 나온 것이다.

앞에서도 보았듯이 『미국의 목가』는 유대인의 꿈과 미국의 꿈이 만나는 지점을 그리고 있으며, 그 꿈이 무너지는 원인 또한 단지 유대인 문제가 아니라 그야말로 미국의 문제에서 찾고 있다는 점에서, 자신은 유대인이 아니라 미국에 관해 쓴다는 로스 자신의 발언을 가장 강력하게 뒷받침해줄 만한 작품이라고 할 수 있다. 로스가 이 작품으로 퓰리처상을 탄 것도, 이 책이 『타임』이 선정한 '20세기 100대 영문 소설'에 들어간 것도, 2006년 뉴욕 타임스가 이백여 명의 작가, 비평가 등에게 지난 이십오 년간 최고의 작품이 무엇이냐고 물어보았을 때 최종 후보로 올라간 것도(1위는 토니 모리슨의 『빌러비드』였지만 로스는 여러 작품으로 표가 분산되었다), 『미국의 목가』가 바로 미국의 문제의 핵심을 찌르고 들어갔다는 사실을 인정받았기 때문일 것이다.

이 소설은 작가의 분신인 네이선 주커먼이 1990년대에 직접 만나기도 하고 소식을 전해 듣기도 한 시모어 '스위드' 레보브의 이야기를 소설로 재구성해나가는 형식으로 진행된다. 이 '스위드'는 미국의 꿈을 내면화하면서 유대인이 아닌 '이방인'과 결혼까지 한 인물인데, 그의 삶이 파국을 맞이하기까지의 이야기가 『미국의 목가』의 중심 부분을 이룬다. 스위드의 삶이 위기를 맞이하는 시기는 곧 미국이 위기를 맞이한 시기와 일치하는데, 구체적으로 말하자면 그것은 1960년대 말부터 1970년대 초다. 이때 미국은 베트남전쟁에 깊숙이 휘말려들고, 그에 대한 대응으로 반전운동과 민권운동이 활발하게 벌어지고, 다른 한편으로는 성혁명이 일어나는(이 작품에도 등장하는 영화 제목 '디프 스로트Deep Throat'는 닉슨 사임의 계기가 되는 워터게이트 도청 행위를 알려준 비밀 정보 제공자의 암호명이기도 했다) 등 격변이 일어나고 있었다. 이러한 격변의 소용돌이는 탄탄한 사업을 바탕으로 미국 나름의 전통을 간직한 목가적인 전원 지대에서 미국의 꿈을 이루려 했던 한 유대인 가족까지 빨아들여, 이 가족의 운명은 미국 전체의 운명과 맞물려 돌아가게 된다.

실제로 이 소설에서 유대인의 문제와 미국의 문제가 당대의 구체적인 정황을 배경으로 절묘하게, 조밀하게 교직되는 과정을 보고 있노라면 그 두 가지 문제의 결합이 단지 추상적인 이론상의 결과물이 아니라 삶의 현장에서 실제로 벌어지던 일이었음을 실감하게 된다. 여기에서 무엇보다 중요한 점, 특히 '사람이 삶을 겪어내는 방식'을 중시하는 로스에게 중요한 점은, 이 작품의 성취가 단지 그의 시야가 넓어졌다거나 안목이 달라졌다는 수준의 성취가 아니라, 어디까지나 구체적인 소설적 성취라는 점일 것이다. 단지 이 작품이 디테일의 충실함—예를 들어 장갑 공장과 관련된 묘사를 보라—에서 전통적인 대가에게 밀리지 않는 솜씨를 선보였다는 뜻만은 아니다. 아무리 추상적으로 위의 두 가지 문제가 불가분이다 어떻다 한들, 로스에게는 그것이 소설로 그려지지 않으면 아무런 의미가 없었을 것이라는 뜻이기도 하다. 어쩌면 이것이 이 작품이 굳이 액자소설 비슷한 형식을 빌려, 언뜻 보면 군더더기처럼 보이는 부분, 즉 앞머리에 1990년대를 살아가는 육십대의 소설가 주커먼이 스위드의 과거의 삶을 그려내게 된 과정을 보여준 이유일지도 모른다.

이 과정의 핵심은 작중 화자 주커먼이 스위드의 이야기를 재구성하는 일을 자신의 소설적 과제로 삼는 것이며, 이 과제란 스위드에게서 성공한 성실한 유대계 미국인이라는 딱지를 떼어내고 그가 '실제로 삶을 겪어낸 방식'을 구체적으로 그려낼 수 있을 만큼 그를 이해하는 것이다. 이것은 스위드라는 인물에 대한 과거의 선입관이나 잠깐 만나본 인상 때문에 그에 대한 피상적이고 그릇된 인식에 머물러 있었다는 주커먼의 반성에서 생겨난 과제다. 주커먼이 이 과제를 수행하게 되면서, 처음에는 내면조차 없는 인간 취급을 당했던 스위드는 시대의 격변의 한복판에서 그 누구보다 아픈 비극을 견뎌내야 했던 사람으로 바뀌어나간다. 이렇게 주커먼이 스위드의 삶의 진실로 들어가는 과정은 곧 이 소설이 쓰여나가는 과정임과 동시에 그것을 읽는 독자가 한 개인이 아프게 겪어내는 삶을 가장 깊은 의미에서 함께 겪어나가는 과정이기도 하다. 결국 스위드의 비극은 한 고결하고 성실한 인간이 곡진한 선의에도 불구하고 좌절하고 마는 이야기로서, 유대인의 비극이자 미국인의 비극이자 인간의 비극이 된다. 바로 이런 이유 때문에 『미국의 목가』는 스위드와는 다른 시대에 다른 곳에서 우리 나름의 삶을 겪어내고 있는 우리의 깊은 곳을 흔들며, 소설이 무엇인지 다시 묻고 있다.

마지막으로 에피소드 하나. 소설의 주인공 시모어 '스위드' 레보브의 모델은 시모어 '스위드' 메이신이라는 실존 인물이다. 책이 나오기 전까지는 로스를 만난 적이 없지만, 현실의 스위드의 삶은 위퀘이크 고등학교를 나온 것에서부터 유명한 운동선수였다가 이방인 여자와 결혼하는 것까지 소설 속 인물과 거의 비슷했다고 한다. 물론 결혼 이후부터는 소설 속 인물과 행적이 달라지지만, 그는 소설을 읽고 이렇게 말했다고 한다. "놀라운 일이지만, 만일 내가 그런 상황이었다면 책에 나오는 것과 거의 똑같이 행동했을 것이다."

완결되지 않는 진실

필립 로스의 소설에 왜 매력을 느낄까? 나에게 그 답은 간단하고 평범한 데서 출발한다. 그의 소설이 진실을 파악하려는 노력이기 때문이다. 소설은 원래 다 그런 것일까? 그것은 모르겠지만, 적어도 자기 소설이 그런 것이라고 믿는다는 점에서 로스는 구식 소설가라고 할 수도 있겠다. 그가 소설의 미래에 비관적인 태도를 보일 때도, 어디까지나 이런 엄숙한 자리에 있는 소설의 미래를 생각하고 한 말이라고 이해할 수 있을 듯하다. 실제로 로스는 현재 미국을 대표하는 소설가 가운데 '포스트모던'이라는 수식어가 상대적으로 잘 어울리지 않는 사람이라고 할 수 있다. 그 자신도 이런 점을 잘 알고 있어,

포스트모던하다는 평을 얻는 동료들을 존중하기는 하지만 역시 자기 취향은 존 업다이크라고 말하기도 했다.

로스의 소설이 진실을 파악한다는 것은 지극히 사적인 면을 염두에 두고 한 말이다. 거칠게 말해, 그는 자기에게 일어난 일을 이해하려고 소설을 쓴다. 뒤집어 말하면, 소설로 쓰지 못한 일은 아직 제대로 이해하지 못한 것이다. 『나는 공산주의자와 결혼했다』(1998: 문학동네, 2013)가 두번째 부인인 영국 여배우 클레어 블룸과의 결혼생활을 다루었다는 것은 잘 알려진 일이다. 반면 첫번째 부인인 마거릿 윌리엄스와의 불행한 결혼생활은 소설로 써내기까지 몇 번이나 실패한다. 그러나 그 과정에서 정신분석 상담을 받은 일은 『포트노이의 불평』(1969: 문학동네, 2014)으로 이어진다. 그렇기에 로스는 소설과 개인사가 구분이 되지 않는다는 이야기를 듣기도 하는데, 이는 그에게는 소설을 쓴다는 것이 곧 자기를 알아가는 과정이라는 방증이기도 하다. 이렇게 아는 것과 소설을 일치시킨다는 점에서 그는 타협이 없어, 가령 결혼생활 십 년 동안 반은 부인과 함께 영국에 살았으면서도 영국은 잘 모른다는 이유로—영어가 통하기 때문에 오히려 안다는 착각만 심해진다면서—그곳에서의 삶은 소설로 쓴 적이 없다.

물론 그가 자기 삶을 소설에 있는 그대로 담아낸다는 뜻은 아니다. 로스 자신도 『포트노이의 불평』을 두고 "많은 독자들이 고백으로 위장한 소설을 소설로 위장한 고백으로 받아들이고 심판한다"며 씁쓸해한 적이 있는데, 어쩌면 이런 혼란도 자기가 경험한 삶의 진실을 파악하겠다는 그의 철두철미함 때문에 생겨난 것이라고 볼 수 있을 듯하다. 사실 관심의 폭과 방향은 달라졌지만, 수단과 방법을 가리지 않고 소설로 진실의 바닥까지 가겠다는 차가운 강철 같은 의지야말로 그를 평생 발전하는 작가로 만든 힘이자 독자에게 서늘한 전율을 일으키는 매력이기도 하다.

이렇게 말하고 나니 로스가 착실한 전통적 작가로 보일 것 같아 걱정이 되는데, 막상 그의 책을 펼치면 그런 느낌이 드는 경우는 많지 않다. 언뜻 전통적 수법으로 써내려간 것처럼 보이는 『울분』(2008; 문학동네, 2011)이나 『네메시스』(2010; 문학동네, 2015)도 뒤로 가면 생각이 달라진다. 『포트노이의 불평』이나 『죽어가는 짐승』(2001; 문학동네, 2015)은 어디로 튈지 모르는 고백 투의 독특한 형식으로 전개되며, 『미국의 목가』는 허구의 작가를 페르소나로 내세운 액자소설 형태로 짜여 있다. 한마디로 목소리는 언제나 로스이지만 이야기를 풀어나가는 방식은 그때 그때 다른 것이다. 진실에 닿겠다는 목적을 위해서는, 앞서 말한 대로 수단과 방법을 가리지 않는 것이다. 달리 말하면 알고 싶은 진실에 따라 기법이 달라지고 복잡해지는 것일 수도 있다.

사실 그가 알고 싶어하던 진실은 그렇게 단순하지가 않았다. 우선 그는 유대계 미국인으로 태어나 작가로 출발할 때부터 정체성 문제에 큰 관심을 보였다. 그는 일차적으로 자기한테 일어나는 일을 이해하려고 소설을 쓰는 사람이니 이는 당연한 일이기도 하다. 또 로스가 삼십대 젊은 작가로 활약하던 1960년대 후반에 미국은 격동기를 맞이했다. 게다가 이 시기에 로스는 짧고 불행한 결혼생활에서 삶의 바닥까지 내려가는 경험을 하는데, 로스는 나중에 마음이 좀 편해졌을 때 이 경험이 자신을 진짜 소설가로 만들었다고 말하기도 했다. 이런 복잡한 상황의 진실을 잡아내고자 하는 고심의 결과가 1969년에 나온 『포트노이의 불평』이었고, 그 고심은 그가 한 작가로서 언어의 자유를 획득하려는 고민이기도 했다. "나는 내가 받은 문학교육을 뒤집어엎고 있었다. 나의 첫 세 책을 뒤집어엎고 있었다." 그런 전복의 결과 로스는 진실을 찾아갈 언어와 형식의 자유를 얻은 것이다.

그러나 진실을 찾아나가는 그의 가차없는 태도가 정말로 매력적으로 보이는 것은 그것이 애써 찾아낸 진실에 대한 의심과 결합되기 때문이다. 그는 많은 작품의 후반부에서 그렇게 힘겹게 찾아온 진실을 기어코 흔들어버리는데, 이것은 기법상으로는 내레이션 방식의 교묘한 변화를 통해 이루어진다. 『포트노이의 불평』 자체가 그렇다. 이 책의 마지막에는 유명한 '펀치라인'이 등장하며, 여기에서 지금까지 한 번도 목소리를 내지 않고 듣기만 하던 슈필포겔 박사가 한마디함으로써 책 한 권 분량으로 쏟아져나온 포트노이의 불평을 객관적으로 되돌아보게 만든다. 이런 일이 한 번뿐이면 그저 웃자고 만들어낸 장치거니 하겠지만 『죽어가는 짐승』에서도 같은 일이 반복된다. 이 작품은 보이지 않는 대화 상대를 향한 케페시의 기나긴 주절거림으로, 『포트노이의 불평』과 구조가 비슷하다. 아니나 다를까, 이 대화 상대는 맨 마지막에 가서 처음으로 입을 열어 케페시에게 불길한 운명을 예언함으로써 앞부분 전체의 색깔을 바꾸어버린다.

『미국의 목가』는 아예 주커먼이라는 소설가 내레이터를 따로 설정한다. 따라서 독자는 작가와 내레이터 둘을 염두에 두어야 하는 복잡한 상황에 처하게 되는데, 이 주커먼이 주인공 스위드에 대한 오해와 이해의 진실 게임을 시작하는 바람에 상황은 더 복잡해진다. 그럼에도 일단 액자 속 소설 안으로 들어가면 독자는 어느새 내레이터 주커먼의 존재를 잊게 된다. 그러나 물론 로스는 잊지 않고 있다. 독자는 허를 찌르듯 맨 마지막에 터져나오는 주커먼의 강렬한 감정적 목소리 때문에 내레이터의 존재, 나아가 그 뒤의 작가의 존재를 다시 기억하게 된다. 『울분』은 책의 끝부분에 가 삼인칭시점으로 이야기가 전환되면서 그때까지 오랫동안 일인칭시점에서 전개되는 것처럼 보이던 이야기가 사실은 모르핀에 취한 주인공의 기억이라는 것이 드러난다. 『네메시스』에서 진짜 내레이터가 본격적으로 등장하는 것은 후반 이후인데, 이 내레이터는 상황을 보는 관점이 주인공과 상당히 달라 독자에게 지금까지 읽은 모든 것의 재해석을 강요한다.

이 모든 소설에는 집요하게 진실을 찾아나가는 과정과 더불어, 그 과정의 완결을 막는—주로 내레이션 장치를 통해—장애가 존재한다. 진실의 바닥까지 다가가려는 힘과 의지가 워낙 강렬했기에, 또 거의 바닥까지 다 내려왔다 싶을 때 그것을 저지하는 힘과 만나기에, 자신이 찾아낸 진실을 의심하는, 결국은 자신을 의심하는 이 힘, 이 또다른 의지에는 정말이지 허를 찔려 놀라지 않을 수 없다. 진실의 완결을 코앞에 두고 자신을 의심하고 제어하는 이 힘을 우리는 대체 뭐라고 불러야 할까? 혹시 로스는 진실의 바닥을 향해 다가가는 과정은 믿지만 그런 바닥은 믿지 않는 것이 아닐까? 늘 그 직전에 다시 시작할 수밖에 없다는 것이야말로 유일한 진실이라고 믿는 것이 아닐까?

삼각관계

아무래도 좀 이상한 삼각관계 이야기를 해야 할 듯하다.

아일랜드 작가 존 밴빌에 대한 나의 애정은 각별하다 할 수 있는데, 그것은 무엇보다도 그의 작품 『바다』를 좋아하는 마음에 터를 잡고 있다.(존 밴빌에 대한 구체적인 내용은 135쪽~154쪽에 실렸다.) 내가 원래 『바다』 같은 작품을 좋아했던가? 그것은 잘 모르겠으나, 적어도 그런 유의 작품을 좋아하는 것은 좋지 않다는 '생각'이 오랫동안 머릿속에 자리잡고 있었던 것은 사실이다. 그러다 직업적인 이유로 『바다』를 읽게 되었는데, 이건 어쨌든 좋았다! 감추어져 있던 취향이 발견된 걸까? 아니, 『바다』가 내게서 취향을 만들어냈다고 하는 게 좋을지도 모르겠다. 좋은 작품의 힘이란 그런 거겠지. 자신만의 설득력으로 자신에 대한 취향을 만들어내는 것.

미국 작가 필립 로스에 대한 내 애정 또한 보통은 아니라고 할 수 있는데, 이는 밴빌의 경우와는 달리 긴 시간에 걸쳐 형성된 것이다. 어렸을 때 어린아이다운 이유로『포트노이의 불평』을 읽은 뒤 처음 붙든 책이『미국의 목가』였던 듯한데, 첫 느낌은 좋고 말고를 떠나 큰 산 속에 들어와 이게 길인지 저게 길인지 잘 모르겠다는 것이었다. 밴빌은 로스가 "뻔뻔스러울 정도로 전통적인 소설가"라고 하지만, 그게 결코 다가가기가 쉽다는 말은 아니다. 일단 목소리의 존재감이 워낙 강해 부담스러울 정도인데다가, 길게 비비 꼬이면서 사슬처럼 이어지며 전진과 후퇴를 거듭하는 문장들 속에 이 목소리가 갇혀서 길길이 미쳐 날뛰는 경우가 많기 때문이다. 거기에다 가까이서 훅훅 몰아쉬는 듯한 숨의 냄새를 포함한 여러 냄새도 진하게 배어 있는 듯하여, 직업적으로 생각하자면, 이 냄새까지도 번역해야 한다는 강박이 찾아오곤 하기 때문이다. 물론 지금은 그런 것들에 모두 어느 정도 익숙해져 있고 또 옹호할 마음까지 있지만, 애정의 출발점은 많은 사람들과 마찬가지로 나에게도『에브리맨』이었던 듯하다.『에브리맨』은 책이 얇기도 하거니와 로스가 애용하는 독특한 내레이션 장치가 도입되지 않은, 상대적으로 단순한 삼인칭 소설로, 밴빌의 말을 믿는다면 스타일도 "평이"하다.

그러나 밴빌의 말은 칭찬이 아니다. 반대로 가혹한 평가의 출발점이다. 이것은 밴빌이 2006년 가디언에 실린 『에브리맨』 서평에서 한 말인데, 그의 책 『바다』는 2005년에 나와 부커상을 받았고 로스의 『에브리맨』은 2006년에 나왔다. 그러나 나는 밴빌의 『에브리맨』 서평을 한참 뒤에야, 두 작가에 대한 애정이 어느 정도 공고해진 뒤에야 접했기 때문에 묘한—아, 물론 나만 알고 있는—삼각관계에 빠진 느낌이 들었다.

두 책은 모두 죽음이 주제이며, 또 바다가 중요한 모티브로 등장한다. 밴빌의 책이야 제목부터 시작해서 바다가 전부라고 말해도 좋은 책이지만, 『에브리맨』에서도 바다가 의미심장한 자리를 차지한다.

(……) 거친 바다 멀리 백 미터나 나간 곳에서 해변까지 대서양의 큰 파도를 타고 단번에 들어오던, 늘씬한 작은 어뢰처럼 상처 하나 없는 몸을 지닌 그 소년의 활력은 어떤 것으로

도 꺼버릴 수 없었다. 아, 그 거침없음이여, 짠 물과 살을 태우는 태양의 냄새여! 모든 곳을 뚫고 들어가던 한낮의 빛이여. 그는 생각했다. 여름의 매일매일 살아 있는 바다에서 타오르던 그 빛이여 (……)

이것은 『에브리맨』에서 거의 맨 끝에 나오는 대목으로, 죽음으로 들어가기 직전 주인공의 의식에 마지막으로 남아 있던 소년 시절의 바다의 이미지, 절정에 이른 생명의 이미지다. 주인공은 죽음을 앞둔 순간에도 이 충만한 이미지의 힘에 의지하여 다시 삶으로 돌아오려 하나 결국 깨어나지 못한다.

이제 그들은, 두 아이는 바깥 멀리 나가 있었다. 너무 멀어 창백한 하늘과 더 창백한 바다 사이에서 창백한 점으로 보였다. 이윽고 점 하나가 사라졌다. 그뒤에는 모든 것이 아주 빠르게 끝나버렸다. 그러니까 우리가 볼 수 있는 것이 끝나버렸다는 뜻이다. 물의 철썩임, 약간의 하얀 물, 그 주위의 다른 모든 것보다 더 하얀 물, 이어 아무것도 없었다. 무관심한 세계가 닫히고 있었다.

이 대목은 『바다』에서 늙은 화자가 떠올리는 어린 시절 바다와 관련된 핵심적인 기억, 심지어 그날 이후로는 수영도 하지 않게 만든 기억이다. 주인공은 아내의 죽음 뒤에 유년의 바다로 찾아와 유년의 죽음을 기억하며 두 죽음과 관련된 복잡다단한 감정들을 펼쳐 보인다.

단순하게 비교하자면 로스는 죽음에 이르러 바다에서 유년의 생명을 기억하고, 밴빌은 죽음에 이르러 바다에서 유년의 죽음을 기억한다. 작가니 소설이니 스타일이니 하는 것을 떠나 두 사람이 얼마나 다른지 이보다 극적으로 보여주는 것이 있을까?

어쨌거나 바다와 죽음에 대한 사유에서는 정점에 이르렀다고 인정받은 밴빌의 입장에서는 노년의 죽음과 유년의 생명을 대비시키는 로스의 방식이 매우 단순하게 느껴졌을지도 모르겠다. 실제로 밴빌의 『에브리맨』에 대한 불만은 일차적으로 스타일에 있는 것으로 보이지만, 그 밑바닥에는 죽음에 대한 사유가 단순하다는 비판이 깔려 있다. 밴빌은 『사바스의 극장*Sabbath's Theater*』이나 『죽어가는 짐승』을 예로 들며, 로스가 젊은 시절에는 섹스, 즉 에로스에 몰두하더니 나이가 들면서는 죽음, 즉 타나토스에 몰두하여, "광야에 나온 가엾은 미치광이

리어왕"처럼 사납게 울부짖는다고 평하는데, 『에브리맨』은 이런 울부짖음마저 잦아들면서 평이해지고 진부해졌다는 것이다. 애초에 죽음에 대한 사유 자체가 깊지 않았는데 목소리로 버티다가, 목소리가 잠잠해지니 뻔한 작품이 되고 말았다는 것이다 ─『에브리맨』의 모든 것은 헨리 제임스였다면 몇 페이지에 다 담아낼 수 있는 것이다."

밴빌이 보기에 내용이 뻔해지면 스타일도 뻔해진다. 그에게 스타일이란 삶의 복잡성에 대응하는 방식이기 때문인데, 『에브리맨』의 평이한 스타일은 곧 삶에 대한 사유가 평이하다는 증거다. 이것은 주목할 만한 대목이다. 로스에 대한 비판을 떠나 밴빌 자신의 소설에 대한 강력한 옹호이기 때문이다. 존 밴빌은 흔히 스타일리스트로 알려져 있고, 스타일리스트란 곧 미려한 문장을 쓰는 사람 정도로 알려지곤 하지만, 밴빌은 지금 자신이 스타일리스트인 것은 삶의 내용에 조응하기 때문이라고 주장하고 있는 것이다.

우리 삶은 출생과 죽음이라는 고정된 양극 사이에 아른거리는 뉘앙스들이다. 여기 우리의 존재라는 그 반짝임은, 비록 짧지만 무한히 복잡하여, 겉치레, 자기기만, 덧없는 현현, 그릇된 출발과 더 그릇된 마무리로 이루어져 있으며—삶에서는 삶 자체 말고는 아무것도 끝나지 않는다—이 모든 것이 자신은 자신이지 단순한 등장인물, 자신들이 모인 덩어리가 아니라는 전제에서 발생한다. 문학예술은 그런 복잡성을 표현하기를 바랄 수는 없지만, 스타일, 즉 작동하는 상상력의 힘으로 그에 대응하는 복잡성을 구축할 수 있으며, 삶과 닮은 상태라는 충분히 설득력 있는 환상을 제공할 수 있다.

따라서 자신이 스타일리스트인 것은 이러한 삶의 복잡성을 반영하는 작가이기 때문이며, 『에브리맨』의 김빠진 스타일은 곧 상상력의 빈곤을 뜻한다는 것이다. 당연히 이 대목에서 『에브리맨』은 출발점 자체가 다르다. 『에브리맨』은 "흔해빠진" 죽음의 현장에서 시작하여 그 흔해빠진 당사자의 흔해빠진 삶을 다루는 것으로, 스타일 또한 거기에 대응한다고 항변해야 할 듯하지만, 그러면 밴빌은 아마 "자신"을 다루지 않고 그런 사람을 다룬 것 자체를 문제삼을 것이다. 삶의 복잡성의 기원은 자신에게 있으니, 그 복잡성을 제대로 드러내려면 자신을 탐사할 수밖에 없다고.

이러한 태도는 2007년에 나온 『유령 퇴장』 서평에서 더 구체화된다. 여기에서 밴빌은 로스가 걸작 『카운터라이프The Counterlife』를 내놓은 이후 "현저한 예술적 하강"을 보여주고 있다면서—물론 이것은 로스가 중기 이후 갈수록 나아지는 작가라는 평, 가령 로스가 자기 이야기를 하지 않을 때부터 진짜로 읽을 만해졌다는 살만 루슈디의 평과 정면으로 배치되는 것이다—그 핵심적인 이유로 그가 "자기 자신에 대해서 직접적으로 쓰지 않는다"는 사실을 들고 있다. 이때부터 로스가 "느슨해지기" 시작했다는 것이다.

여기에서 흥미로운 것은 이렇게 자신을 놓치는 것을 밴빌이 "미국적" 특징으로 보고 있다는 점이다. 미국의 소설가들은 자신들의 젊은 나라가 형성되는 과정을 기록하느라 바빠 모더니즘의 영향을 거의 받지 않았고, 그 결과 "자기 탐사와 실존적 의심"에 시간과 에너지를 쓸 여유가 없으며, 이로 인해 "매일 일어나는, 이미 살아버린 삶"에 몰두한다—밴빌이 보기에 그런 뻔한 일은 작가의 과제가 아니다—는 것이다. 그래서 로스가 자신을 탐사하는 "유럽적" 소설—밴빌은 자신이 걸작으로 꼽는 『카운터라이프』를 가장 "유럽적"인 작품으로 본다—을 쓸 때는 괜찮았지만 미국적인 소설을 쓰면서 김이 빠져버렸다는 것이다.

물론 뼛속깊이 '미국의' 작가임을 자처하는—물론 자신을 '유대인' 작가로 규정하는 것에 대한 반발로 하는 말이기도 하지만—로스로서는, 그래, 맞다, 그래서 뭐? 하고 나올 법도 하다. 하지만 밴빌의 이런 비판에 대해 로스가 어떤 반격을 했다는 이야기는 아직 듣지 못했다. 따라서 건전한 삼각관계를 위해서라도 내가 마음속으로나마 로스를 좀 거들어야 하는 거 아닌가 하는 생각이 들지만, 제대로 거들자면 여기서도 한층 더 깊게 파고 내려갈 필요가 있는 듯하다.

밴빌이 '자신'을 주제로 삼아야 한다고 말할 때 그것은 여러 가지 주제 가운데 자신을 주제로 선택한다는 의미라기보다는 작가가 선택할 수 있는 주제는 그것밖에 없다는 의미에 가깝다. 다른 사람을 안다는 것은 불가능하기 때문이다.

(……) 이런 몰랐음을 꼭 탓할 일로 생각할 필요는 없다. 차라리 안다는 면에서 너무 많은 것을 기대했다고 생각할 수도 있다. 나 자신도 요것밖에 모르는데 어떻게 다른 사람을 안다고 생각할 수 있겠는가? (……) 사실은 우리가 서로를 알고 싶

어하지 않았다. 나아가서, 우리가 바랐던 것은 바로 그것, 서로 알지 못하는 것이었다.

이것은 『바다』에서 주인공이 자신과 죽은 아내의 관계를 회고하면서 하는 말이지만 사실 밴빌의 생각으로 받아들여도 무리가 없을 것이다. 세상에 그나마 알 수 있고 탐사할 만한 것은 자기밖에 없다는 것, 남을 안다고 하는 것은 순진하거나 가짜라는 것.

내가 보기에는 바로 이 점에서 두 사람이 근본적으로 갈린다. 밴빌은 알 수 없다는 전제에서 출발한 반면, 모더니즘의 세례를 덜 받았기 때문이건 아직 애송이인 미국 출신이기 때문이건, 로스는 알려고 하기 때문이다. 방금 나는 '안다고'라고 하지 않고 '알려고'라고 했다. '안다고' 하면 그야말로 '전통적인 소설가'로 안주하고 있다는 비판을 받을 수도 있지만, '알려고' 하면, 게다가 밴빌처럼 '알 수 없다'는 전제에서 소설을 쓰는 모더니스트 강자들이 존재하는 세상에서 '알려고' 하면 전통도 아니고 모더니즘도 아닌 또다른 길을 걸어야 하며, 나는 로스가 그 나름으로 그런 길을 걸어왔다고 본다. 그러나 밴빌은 로스가 '알려고' 하는 것을 '안다고' 자처하는 것으로 오해하는 듯하다.

　자, 먼길을 돌아 내가 예전에 문예지 『악스트』에서 로스에 관해 했던 이야기로 돌아온 셈이다. 그 글에서 나는 로스의 소설에 매력을 느끼는 것은 그의 소설이 알려고 하는 노력이기 때문이라고 고백한 바 있고, 지금 그 고백을 다시 확인하고 있는 중이다. 실제로 그의 소설은 자신이 가장 잘 아는 데에서 출발하여 가장 알고 싶은 것으로 나아가되, 알기 위해서라면 수단과 방법을 가리지 않는다. 밴빌은 로스가 대가랍시고 스타일을 단순한 테크닉으로 경멸하는지도 모르겠다고 비아냥거렸지만, 나는 실제로 로스가 스타일을 포함한 모든 것을 알고자 하는 노력에 종속시킨다고 보며, 그런 치열함이 로스를 만들었다고 본다.

　그러나 정말로 중요한 점은 로스가 알 수 있기 때문에 알려고 하는 게 아니라는 것이다. 밴빌은 알 수 없다는 전제에서 출발하지만, 로스는 알 수 있다, 없다 하는 전제 자체가 없다. 그래서 그의 소설은 밑에 뭐가 있을지 모르는 안개 속을 향해 발을 내딛는 아찔하고 진실한 모험이 될 수 있다. 그의 질기고 복잡하고 끈덕진 문장, 그래, 그의 '스타일'은 앞을 모르는 상태에서 한 걸음씩 앞으로 내딛고 어쩔 수 없이 우회하더라도 반드시 앞으로 나아가겠다는 끈기의 반영이다. 그의 소설에서 나는 냄새는 혼신의 힘으로 앞을 향해 걷는 보병의 뜨거운 숨 냄새, 또 때로는 피와 땀범벅이 된 발냄새다.

그래서 그렇게 끝에, 그의 소설의 끝에 이르면 결국 알게 되는 것일까? 이 문제에 관한 로스의 철저함은 결벽증에 가까워, 그는 결코 자신에 대한 회의를 거두지 않으며, 심지어 독특한 내레이션 장치를 동원하여 알아냈다고 생각한 것을 뒤집어버리곤 한다. 이제 알았다, 하는 생각 자체를 경계하는 느낌이다. 그러나 알려고 나선 이상, 로스는 고립된 자신이 아니라 관계 속의 자신을 받아들이며, 이 때문에 그의 소설에는 역사와 사회가 들어설 여지가 생기고, 이런 요소는 중기 이후로 강화된다. 자기를 알고자 하는 노력에서 출발했지만 그 과정에서 대상을 확대해갈 내공이 생겼기 때문이다. 이것은 쇠퇴가 아니라 분명히 발전이다.

그러니까 나는 삼각관계를 고민하다, 결국 두 사람 사이의 건널 수 없는 깊은 골을 확인하면서 한쪽의 손을 들어준 셈이 되는 건가? 그렇다면 이참에 삼각관계를 접고 양자 관계로 가야 하는 건가? 안타깝게도, 아니 다행히도, 그렇게 간단치가 않다. 로스가 밴빌이 말하는 의미에서 전통주의자이기는커녕 과감한 모험가이고, 오히려 밴빌이 어떤 의미에서는 모더니즘의 전통을 아직도 고수하는 전통주의자임을 확인한 느낌이지만, 그래도 『바다』를 마주하면 그 압도적 매력에 저항하는 것은 불가능하다. 처음에는 취향에 딱 맞지 않는다 해도 걸작은 — 보나르의 그림들처럼 — 자신만의 성취로 마음을 열어버리는가보다. 사실, 죽은 자들에 대한 기억의 바다에 잠겨 산 채로 림보를 헤매는 영혼을 이렇게 절절하게 그려낸 작품이 달리 어디 있으며, 어떻게 거기에 마음이 움직이지 않을 수 있을까. 더군다나 둘이 아니라 수백의 어린 목숨이 바다에 잠겨, 모두가 바다를 생각할 때마다 죽음을 떠올리며 림보를 헤맬 수밖에 없는 시대에.

주제 사라마구 *José Saramago*

1922년 포르투갈에서 가난한 농부의 아들로 태어나 용접공으로 사회생활을
시작한 사라마구는 1947년 『죄악의 땅*Terra do Pecado*』을 발표하면서 창작활동
을 시작했다. 그후 십구 년간 단 한 편의 소설도 쓰지 않고 공산당 활동에만 전
념하다가, 1966년 시집 『가능한 시*Os Poemas Possíveis*』를 펴내 문단의 주목을
받기 시작했다. 사라마구 문학의 전성기를 연 작품은 1982년 작 『수도원의
비망록』으로, 그는 이 작품으로 유럽 최고의 작가로 떠올랐으며 1998년에는
노벨문학상을 수상했다. 다른 주요 작품으로는 『눈먼 자들의 도시』 『죽음의 중
지』 『돌뗏목』 『카인』 등이 있다.

마르케스, 보르헤스와 함께 20세기 세계문학의 거장으로 꼽히는 사라마구는
환상적 리얼리즘 안에서도 개인과 역사, 현실과 허구를 가로지르며 우화적 비
유와 신랄한 풍자, 경계 없는 상상력으로 자신만의 독특한 문학세계를 구축해
왔다. 나이가 무색할 만큼 왕성한 창작활동으로 세계의 수많은 작가를 고무하
고 독자를 매료시키며 작가 정신의 살아 있는 표본으로 불리던 그는 2010년
여든여덟의 나이로 타계했다.

늙은 이야기꾼의 낙관
―『돌뗏목』을 옮기고 나서

주제 사라마구의 소설을 처음 접한 것은 그가 1998년 노벨상을 탄 직후였다. 아마 그해 겨울이나 그 다음해 봄쯤이었을 것이다. 으레 그렇듯이 노벨상이라는 후광을 입고, 먼 옛날의 지리상 발견이나 그리 멀지 않은 과거의 축구가 아니면 특별히 관심을 끈 적이 없던 포르투갈이라는 나라에 사는 생소한 작가의 작품이 여러 편 번역되어 나왔으며, 나도 그런 와중에 이 작가의 작품을 접했던 것이다. 다만 이 글을 읽는 다수의 독자들과 약간 다른 점이 있다면, 독자라기보다는 생산자의 한 사람으로서 접했다는 것이다. 아, 오해하지 마시기를, 지금 무슨 자랑을 하려는 것이 아니니까. 알 만한 사람은 다 알겠지만, 이런 경우에 생산자, 특히 번역가는 별로 영광을 볼 일이 없다. 짧은 기간에 번역을 해야 하니 졸속이라는 혐의를 받기 십상인데다가, 포르투갈어를 영어로 옮긴 것을 다시 우리말로 옮기는 이른바 중역이었으니 가뜩이나 남의 이야기나 전한다고 우세받는 처지가 겹으로 난처해질 수 있기 때문이다. 어쨌거나 고상한 것과는 거리가 먼 나는 그런저런 정황을 알면서도 번역을 맡았는데, 그런 가운데도 위로라면 위로, 즐거움이라면 즐거움이었던 것은 역시 사라마구의 이야기 자체의 힘이었던 것 같다.

아무래도 나 자신의 태도가 뒤집혀 투사된 지극히 주관적인 이야기겠지만, 내가 가장 강한 인상을 받았던 것은 사라마구라는 늙은 이야기꾼의 낙관樂觀이었다. 그의 낙관은 구질구질하고 처참한 이야기 뒤에 은은한 배음처럼, 또는 노인의 나지막한 읊조림처럼 깔려 있다가 가끔씩 또렷하게 자기 소리를 내곤 했는데, 나에게는 그 소리가 왠지 거슬리지 않고, 편안하게 다가왔다. 낙관이 부족한 사람들이 보통 그렇듯이, 나 역시 낙관적 태도에 대해서는 일단 의심부터 하고 보는 쪽인데, 사라마구의 경우에는 그 낙관의 질감이, 귀에 닿는 느낌이 참으로 좋았던 것이다. 노년의 주름이 잡혀 있기 때문이었을까. 아마 그런 인상이 이번에 사라마구의 책을 또 번역하도록 이어준 고리가 되었을 것이며, 거꾸로 이번에 번역을 하면서 그런 인상이 새로운 방식으로 다시 확인된 것에 고마움을 느끼기도 했다.

『돌뗏목』은 주제 사라마구의 『*A Jangada de Pedra*』(Caminho, 1986)를 조반니 폰티에로가 영어로 옮긴 『*The Stone Raft*』(Harvill, 1994)를 우리말로 중역한 것이다. 영어 번역가도 그대로이고 나와 함께 작업을 하는 출판사도 그대로이니, 시간이 많이 흘렀지만 내가 앞서 작업했던 책 『눈먼 자들의 도시』(1995; 해냄, 2002)를 번역할 때와 비슷한 상황이라는 느낌이 들기도 한다. 노벨상의 후광이 희미해졌으니 오히려 더 편안하다는 것이 차이라면 차이랄까. 그 책을 읽어본 독자에게는 어느 정도 익숙한 일이겠지만, 사라마구는 쉼표와 마침표 외에 다른 문장부호는 사용하지 않으며, 마침표를 찍을 만한 곳에도 대부분 쉼표를 찍는다. 영어판 번역가의 말에 따르면, 사라마구가 스스로 이야기꾼, 즉 펜이 아니라 입을 사용하는 이야기꾼이라고 생각하여, 이야기의 '연속적인 흐름'을 중시하기 때문이라고 한다. 포르투갈어판 표지에서 제목 밑에 소설을 뜻하는 'novela'나 허구를 뜻하는 'ficção'이 아니라, 옛날의 이야기

방식과 더 관련이 있는 'romance'라고 적어놓은 것도 사라마구의 이런 태도와 관련이 있을지 모르겠다.

　우리말로 옮기면서 이런저런 실험 끝에 우리말을 사용하는 방식을 고려하여 어느 정도 타협한 산물이 현재의 결과다. 그러나 독자들은 눈에 보이는 상태와 관계없이, 예를 들어 우리의 판소리 같은 이야기 형식을 연상하면서 읽는다면—느낌이야 많이 다르겠지만—사라마구의 이야기를 좀더 즐길 수 있을 것 같다. 물론 사라마구의 목소리나 가락을 제대로 흉내내지 못한 것, 주파수 안 맞는 라디오처럼 잡음을 섞어 그 즐거움을 반감시킨 것은 전적으로 옮긴이인 내 책임이지만.

일관된 삶의 태도, 그리고 작가 정신

"내가 예순에 죽었다면 나는 아무것도 쓰지 못했을 것이다." 2010년 6월 18일에 여든여덟의 나이로 세상을 뜬 주제 사라마구의 말이다. 실제로 사라마구의 중요한 작품은 모두 예순 이후에 쏟아져나왔다. 우리에게 가장 잘 알려진『눈먼 자들의 도시』는 1995년, 그러니까 1922년생인 사라마구가 일흔세 살에 쓴 작품이다. 그러나 그 책의 독자 가운데 작가가 일흔을 넘긴 노인임을 짐작한 사람은 거의 없을 것이다. 하긴 사라마구가 오십대 후반에 전업 작가의 길로 들어선 점을 고려한다면, 본격적으로 글을 쓰기 시작한 지 고작 십여 년밖에 안 되었으니 작가로서는 청년이었다고 해도 상관이 없을 것 같기는 하다.

처음부터 늙은 작가였지만 한 번도 늙은 작가 행세를 한 적이 없는 사라마구는 리스본에서 북동쪽으로 백 킬로미터쯤 떨어진 작은 마을에서 태어났다. 가난한 집이라 부모가 일거리를 찾아 리스본으로 떠나고 없었기 때문에 그는 주로 외조부모의 손에서 자랐다. 사라마구의 성은 원래 '데 소사de Sousa'였는데, 사무소 직원이 사라마구라고 잘못 적었다고 한다. 사라마구가 그의 아버지의 별명이었기 때문인데, 그것은 시골 사람들이 굶주릴 때 먹는 야생 무를 가리키는 말이니 얼마나 가난한 집안이었을지 짐작이 갈 것이다. 그러나 사라마구는 새끼 돼지와 한 침대에서 자던 문맹의 조부모를 환상, 민담, 자연을 가르쳐준 자신의 문학적 원천으로 기억하고 있다. 얼핏 난해해 보이는 그의 소설 스타일이 사실은 민담의 서술 방식에 기초한 것이라고 하니, 그것은 공치사가 아닌 것이 분명하다.

봄이면 담요를 전당포에 맡기면서 겨울이 오기 전에 찾아올 수 있을까 걱정하던 집안 형편 때문에 사라마구는 초등학교를 마치고 직업학교에 들어가 자동차 정비 훈련을 받았다. 그 후 자동차 정비공, 복지 담당 공무원, 출판사의 제작 및 교열

담당자, 번역가, 신문 칼럼니스트 등 다양한 직업을 거쳤다. 스물다섯 살에 첫 소설을 내기는 하지만 빛을 보지 못했고, 얼마 지나지 않아 사라마구로서는 '다행스럽게도' 절판이 되었다. 그후 본격적으로 다시 소설을 쓰기 전까지 그는 저널리즘과 관련된 글을 쓰는 데 주력했다. 1975년에 쉰세 살의 나이로 쫓겨난 그의 마지막 직장도 리스본의 디아리우 데 노티시아스 신문사였다.

1975년의 이 해고는 그의 인생의 전기가 되었다. "해고당한 것은 내 인생 최고의 행운이었다. 나는 잠시 멈추어서 깊이 생각해볼 수 있었다. 이때 나는 작가로 다시 태어났다." 사실 이 해고는 정치적 사건이었다. 포르투갈은 사라마구가 태어난 직후인 1926년부터 1974년까지 무려 오십 년 동안 살라자르로 상징되는 파시스트 독재 정권의 지배를 받았다. 사라마구는 태어나서부터 쉰이 넘도록 독재 치하에서 살아온 셈이다. 비록 그의 걸작으로 꼽히는 『리카르두 레이스가 죽은 해 *O Ano da Morte de Ricardo Reis*』(1984) 외에는 이 문제를 직접 다루지 않았지만, 이 기간에 그는 무신론자이자 공산주의자로 자신의 입장을 확고하게 정리했다. 독재 정권은 1974년에 군부의 쿠데타로 무너졌으며, 그후 한때 공산주의자들이 정부에서 주도권을 쥐기도 했다. 그러나 1975년에 다시 쿠데타가 일어나면서 사라마구는 많은 좌파 인사들과 함께 일터에서 쫓겨나는 신세가 되었던 것이다.

등을 떠밀리다시피 전업 작가의 길로 들어선 사라마구는 1970년대 후반부터 소설을 써나가면서 점차 자기 목소리를 내기 시작하여, 마침내 1982년 그의 나이 예순 때 특유의 환상적인 요소들이 등장하는 『수도원의 비망록』(1982; 해냄, 2008)으로 첫 성공을 거둔다(이 작품이 1987년에 영어로 번역되고 어빙 하우 같은 비평가로부터 '준엄한 현실주의'와 '서정적 환상'을 결합한 뛰어난 작품으로 평가받으면서 사라마구는 국제적인 명성을 얻었다). 일흔 살을 넘기자마자 발표한 『예수복음』(1991, 해냄, 2010)은 엄청난 논란을 일으켰다. 작품 자체에 대한 평가도 신성모독이라는 이야기에서부터 가장 심오하게 종교적이라는 이야기까지 극과 극을 달렸지만, 로마가톨릭교회의 압력을 받은 포르투갈 정부가 이 작품이 유럽문학상 후보작으로 들어가는 것을 막으면서 『예수복음』이 일으킨 파문은 문학 외의 영역으로 확대되었다. 사라마구는 이 사건을 계기로 포르투갈을 떠나 스페인령 카나리아제도에 정착했고, 그곳에서 『눈먼 자들의 도시』를 필두로 많은 작품을 썼으며, 결국 그곳에서 죽었다. 리스본에서 치러진 장례에는 이만 명이 찾아와 조의를 표했지만, 실바 대통령은 "생전에 그를 알지 못했다"는 이유로 참석하지 않았다.

이런 정치적 냉대는 사라마구가 종교나 정치와 관련된 신념을 죽는 날까지 유지했다는 사실과 관련이 있다. 우리나라에서도 사라마구가 타계하기 전에 마지막으로 언론에 등장한 것은 "성경이 없었다면 사회가 더 나아졌을 것"이라는 발언 때문이었다. 이로 인해 성경이나 기독교, 유대교에 관한 사라마구의 견해를 둘러싸고 다시 한바탕 논란이 벌어졌던 것이다. 사라마구가 그런 발언을 한 자리는 이제 그의 마지막 작품이된 『카인』(2009: 해냄, 2015)의 출판기념회였다. 아흔을 앞둔 나이에 『예수복음』의 문제의식을 다시 한번 밀어붙인 작품을 쓰고또 그와 관련된 발언을 했다는 사실이 놀라울 뿐이며, 이런 점이 우리가 그의 죽음을 마치 젊은 작가의 때 이른 죽음처럼 받아들이며 아쉬움을 느끼게 되는 이유이기도 하다.

사라마구의 일관된 태도는 정치적인 면에서도 드러난다. 뉴욕 타임스에 따르면, 미국인들이 그의 이름을 기억하는 것은 무엇보다도 이스라엘 사람들이 팔레스타인 사람들을 대하는 방식이 나치의 유대인 학살과 다를 바 없다는 그의 2002년의 발언 때문이다. 아마 쉰 살이 넘을 때까지 그의 나라를 지배했던 독재 정권, 포르투갈이 유럽에서 차지하는 낮은 지위(『돌멩목』이 잘 보여준다) 등의 이유 때문에 사라마구는 한 사회나 세계에서 약자의 자리에 있는 사람들의 심정을 누구보다 잘 이해할 수 있었을 것이다. 콜롬비아 작가 마르케스(1982년 노벨상 수상)와 마찬가지로, 사라마구는 특히 1998년에 노벨상 수상 후에 세계 여러 곳을 돌아다니며 정치적인 발언을 아끼지 않았다. 세계화는 새로운 전체주의라고 비판하기도 했고, 현대 민주주의가 다국적 기업의 힘을 제어하지 못하는 상황을 탄식하기도 했다.

그러나 그는 노벨상을 탄 뒤에도, 늙고 병들어 얼굴이 몰라보게 여윈 뒤에도 젊은 작가처럼 왕성하게 좋은 작품을 써냈기 때문에 다른 무엇보다도 훌륭한 작가로서 존경을 받았다. 고졸한 멋이 물씬 풍기는『죽음의 중지』(2005: 해냄, 2009)로 죽음의 문제를 넘어선 듯, 사라마구는 다시 힘을 내 예전부터 탐사하던 영역으로 돌아갔다. 2008년에는 16세기에 코끼리 한 마리가 리스본에서 빈까지 여행하는 이야기를 그린『코끼리의 여행』(2008: 해냄, 2016)을 쓰고, 2009년에는 카인이 성경의 구약을 개괄하는『카인』을 썼다. 그러다 작가로서 여전히 현재진행형인 상태에서 갑자기 펜을 놓았다. 우리나라를 방문하겠다는 약속도 지키지 못하고.

어니스트 헤밍웨이 *Ernest Miller Hemingway*

1899년 미국 일리노이주 오크파크에서 태어났다. 고등학교 때 학교 주간지 편집을 맡으며 기사나 단편을 쓰기 시작했고, 졸업 후에는 대학에 진학하지 않고 캔자스시티 스타의 수습기자로 일했다.

제1차세계대전 때 적십자 야전병원 수송차 운전병으로 이탈리아 전선에 투입됐다가 다리에 중상을 입고 귀국했다. 휴전 후 캐나다 토론토 스타의 특파원이 되어 유럽 각지를 여행하며 그리스-터키 전쟁을 보도하기도 했다. 이후 파리로 건너가 거트루드 스타인, 스콧 피츠제럴드, 에즈라 파운드 등과 친분을 맺으면서 작가로 성장해갔다.

1923년 『세 편의 단편과 열 편의 시*Three Stories and Ten Poems*』를 시작으로 1924년 『우리들의 시대에』, 1926년 『태양은 다시 떠오른다』를 발표했다. 전쟁문학의 걸작이라고 평가받는 『무기여 잘 있거라』는 그가 작가로서 이름을 날리는 데 일조했으며, 1940년 『누구를 위하여 종을 울리나』는 출간하자마자 수십만 부가 팔리는 기록을 세웠다. 그후 십여 년 만에 내놓은 『노인과 바다』로 퓰리처상을 수상, 1954년엔 노벨문학상을 받았다. 이후 신경쇠약과 우울증에 시달리다가 1961년 아이다호 케첨의 자택에서 자살로 추정되는 엽총 사고로 생을 마감했다.

하드보일드 헤밍웨이?

전쟁, 낚시, 투우, 권투, 사냥 그리고 술과 여자, 거기에 부富까지…… 헤밍웨이라는 이름은 이른바 '남성적인' 영역들과 깊숙이 관련되어 있다. 이 영역들 각각이 남성의 전유물은 아니라 해도, 이 영역들을 다 합쳐놓는다면 미국 '고급' 남성 잡지의 섹션 목록을 나열한 듯한 느낌을 받을 수밖에 없을 것이다. 여기에 이른바 '하드보일드' 문체까지 합쳐진다면 강인하고 과묵한 남성의 이미지는 더욱 굳건해질 터이고, 실제로 이것이 나를 포함한 많은 사람들에게 지금까지 주어진 헤밍웨이의 이미지였다고 할 수 있다.

실제로 헤밍웨이가 자신의 이런 이미지를 재생산해내려고

노력했다는 증거는 많다. 반대로 음주벽에서부터 마지막에 자살로 생을 마감한 사건에 이르기까지 그런 이미지에 적응하지 못하고 괴로워했다는 증거 또한 만만치 않다. 그러나 정말 궁금한 것은 그의 작품들도 이런 이미지를 재생산해내느냐 하는 것이다. 이것은 헤밍웨이가 어떤 작가인가 하는 질문이기도 할 터인데, 적어도 자전적인 요소가 많고, 아무래도 작가의 내면이 좀더 직접적으로 투영되었다고 할 수 있는 단편들은 그런 이미지와 상당한 거리가 있다는 것이 나의 독후감이다.

예컨대 하드보일드 헤밍웨이의 대표작으로 꼽는 단편 「살인자들」(『킬리만자로의 눈』, 문학동네, 2012)만 해도 그렇다. 여기에는 물론 강인하고 남성적인 살인자들이 등장하지만, 그 정반대편에는 헤비급 프로 권투선수이면서도 침대에 누워 하릴없이 죽음을 기다리는 안데르손이 등장한다. 그뿐만 아니라 다른 몇 사람과 더불어 헤밍웨이의 페르소나인 닉도 등장하는데, 여기에서 눈여겨볼 점은 살인자들과 안데르손을 모두 만나고 난 후 닉의 마지막 선택이 동네를 떠나는 것, 즉 하드보일드 월드로 진입하는 것이 아니라 그 세계로부터 달아나는 것이라는 점이다. 다른 유형의 터프가이인 아프리카의 사냥꾼 로버트 윌슨과 그에 못지않은 터프가이인 사자가 등장하는 「프

랜시스 머콤버의 짧고 행복한 삶」에서도 작가는 윌슨과 사자와 겁쟁이 미국인 머콤버의 시선을 오가며 이야기를 끌고 가지만, 아무래도 윌슨과 사자는 선망의 대상이며 결국은 머콤버에게 동일시하는 느낌이 강하다. 머콤버는 겉멋 든 삶을 살다가 아프리카에서 자신의 진정한 모습을 발견하고 혼란에 사로잡히며, 그런 혼란과 겁에서 잠시 벗어나는 순간 바로 생을 마감한다. 헤밍웨이의 또다른 대표적 단편으로 꼽히는 「킬리만자로의 눈」도 남성적 영웅의 장렬한 죽음을 다룬 이야기와는 거리가 멀다. 주인공은 자신의 삶에 대한 회한에 사로잡힌 인물이며, 죽음의 원인 또한 어이없는 것이고, 지고한 이상을 흘끗 보기라도 하는 것은 죽음 직전의 환각에서나 가능할 뿐이다. 요컨대 그의 단편들에는 강인한 남성들이 등장한다해도 그것은 잘해야 선망의 대상일 뿐이며, 작가가 동일시하는 인물은 대체로 혼란에 빠져 흔들리는 존재들이라는 것이다. "대낮에 모든 것을 하드보일드로 상대하는 것은 정말 쉬운일이나 밤에는 문제가 다르다"고 말한 사람은 다름아닌 헤밍웨이였다. 아무래도 그에게는 하드보일드보다는 거트루드 스타인이 찍어주었다는 '길 잃은 세대'라는 낙인이 잘 어울리는 듯하다.

그렇다면 하드보일드 작가가 아닌데 어떻게 하드보일드 문체가 나올 수 있었을까? 사실 헤밍웨이의 작품들 가운데 하드보일드 문체가 두드러지는 것은 그렇게 많지 않다는 의견도 꽤 있다. 그렇게 많지 않은 작품들 가운데 대표작으로 거론되는 것이 역시 「살인자들」이다. 아닌 게 아니라 이 작품에서는 헤밍웨이가 신문기자 시절에 익혔다고 하는 문체, 냉정한 관찰자적 시점에서 감정을 배제하고 행동 묘사에 치중하는 간결한 문체가 도드라진다. 그러나 이것을 굳이 하드보일드라는 이름으로 부를 필요가 있을까? 만일 「살인자들」을 전해주는 것이 하드보일드 인물의 목소리라기보다는, 살인자에게도 피해자에게도 공감할 수 없기 때문에 관찰자에 머물 수밖에 없는 닉의 목소리라면? 만일 그렇다면 이 문체는 자기가 그리는 세계를 확실하게 장악하면서 그것을 한없이 응축한 결과물이라기보다는, 일정한 선을 긋고 물러서서 외적으로, 파편적으로 드러나는 것 이상으로 들어가지 않으려 하는 태도의 결과물일 수도 있다(코맥 매카시의 문체도 헤밍웨이와 비슷한 데가 있지만, 그는 아무래도 전자에 가까운 듯하다).

이런 점은 비슷한 문체를 「살인자들」과는 사뭇 다른 상황(물론 여기에 하드보일드의 면이 없다고는 할 수 없겠지만)에 적용한 「하얀 코끼리 같은 산」에서 더 분명하게 나타난다. 여기에서 작가는 시종 절제된 감정과 표현으로 남녀의 행동과 말을 묘사하는 데 집중한다. 그 과정에서 어떤 경계선을 절대 넘어가지 않고, 강박에 사로잡힌 듯 핵심적인 부분을 계속 여백으로 유지한다. 그 여백을 채우는 일은 독자에게 넘겨지며, 그 여백의 무게 때문에 미니멀리즘의 느낌을 주는 묘사는 단순하기는커녕 혼란을 일으키고, 의미가 일으키는 이런 혼란은 두 남녀의 심리적 혼란과 절묘하게 조응한다. 그러나 이 작품이 거둔 성공과는 별개로, 그의 문체가 경계선 너머로 진입을 거부하는 태도의 결과물이라는 지적은 여전히 유효하다.

대개 이 경계선 너머에 있는 것은 대상의 내부이기 십상이다. 이것은 헤밍웨이의 시대에 이르러 세계를 파악하는 데 자신감을 잃은 사실과 무관하지 않을 것이며, 어쩌면 이것이 그들이 '길 잃은 세대'가 된 핵심적인 이유일지도 모른다. 이것은 또 작가로서는 말에 대한 신뢰를 잃는 사태와 직결된다. 작가가 대상의 내부로 진입하는 무기가 말이기 때문이다. 결국 기존의 언어로 세상을 파악하는 것이 불가능해진 상황에서 어떤 식으로든 세상의 진면목을 드러내려는 절박한 시도가 헤밍웨이의 문체인 셈이며, 따라서 그의 단편들은 문체 자체보다도 그 절박함이 절실하게 다가오는 순간 감동을 준다.

그러고 보면 헤밍웨이는 파악할 대상이 사라진 상태에서 한결 편안함을 느끼는 듯하다. 「깨끗하고 불이 환한 곳」의 경우 처음에는 헤밍웨이 특유의 문체로 대화가 이어지지만, 나이든 웨이터가 혼자 남게 되자 숨쉬기가 한결 편해졌는지 문체가 슬쩍 바뀌면서 내면의 요설이 펼쳐진다. 인물이 하나만 등장하여 말이 아예 사라지는(혼잣말조차 중단해버린다) 「심장이 둘인 큰 강」 1·2부에서 헤밍웨이가 가장 편안한 모습을 보여주는 것도 우연이 아닐 것이다. 여기에서 그는 경계선을 의식하지 않고 가장 편안하게 자신의 페르소나 닉의 내면에 들어앉아, 적당한 여백을 여전히 유지하면서도 그 여백에 짓눌리지 않는 균형을 보여준다. 마치 묵언 수행 과정을 묘사한 듯한 이 단편에서 걷기와 낚시는 남성성의 과시가 아니라 치유의 과정이 되며, 자연은 대상의 수준에서 벗어나 인물과 일체를 이룬다. 아마도 헤밍웨이는 늘 이런 상태가 그리웠을 것이다. 다만 거기에 이르는 것이 지난했을 뿐.

생략과 우회로 드러나는 삶의 진면목

—『킬리만자로의 눈』을 옮기고 나서

   우리가, 아니 적어도 내가 헤밍웨이에게 갖고 있던 선입견은 그가 대단히 남성적이고, 선이 굵고, 분명하고, 강인하고, 자신만만하고, 무엇보다 행동을 중시하는 작가라는 것이다. 그러나 이런 말들이 무슨 의미이든, 내가 어쩌다 이런 선입견에 물들게 되었든, 번역을 위해 오랜만에 꼼꼼하게 들여다본 헤밍웨이는 사뭇 다른 느낌으로 다가온다. 물론 헤밍웨이에 관한 그런 인상이 전적으로 잘못되었다는 말은 아니지만, 그런 겉모습 이면에서 모호하게 흔들리는 그림자들도 분명히 헤밍웨이의 것이라는 이야기다.

   예컨대 행동을 중시하는 그의 태도도 늘 말에 대한 강렬한 욕구와 공존하고 있다. 다만 말 때문에 단단히 곤욕을 치른, 또는 말에 크게 실망한 개인 또는 세대 특유의 다변과 요설에 대한 경계 때문에 억제되고 있을 뿐이다. 그래서 헤밍웨이에게는 말이 완전히 사라지고 행동만 남는다기보다는, 있어야 할 것 같은 말이 아예 생략되거나 대명사로 대체되고(따라서 『킬리만자로의 눈』에서 대명사가 많이 나오는 것은 옮긴이의 미숙함 탓이기도 하지만, 헤밍웨이의 의도를 존중하기 위한 면도 있다는 것을 혜량하여주시길!), 기존의 언어는 아직 말이 되지 못한 것들로 진입하는 우회로 역할만 하는 경우가 많다. 그래서 뜻밖에도, 헤밍웨이의 소설, 특히 단편들은 분명하기는커녕 모호하며 다양한 해석의 여지를 남긴다.

　생략과 우회라는 헤밍웨이의 이런 수법이 최대한 발휘될 수 있는 분야는 단편이며, 그래서 때때로 단편이야말로 헤밍웨이의 진가가 드러나는 영역이라는 말도 들린다. 웃자고 하는 말이지만, 사실 단편은 "제대로만 잡아내면 모든 것을 한 문단으로 표현할 수 있을"(『킬리만자로의 눈』) 것이라는 작가의 희망에 가장 가까이 다가가 있기도 하다. 이런 '한 문단', 또는 단편은 또 빙산의 일각이라는 비유로 표현되기도 한다. 글로, 작품으로 드러난 부분은 작고 짧은 일각에 불과하지만, 그 밑에 거대한 덩어리가 놓여 있다는 것이다.

물론 문제는 늘 그 밑의 덩어리다. 작은 빙산 위에 올라섰을 때는 그 밑에 있는 것이 거대한 덩어리인지, 아니면 자그마한 덩어리인지, 덩치는 커다랗지만 속은 텅 빈 것인지 잘 드러나지 않으니까. 다시 말해서, 그가 생략해버리고 우회적으로 드러낸 것이 도저히 기존의 말로 표현할 수 없는 것, 그럼에도 어떤 식으로든 표현할 수밖에 없을 만큼 절실한 것이냐 하는 문제에 작가와 독자는 동시에 부딪힌다는 것이다. 그러나 예를 들어, 주인공 스스로 말을 삼켜버렸을 뿐 아니라, 그전이나 후로 인간의 언어가 물질적 형태로는 거의 귀에 들리지 않는 「심장이 둘인 큰 강」 같은 작품과 마주하면 그런 질문은 어느새 사라져버린다. 아마도 많은 독자가 옮긴이와 마찬가지로 그 절실함에 공감하고 작가의 기법을 수긍하게 될 것이라고 믿는다.

단편집 『킬리만자로의 눈』은 그런 빙산들을 모아놓은 것이다. 작품을 고를 때는 어느 한 사람의 자의적 판단보다는 기존의 의견과 평가들을 존중했다. 그러나 이 빙산들이 따로 노는 것은 원치 않았다. 해서 단편들이기는 하지만 전체적으로 하나의 흐름이 이어진다는 느낌이 들도록 배치했다. 그러나 헤밍웨이의 이력이나 작품 발표 연도에 일치시키기보다는 편집자와 내가 느끼는 흐름을 중시하여 배치했다. 단, 어떤 영화처럼, 그 흐름은 시간과 반대로 흘러간다. 따라서 이런 흐름이 거슬리는 독자는 뒤에서부터 거꾸로 읽으면 된다(어떻게 읽든 「심장이 둘인 큰 강」 1부와 2부는 한 묶음으로 보시기를 바란다). 아무쪼록 이 빙산의 꼭짓점들을 이용해 점선을 이어가며, 그 밑에 놓인 덩어리 또는 덩어리들의 크기와 형태를 더듬고 짐작하는 즐거움을 맛보시기를!

○── 존 업다이크 *John Updike*

1932년 미국 펜실베이니아에서 태어났다. 하버드 대학을 졸업한 1954년에 첫 단편을 쓰고, 『뉴요커』의 전속 작가로 작가생활을 시작했다. 1960년에 발표한 『달려라, 토끼』로 동세대 대표 작가 자리에 올라섰다. 이후 십 년 주기로 '래 빗'이 주인공인 『돌아온 토끼*Robbit Redux*』 『토끼는 부자다*Robbit is Rich*』 『토끼 잠 들다*Rabbit at Rest*』를 발표했고, 『토끼는 부자다』와 『토끼 잠들다』로 각각 퓰리처 상을 받았다. 소설, 시, 에세이, 비평 등 장르를 넘나들며 육십 권이 넘는 책을 출간하며 20세기 미국문학을 대표하는 소설가가 되었다. 2009년 1월 27일 폐 암으로 생을 마감했다.

존 업다이크의 토끼

  존 업다이크의 『달려라, 토끼』(1960: 문학동네, 2011)가 나온 것은 1960년이고, 그의 토끼 4부작 가운데 마지막 작품인 『토끼 잠들다』가 나온 것은 1990년이다. 그사이에 업다이크는 『돌아온 토끼』(1971)와 『토끼는 부자다』(1981)를 펴냈다. 보통 이렇게 네 편을 묶어 토끼 4부작이라고 부르지만, 업다이크는 2001년에 펴낸 단편집 『사랑의 수고 *Licks of Love*』에 「기억 속의 토끼 *Rabbit Remembered*」라는 중편을 속편으로 집어넣었다. 이런 식으로 업다이크는 거의 정확하게 십 년 간격을 두고 사십 년에 걸쳐 '래빗(토끼)'이라는 별명을 가진, 자신의 출세작의 주인공 해리 앵스트롬에게 돌아갔다. 그리고 마지막 토끼 이야기를 내놓고 나서 십 년을 못 채운 2009년에 세상을 떠났다.

그가 세상을 떠나고 업다이크협회는 미국 펜실베이니아 주 레딩에 있는 그의 유년 시절의 집을 사들여 그가 살던 때의 모습으로 복원할 계획을 세웠다고 한다. 레딩은 업다이크의 고향이기도 하지만, 래빗이 평생 거의 떠나지 않았던 브루어의 모델이기도 하다. 업다이크는 자신의 소설의 주제가 '미국의 소도시, 신교도 중간계급'이라고 말한 적이 있는데, 브루어, 즉 레딩은 미국의 소도시를 대표하는 곳이고, 래빗은 미국 신교도 중간계급을 대표하는 인물이라고 할 수 있다. 따라서 고등학교 농구 스타 출신이지만 현재는 아들 하나를 둔 별 볼 일 없는 영업사원으로 살아가고 있는 스물여섯 살의 해리 앵스트롬, 즉 래빗이 퇴근길에 아이들의 동네 농구 시합에 끼어드는 장면에서 시작하여 불륜 때문에 아들을 피해 달아난 플로리다에서 젊은이와 일대일 농구 시합을 하다 심장마비로 생을 마감하는 이야기로 끝을 맺는 토끼 4부작은 1950년대 후반 이후 래빗의 인생 사십 년을 그린 작품이기도 하고, 미국 신교도 중간계급의 사십 년을 그린 작품이기도 하고, 미국의 대표적인 소도시의 사십 년을 그린 작품이기도 하고, 대체로 래빗과 비슷하게 나이를 먹어간 업다이크 자신의 사십 년을 그린 작품이기도 하다.

래빗은 이 사십 년 동안 경제적으로 쓴맛 단맛을 다 본다. 근근이 먹고사는 집안 출신으로, 중고차 매장을 하며 비교적 부유하게 사는 집안의 딸 재니스와 결혼하여 영업사원으로 살아가던 래빗은 1970년대에는 아버지와 함께 인쇄소에서 일을 하지만, 1980년대에는 장인의 일본차 매장을 물려받아 부자가 되며, 1990년대에는 아들이 마약에 빠져 가산을 탕진한다. 일과 경제, 그리고 정치와 시사는 이 사십 년간의 이야기의 단단한 현실적 기초를 이루는 동시에 미국 역사 사십 년이 소설로 흘러드는 통로 역할을 한다. 래빗에게 이 사십 년은 "미국의 위대한 승승장구가 끝나가는" 세월, '미국의 꿈'이 사라지는 시대로, 미국은 베트남전쟁에서 패하고, 일본에 경제적으로 뒤지고, 재정 적자는 쌓여만 간다. 그런 역사 속에서 미국 중간계급의 삶, 래빗의 삶은 급물살을 타고 흘러간다. 그래서 줄리언 반스는 "미래의 역사가가 1950년대부터 1990년대까지 보통 미국의 하층 화이트칼라의 삶의 결, 냄새, 느낌, 의미를 이해하고자 한다면 토끼 4부작 이상이 필요 없을 것"이라고 말했을 것이다.

한편 가족관계나 남녀관계라는 면에서 토끼 4부작을 보자면 이런 막장 드라마가 따로 없다. 래빗과 그의 가족의 성적 일탈은 거의 극한에 이르는데, 실제로 어떤 면에서는 평범하기 짝이 없는 그의 삶과 행동의 축을 이루는 것이 바로 이런 성적인 모험이라고 말할 수도 있다. 이 점은 그의 평생에 걸쳐, 다시 말해서 4부작 전체에 걸쳐 일관되게 이어진다. 그래서인지 많은 사람들이 첫 권인 『달려라, 토끼』를 펼쳐들 때부터 이 미끌미끌한 주인공에게서 자신이 동일시할 수 있는 면을 전혀 발견하지 못해 당황하고 만다. 도무지 이해하기도, 공감하기도 어렵고, 하물며 좋아하기는 더 힘든 주인공이 등장하여, 계속 호감이 가지 않는 행동—특히 여성에게—을 하기 때문이다. 그래도 자꾸 보다보니 익숙해지고, 그러다 래빗을 좋아하게 된 독자들도 가끔 생겼던 것 같다. 그래서 자기는 래빗을 좋아한다고 목청을 높이기까지 했던 모양인데, 그런 반응에 대해 업다이크는 이렇게 말했다고 한다. "그를—또는 어떤 인물도—사랑받을 만하게 만드는 것은 결코 나의 의도가 아니었다."

과연 내게는 래빗이 사랑스러웠을까? 글쎄, 업다이크가 그를 사랑스럽게 만들어놓지 않았듯이, 래빗 또한 전혀 사랑받으려고 노력하지 않으니, 그를 사랑할 만하다고 여긴다면 외려 내가 이상한 사람이 되기 십상일 것 같다. 그러나 묘한 매력이 있다는 점은 인정하지 않을 수 없는데, 아무래도 내 경우에 그 매력은 그의 솔직담백함에서 오는 듯하다. 대개 지질한 인간들은 자신의 지질함을 감추려고 애쓰기 때문에 더 지질해지기 마련인데, 래빗은 자신의 그런 면을 자랑하지도 않지만 별로 부끄러워하지도 않으며, 남들의 비슷한 면도 있는 그대로 받아들인다. 물론 속된 삶의 가장 깊은 곳에서 천연덕스럽게 종교를 명상하는 대목들을 만날 때면 솔직함을 넘어선 뻔뻔스러움을 똑바로 마주보기 힘들어 눈이 부실 정도지만.

그러나 우리는 래빗의 이야기를 글로 읽는다는 점을 잊지 말아야 한다. 지극히 통속적인 줄거리가 아름다운 음악에 실리면 빛나는 오페라가 되듯이, 래빗의 삶이 업다이크의 시 같은 산문에 실리는 순간 그의 지질한 이야기에서 광채가 나기 시작한다. 우리는 그 지긋지긋한 삶에서 아름다움을 발견할 뿐 아니라, 통속과 등을 맞대고 있는 어떤 거룩한 세계로 진입하는 문이 잠깐 열리는 듯한 느낌에 사로잡히게 된다. 업다이크의 문장을 통해 가장 속된 것이 가장 넓은 의미의 종교적인 것과 이어지는 길이 열리고, 그 결과 서로 전혀 어울릴 것 같지 않은 통속성과 종교성이 한 작품 안에 공존한다는 느낌을 받게 되는 것이다. 업다이크 자신도 래빗이 "어떤 하느님에게 사로잡혀 있는 신교도인데, 이 하느님은 분명하게 드러나지는 않지만 절대 없어서는 안 되는 존재"라고 말하기도 했다.

자의식이 넘쳐나는 듯한 업다이크의 문장과 의도적으로 자의식을 지워버린 듯한 래빗의 행동 사이의 부조화도 통속과 종교의 공존만큼이나 흥미롭다. 그러나 더욱 흥미로운 것은 업다이크도 래빗도 굳이 이런 모순이나 부조화를 설명하려 하지 않을 뿐 아니라, 설명할 필요를 느끼지 못하는 듯하다는 점이다. 그냥 그렇게 존재할 뿐, 자신의 존재 이유를 증명할 필요를 느끼지 못하는 것이다. 늘 세상의 주변에서 자신이 이렇게라도 세상에 매달려 있어야 하는 이유를 자문하며 살아온 사람들에게는 이것이 주류의 오만으로 보일지도 모르겠지만, 래빗은, 그렇게 보거나 말거나, 자신의 경계를 넘어설 생각 같은 것은 하지 않고—물론 자신의 경계 안으로 들어오면 탐욕스럽게 빨아들이지만—오직 그 순간 자신의 존재가 명령하는 곳을 향하여 계속 달려갈 뿐이다.

래빗의 눈으로 본 세상의 동요와 불안
─『달려라, 토끼』를 옮기고 나서

존 업다이크는 20세기 미국문학을 대표하는 소설가를 이
야기할 때, 몇 명을 꼽더라도 빠지지 않는 작가다. 공황기인
1932년에 태어난 업다이크는 1954년 하버드 대학을 졸업하
던 해에 『뉴요커』─그의 작가생활의 주요 근거지였다─에
첫 단편을 발표한 이후, 2009년 일흔일곱 살로 죽을 때까지
거의 매년 책을 냈으며, 그 분야도 장편, 단편집, 평론집, 시집
을 망라한다. 그가 평생 낸 책은 장편만 따져도 스무 권이 넘
고, 단편집은 열 권이 넘는다. 이것은 서른 살이 되기 전에 전
업 작가생활을 시작하여, 이 무렵부터 일주일에 엿새, 아침에
몇 시간씩 글을 쓰는 습관을 평생 유지한 결과다. 이렇게 업다

이크는 다작으로 유명하기도 하지만, 그가 다작의 능력으로 20세기 미국 대표 소설가 반열에 오른 것은 물론 아니다.

그는 1959년 첫 장편『구빈원 축제*The Poorhouse Fair*』로 미국 예술원 로즌솔상을 수상했고, 이십대 후반인 1960년에『달려라, 토끼』를 출간하여 그 세대의 대표 작가 자리에 올라섰다. 그리고 삼십대 초반인 1963년에는『켄타우로스*The Centaur*』로 전미도서상을 받고, 1964년에는 최연소 미국예술원 회원으로 선출되었다. 이렇게 업다이크는 화려하게 조명을 받으며 작가 생활을 시작했다. 그렇다고 업다이크가 젊은 시절에 반짝 빛을 발하고, 그 빛을 평생 우려먹는 작가였다는 뜻은 아니다(업다이크 자신은 「불가리아 여자 시인*The Bulgarian Poetess*」에서 베크의 입을 빌려 그런 자화상을 슬쩍 그려내기도 하지만). 상이 작가의 모든 것을 말해준다고 할 수는 없지만, 오십대에 들어선 1981년에는『토끼는 부자다』로 퓰리처상, 육십대에 들어선 1991년에는『토끼 잠들다』로 다시 퓰리처상을 받았다(소설 부문에서 퓰리처상을 두 번 이상 수상한 작가는 업다이크를 포함하여 미국에서 세 명뿐이다).『토끼는 부자다』를 발표한 직후인 1982년에『타임』은 업다이크를 두번째로 커버스토리로 다루었는데, 이때 표제가 '오십 세에 위대해지다'였다.

그가 받은 이런저런 상은 헤아릴 수 없을 정도로 많지만, 그

가운데 특이하게 눈에 띄는 것은 1997년에 예수회 잡지 『아메리카』가 '탁월한 기독교도 문인'에게 수여하는 캠피언상을 받은 사실이다. 업다이크와 종교를 연결시키는 것이 많은 사람들에게 쉬운 일이 아닐지 모르지만, 실제로 그는 평생 교회에 다녔고, 기독교 신학을 연구했다. 할아버지는 장로교 목사였고, 첫 부인의 아버지도 목사였다. 젊은 시절에 신앙의 위기를 겪으면서, 키르케고르나 카를 바르트를 열심히 읽기도 했으며, 이 점은 그의 작품세계에 깊은 영향을 주었다.

업다이크는 상복도 많았지만, 상업적인 면에서도 꽤 성공을 거두었다. 예를 들어 1968년에 발표한 『커플스Couples』는 센세이션을 일으키면서, 일 년 동안 베스트셀러가 되기도 했다. 또 젊은 시절 잠깐 시민권 운동 시위에 참가하기는 했지만, 그 이후 국가기구와도 대체로 사이가 나쁘지 않아, 젊은 시절에는 국무부에서 파견한 미소 문화교류 문화사절로 동구를 순회하기도 했고, 말년에는 부시 대통령 부자에게 각각 훈장을 받기도 했다. 이렇듯 업다이크는 작가로서 순조롭게 출발하여 큰 위기 없이 평탄하게 살면서 누릴 것을 두루두루 다 누렸다고 말할 수도 있을 것 같다. 그를 사랑하는 독자들에게는 노벨문학상을 받지 못했다는 것 정도가 혹시 아쉬움으로 남을지도 모르겠다.

작가의 이런 삶은 그의 작품들과도 관련이 있어, 업다이크의 작품이 주변에서 사회 전체와 대결하는 상황을 그렸다는 평은 들어보기 힘들다. 실제로 그는 어디까지나 미국사회의 주류라고 할 수 있는 사람들이 그 내부에서 느끼는 문제를 다루었지, 외부와의 관계를 진지하게 묻지는 않았다. 여기에서 그의 주제의 한계나 깊이의 문제를 이야기할 수도 있지만, 뒤집어 생각하면 바로 이 점이 업다이크가 젊은 시절부터 말년에 이르기까지 '미국인'들로부터, 폭이나 깊이에서 어떤 작가에게도 뒤지지 않는 사랑을 받은 이유이기도 할 것이다. 다시 말해서 그의 작품들은 철저하게 주류를 자처하는 미국인의 삶에 밀착해 있다는 것이다. 업다이크는 스스로 자신의 소재가 "미국의 소도시, 신교도 중간계급"이라고 말한 적이 있다. 실제로 그의 작품에는 그런 소도시에 사는 중간계급 출신의 평범한 주인공이 겪는, 누구나 공감할 만한 사건과 고민들이 담겨 있다. 그의 대표작으로 꼽히는 토끼 4부작은 바로 그런 주인공의 이십대부터 죽음에 이르는 과정을 그려내고 있으며, 이것은 작가 자신이 나이를 먹어가는 과정과 대체로 일치한다. 자신이 가장 잘 아는 공간, 자신이 가장 잘 아는 종교와 계급을 체현한 인물을 통해 자신이 살고 있는 미국의 축도를 그려낸 셈이며, 이것이 독자와 평단으로부터 강렬한 공감을 끌어낼 수 있었던 이유라고 할 수 있을 것이다.

이렇게 미국 중간계급의 삶에 밀착한 업다이크의 소설은 그 줄거리나 사건만 본다면 어떤 면에서는 지극히 통속적이라고 말할 수도 있다(물론 후기로 가면 다양한 방식의 실험을 전개하기는 하지만). 게다가 그의 소설이 성적 묘사에 거리낌이 없다는 것도 널리 알려진 사실이다. 실제로 업다이크는 인간 경험 가운데 섹스, 예술, 종교가 "위대한 세 가지 비밀"이라고 말한 적이 있고, 이것이 곧 그가 평생 파고든 세 가지 주제이기도 했다. 이 가운데도 섹스는 가장 눈에 띄는 특징이 될 수밖에 없었다. 초기 소설들이 성공을 거둔 뒤 업다이크는 교외에 사는 미국인들의 불륜 등 결혼생활의 불안정성을 다루는 작가로 유명해졌으며, 사회적 관습의 붕괴에 내재한 혼란과 자유의 묘사는 많은 논란을 불러일으켰다. 『커플스』같은 작품이 센세이션을 일으키고 오랫동안 베스트셀러 자리에 오른 데에는 이런 요인이 중요한 역할을 했음을 부인할 수 없을 것이다.

그러나 업다이크가 다루는 평범한 사람들의 속된 삶이 그의 시 같은 산문에 실리는 순간 그의 소설은 시로 쓴 통속극으로 바뀐다. 업다이크 자신도 얄밉도록 정확하게, 자신의 문체가 "속된 것에 그것이 마땅히 누려야 할 아름다움을 부여하는 것"이라고 말한 적이 있다. 이 아름다운 '예술'을 통해 '섹스' 같은 가장 속된 것이 가장 넓은 의미에서 '종교'적인 저변과 이어지는 길이 열리는데, 이것이 독자들이 업다이크의 시적 통속극에서 매력과 깊이를 느끼는 이유인지도 모른다. 결국 업다이크에게 속된 세계란 그 자체로 완결된 것이 아니라, 종교적 믿음이 떠난 자리, 뭔가 중요하고 핵심적인 것이 부재하는 자리인 것이며, 그 핵심적인 것은 예술을 통해 언뜻언뜻 드러날 뿐이다. 이렇게 보면 업다이크의 통속극은 동시에 종교극이 될 수도 있는 것이다.

업다이크의 문학적 역량은 장편소설에만 한정된 것이 아니다. 그는 평생 꾸준히 시와 단편을 썼고, 비평가이자 에세이스트로서도 최고 수준에 이르렀다. 토니 모리슨과 더불어 생전에 가장 많은 평론이 나온 작가인 업다이크의 문학적 영향력은 20세기 미국의 대표 작가를 거론할 때 늘 그와 함께 등장하는 필립 로스의 다음과 같은 찬사로 가늠해볼 수 있을 듯하다.

"존 업다이크는 우리 시대의 가장 위대한 문인으로, 소설가이자 단편 작가일 뿐 아니라 뛰어난 문학 비평가이자 에세이스트다. 그는 19세기에 그와 비슷한 역할을 했던 너새니얼 호손에 비겨도 손색이 없는 미국의 국보이며, 앞으로도 영원히 그러할 것이다."●

2002년 『북』이 선정한 1900년 이후 최고의 소설 속 인물 백 명 가운데 5위 안에 들어갔을 뿐 아니라, 업다이크 자신이 "나의 형제이자, 나의 친한 친구"라고 부른 래빗은 업다이크와 평생을 함께하는 중요한 인물—래빗 외에 또 한 명의 페르소나, 사실은 업다이크와 반대되는 면이 더 많은 페르소나는 소설가 베크다—이다. 업다이크는 1960년에 『달려라, 토끼』를 발표한 뒤, 대략 십 년 간격을 두고 후속작을 발표했다. 1971년에는 업다이크가 1960년대를 바라보는 시선을 드러내는 『돌아온 토끼』, 1981년에는 뚱뚱한 도요타 자동차 대리점 사장이 된 래빗을 그린 『토끼는 부자다』, 1990년에는 래빗이 작품 속에서 죽는 『토끼 잠들다』가 나온 것이다. 이 연작의 마지막은 단편집 『사랑의 수고』에 실린 중편 「기억 속의 토끼」다. 1995년에는 '래빗 앵스트롬'이라는 제목으로 장편 네 편을 묶어 냈는데, 여기에 붙인 머리말에서 업다이크는 "래빗의 눈으로 본 것

● 뉴욕 타임스, 2009. 1. 28.

이 내 눈으로 본 것보다 이야기할 가치가 더 크지만, 사실 둘 사이의 차이는 미미하다"고 말했다.

『달려라, 토끼』는 이 장편 연작 가운데 출발선에 선 작품으로, 업다이크의 출세작이기도 하며, 『타임』 선정 100대 소설에 들어간 작품이기도 하다. 그러나 막상 기대감에 책을 펼친 독자는 우선 이 '래빗'이라는 별명을 가진 해리 앵스트롬이라는 인물의 행적에, 또 독자에 따라서는 도무지 호감을 느끼기 힘든 면모에 당혹감을 느낄지도 모르겠다. 실제로 일반 독자만이 아니라 평론가들 사이에서도 래빗이라는 인물과 그의 행동을 어떻게 보느냐 하는 것이 업다이크에 대한 평가의 갈림길이 되기도 한다. 예를 들어 페미니즘 쪽에서는 이 소설에 드러나는 여성이나 성관계에 대한 묘사를 근거로 업다이크를 여성 혐오자로 비난하기도 하며, 그의 아름다운 문장에 찬사를 보내는 비평가들조차도 래빗의 얄팍한 모험에는 그런 문장이 과분하다는 혹평을 서슴지 않는 것이다. 반대로 래빗을 빼어난 인물로 인정하는 사람들은 그가 전후 미국의 불안이나 좌절이나 번영을 대표한다고 보기도 하고, 종교적 믿음이 빠져버린 세상의 동요와 불안—앵스트롬이라는 이름 자체에 불안을 뜻하는 세계어가 된 독일어 'Angst'가 고스란히 들어 있다—을 체현한다고 보기도 한다.

그러나 아무래도 래빗은 그가 계속 달아나려는 현실과 함께 보아야만 래빗의 전모, 나아가서 작품의 전모가 어느 정도 드러날 듯하다. 하지만 전모가 드러난다는 말일 뿐이지, 전모가 한눈에 파악된다는 말은 아니다. 그만큼 래빗도, 래빗이 속한 세계도, 작품 자체도 간단히 정리가 되지 않을 만큼 넓고 복잡하고 정교하게 엮여 있기 때문이다. 그런 면에서 『달려라, 토끼』와 직접 연결된 이야기는 아니지만, 작가 존 치버가 한 이야기가 상당히 그럴듯하게 느껴진다.

"내가 이 책(『토끼는 부자다』)을 읽은 느낌은 그만큼 다양하고 그만큼 복잡하다. (……) 존은 내가 지금 아는 현대 작가 가운데 삶—우리가 지금 이행하고 있는 삶이 우리에게서는 사라져버린 숭고함을 누리는 환경 안에 놓여 있다는 사실을 느끼게 해주는 유일한 사람일 것이다. 래빗은 사라진 낙원, 어쩌면 에로틱한 사랑을 통해서만 스치듯 알게 되는 낙원(……)에 깊이 빠져 있는 사람이다. 내가 할 수만 있었다면 다루고 싶었던 것이 바로 존의 세계의 그 방대함이다."•

• 뉴욕 타임스, 2009. 2. 13.

실제로 『달려라, 토끼』는 앞서 말한 업다이크의 작품세계의 모든 면을 끌어안고 있는 소설이며, 그것을 단지 맹아적인 수준이 아니라 상당히 개화된 수준에서 드러내고 있다. 그렇기 때문에 이 작품이 업다이크의 출세작이자 대표작이 될 수 있는 것이다. 또 단지 대표작만이 아니라 고전이 될 가능성도 높다고 보는데, 유치하기는 하지만 1960년에 나온 이 소설이 지금 읽어보아도 전혀 낡은 느낌이 들지 않는다는 것을 그 근거로 델 수 있을 듯하다. 이렇게 낡지 않은 느낌이 드는 것은 우선 래빗의 독특한 모험이 여전히 유효하다는 점 때문일 것이고, 나아가서 업다이크의 문장이 말 그대로 썩지 않는 생명력을 갖고 있다는 점 때문이기도 할 것이다.

이창래 *Chang-rae Lee*

1965년 서울에서 태어나 세 살 때 가족과 함께 미국으로 이민했다. 예일 대학 영문학과를 졸업하고 오리건 대학에서 문예창작 석사학위를 받았다. 월스트리트에서 주식 분석가로 일 년간 일하다가 작가의 길에 들어섰다.

1995년 『영원한 이방인』으로 화려하게 문단에 데뷔한 그는 1999년 일본군 위안부의 참상에 충격을 받아 집필한 작품 『척하는 삶』으로 다시금 주목을 받았다. 이 작품으로 이창래는 아니스필드-볼프 문학상을 비롯한 미 문단의 네 개 주요 문학상을 수상하였다.

2004년 출간된 장편소설 『가족』은 『타임』에서 '당신이 놓쳤을 수도 있는 훌륭한 책 여섯 권' 중 하나로 선정됐으며, 2010년 발표한 장편소설 『생존자』는 그해 『퍼블리셔스 위클리』 '올해의 책 TOP10'에 선정되었고, 2011년 데이턴 문예 평화상을 수상했다. 2014년 장편소설 『만조의 바다 위에서』는 2015년 전미비평가협회 소설 부문 최종 후보로 선정되었다. 소설의 서사적 완성도뿐만 아니라 개성적이고 우아하며 유려한 문체로 높은 문학적 평가를 받고 있는 작가 이창래는 설익은 희망적 메시지 대신, 인간과 인간 사이에서 나오는 극복의 에너지에 집중해왔다. 2002년부터 프린스턴 대학 문예창작과 교수로 재직 중이며, 2014년 연세대 석좌교수로 임용되었다.

훌륭한 시민

『영원한 이방인』(1995; RHK, 2015)의 결말에 이르러 한국계 미국인 헨리 박의 아일랜드계 미국인 아내 릴리아는 다양한 이민자 자녀들의 영어 수업을 마치며 아이들에게 "모두 훌륭한 시민이었어요" 하고 말해준다. 특이한 칭찬이다. "훌륭한 시민"이라니. 아이들이 이 말을 듣고 어떤 반응을 보였는지는 나오지 않는다. 아무래도 시민권 문제에 민감할 수밖에 없는 이민자 가정 출신이라 그 말을 기분좋은 칭찬으로 받아들였을지, 아니면 무슨 뜬금없는 소리냐고 의아해했을지, 그도 아니면 영어가 익숙하지 않아 아예 알아듣지도 못했을지 우리는 알 수가 없다. 그러나 소설의 첫 부분에서 헨리 박과 결별할 것을 염두에 두고 홀로 여행을 떠나 소설의 마지막까지 길고 고통스러운 시간을 보낸 릴리아에게는 이것이 그 아이들에게 보낼 수 있는 최고의 찬사였던 것 같다.

그녀에게 이것은 삶의 한 단계를 정리하는 결어結語인 동시에 고립에서 벗어나 자신에게 소중했던 많은 사람들과의 관계성을 긍정하는 말이기도 하다. "훌륭한 시민"이라는 말은 자신이 가르치는 아이들만이 아니라 그 아이들과 동일시할 수밖에 없는 잃어버린 아들 미트, 마침내 화해하게 된 남편 헨리 박, 그리고 자기 자신에게 바치는 말이기도 한 것이다. 나아가 자식을 잃은 충격으로 흔들리는 한 부부가 그 상실을 받아들이며 다시 관계를 회복하는 과정, 그 부부의 한쪽인 이민자 가정 출신의 헨리 박이 정체성을 찾아가는 과정을 "훌륭한 시민"이 되는 과정과 결합한 것은 이창래가 이 소설에서 거둔 중요한 성과로 꼽을 만하다.

물론 여기서 '시민citizen'은 서양의 역사가 담긴 말로 한 도시에 사는 주민을 가리키는 의미로 한정되지 않는다. 오히려 거주 지역만 놓고 보자면 차라리 '국민'이 더 가까운 말이 될 듯하다. 고대 그리스는 도시국가로 이루어졌으므로 이 두 가지가 통일되어 있었다. 그러나 로마 시대로 오면서 한 나라도 아닌 제국과 시민이라는 말을 연결시키게 된다. 예를 들어 성경에 나오는 사도 바울은 유대인이지만 로마제국 시민권자로서 특권을 누릴 수 있는 지위에 있었다. 물론 근대로 오면 반대로 귀족의 특권을 누리지 않는 존재가 시민이 된다. 프랑스혁명기에 로베스피에르는 모든 사람이 서로 시민이라고 부르게 하고 다른 존칭으로 부르면 처벌했다. 시민이라는 말은 이렇게 권리의 문제와 결합되어 있으며, 자신의 권리를 누리는 동시에 타인의 권리(권리나 특권이냐는 별로 중요하지 않은 것이 권리란 그것을 누리지 못하는 사람의 눈에는 늘 특권으로 보일 것이기 때문이다)를 배제한다는 모순으로 인한 긴장이 도사리고 있다.

물론 소속의 문제 또한 빼놓을 수 없으니, 시민이라는 말에는 도시가 되었든 제국이 되었든 하나의 공동체가 전제되고 있다. 즉 시민이라고 말하는 순간 그 공동체에 소속되지 않은 비非시민을 전제하게 되는 것이다. 물론 이때 늘 까다로운 문제가 되는 것은 금 밖에 있는 비시민이 아니라 금 안에 있는 비시민이다. 고대 그리스 도시국가에서도 가장 중요한 비시민은 그 내부에 있는 노예와 여자였다. 로마제국에서 시민권은 제국 내 식민지 주민을 시민과 비시민으로 나누어 분할통치할 수 있는 주요한 수단이었다. 1960년대 미국에서 흑인을 중심으로 한 운동은 민권운동, 공민권운동, 인권운동 등 여러 이름으로 부를 수 있으나 말 그대로 표현하자면 시민권(civil rights=rights of citizen) 운동이다. 이들은 국적으로만 보자면 시민권을 가지고 있으면서도 비시민 취급을 당한다고 생각했던 것이다. 그러나 미국에는 그 땅 안에 있으나 국적으로서의 시민권과 더불어 언어적 시민권인 영어조차 제대로 갖추지 못한 사람들이 있다. 이들 또는 이들의 자녀가 릴리아가 가르치는 아이들이고 헨리 박이고 죽은 아들 미트다. 릴리아는 바로 이들에게 "훌륭한 시민"이라고 말하고 있는 것이다.

『영원한 이방인』은 이 내부자인 동시에 외부자인 사람들의 이야기를 다룬다. 이것이 헨리 박 개인의 정체성 탐구 문제와 포개지는 것은 어찌 보면 당연하다. 분명한 내부자나 분명한 외부자보다는 내부자인 동시에 외부자인 사람이 정체성 문제에는 훨씬 예민할 것이기 때문이다. 그러나 『영원한 이방인』이 뛰어난 것은 섬세한 언어로 이 모순된 존재의 내면을 탐사하면서도 나의 정체성을 묻는 것이 곧 세계의 정체를 묻는 일과 같은 것임을 놓치지 않는다는 점이다. 그래서 외부의 금이 아니라 내부에 그어진 보이지 않는 금에 대한 탐사로 나아가며, 이 금이 단지 평면 위의 선이 아니라 깊은 심연임을 확인한다. 실제로 이 심연은 사람을 삼키는 위험한 곳이며, 헨리는 이곳에서 아들의 죽음과 그의 작은 영웅 존 강의 사회적 죽음을 목격한다.

미세한 입자의 떨림까지 전해지는 이 소설 특유의 불안한 분위기는 이 위험 지대에서 상실을 겪으며 위태롭게 살아가는 긴장된 삶에서 나온다. 그럼에도 그 바닥에서는 젊은 힘이 느껴지는데, 이는 물론 이 소설을 첫 작품으로 내놓은 청년 작가의 힘이기도 하겠지만, 심연에서 가능한 한 멀리 떨어진 곳에서 그림자 같은 존재로 최대한 안전하게 살아가던 상태에서 벗어나 그 심연 자체를 삶의 터전으로 받아들이고 사랑과 연대를 향해 한 걸음 내디뎌보겠다는 낙관적 의지의 힘이기도 하다. 그렇다고 헨리 박이 모범적 태도를 보였기 때문에 "훌륭한 시민"이 될 자격을 얻었다는 것은 결코 아니다. 이민자 자식들이 공부를 잘했기 때문에 릴리아가 그들을 "훌륭한 시민"이라고 칭찬한 것이 아닌 것과 마찬가지다. 이렇게 위태롭게 살아가는 것 자체가 "훌륭한 시민"의 모습이라고 인정하는 것이며, 이것은 특정한 심사를 통과해야만, 특정한 언어를 특정한 방식으로 구사해야만 시민으로 인정하겠다는 태도에 맞서는 것이기도 하다.

세계화라는 말조차 이미 낡게 느껴지는 이 시대에는, 세계화되지 않은 세계는 세계가 아닌 것으로 치부되는 현상과 더불어 세계화된 세계 내부의 시민권 또한 문제가 될 수밖에 없다. 우리 대부분이 그런 세계에 말려들어가 있으면서도 보이지 않는 심연으로 이루어진 경계 근처에서만 어슬렁거리는, 내부자인 동시에 외부자이기 때문이다. 따라서 『영원한 이방인』의 뉴욕은 우리에게 바로 그런 상황의 제유提喩로 읽힐 수밖에 없다.

번역서로 만나는 이름, Chang-Rae Lee

억측인지는 몰라도, 우리나라 독자들은 이창래 같은 작가—영어를 사용하는 한국계 미국인 작가—를 다른 외국의 작가들보다 더 거북해하는 것 같다. 아주 얕은 수준에서 보자면, 미국 영화를 보다가 갑자기 한국과 관련된 사항—상황이든 등장인물이든 간판이든—이 나왔을 때 받는 왠지 편치 않은 느낌(미국에 사는 한국인들은 다르게 느낄 수도 있지만)과 관련이 있을지도 모르겠다. 번역된 '외국' 소설에서 기대하는 상황(『척하는 삶』에서 끝애와 하타가 기대하던 상황)과는 다른 상황이 벌어지는 것에 준비가 안 되어 있기 때문일 수도 있다. 설사 준비가 되어 있다 해도, 외국 언론에서 한국 상황을 보도하는 기사를 읽을 때처럼 그 묘한 객관성이 가지는 시원치 않은 느낌, 남이 머리를 감겨주는 것 같은 느낌에 대한 우려가 남을 수도 있겠다.

어쨌거나 우리나라의 독자들로서는 영어책에 'Chang-rae Lee'라는 이름만 나오고 영역자 이름이 안 나오는 것도 낯설 것이고—자랑스러운 마음과는 별도로—한글판에 이창래라는 이름이 나오고 번역가 이름이 따라붙는다는 것도 왠지 어색할 것이다. '자랑스러운 한국인'일 수는 있어도 내가 읽는 작가는 아닐 수도 있다는 것이다.

실제로 이창래는 이런 난처한 상황에 빠질 요소들을 많이 갖추었다.

우선 미국의 각종 문학상 심사위원단이 그를 주목하고 있으며, 어떤 중요한 잡지에서는 사십 세 이하 최고의 작가 스무 명 가운데 하나로 꼽기도 했다. 미국 쪽에서는 이창래를 미국 문학의 소중한 자산으로 끌어안으려는 태도를 적극적으로 내보이고 있는 셈이다. 이에 비례하여 우리나라 언론에도 이창래가 미국에서 중요하게 대접받는다는 사실이 비교적 상세하게 보도되고 있다.

한편 이창래 자신은 '한국'과 관련된 관심을 끊임없이 내비치고 있다. 내가 들은 바로는, 그는 한국의 경제 위기 때 미국의 중요 신문에 기고를 했으며, 뉴욕 타임스에서 한국어 간판에 대한 비판 기사를 실었을 때 반박문을 기고하기도 했다. 실제로 작품을 통해서도 '한국'과 관련된 부분들을 집중적으로 파고들고 있으며, 『척하는 삶』(1999; RHK, 2014)은 위안부 문제를 다루려는 시도의 산물이고, 구상중인 작품 역시 '한국'과 어떤 식으로든 관련이 있는 것으로 알려져 있다.

그러나 앞서도 말했듯이 이런 두 가지 요소 모두가 한국 독자들이 이창래를 한 사람의 작가로 대할 때 꼭 도움이 되는 것만은 아니다. 오히려 어떤 선입관으로 작용하여 이창래 문학을 한국문학의 외연 경계 근처에 떠 있는 이국적인 매력을 갖춘 섬, 외국인들이 더 즐겨 찾는 섬 정도라고 지레짐작하게 만들기 십상이다.

게다가 이창래가 미국에서 높이 평가받는 중요한 요소 가운데 하나가 글솜씨라고 하는데, 그 말은 뒤집어보면 곧 그의 소설이 손가락에 침을 바를 새도 없이 책장을 넘기게 되는 책은 아니라는 뜻(그러나 실제로는 사건들이 대단히 극적으로 전개되며 그 흐름이 선명하게 눈에 들어온다)으로 새겨질 수 있으니 아무래도 한국 독자들에게 이창래는 들어가는 입구를 찾는 일이 그렇게 쉽지는 않은 작가라는 인식이 고정될까봐 지레 겁이 난다.

그러나 한 사람의 독자로서 『척하는 삶』을 읽은 내 소감은 이런저런 선입관이나 편견에 구애되지 않고 스스로 입구를 찾아가다보면 틀림없이 기대 이상의 재미와 보람을 얻을 수 있다는 것이다. 독자들도 이 소설을 읽어보면, 우리 나름으로 이창래를 개성과 능력을 갖춘 한 작가로 대접하고 우리 시각에서 장단점을 평하는 일이 긴요하다는 데 동의할 것이다.

예를 들어, 이 소설이 위안부 문제를 다루었다는 것은 널리 알려져 있지만, 그 문제가, 굳이 따지자면 '가해자' 쪽 시각에서 그려졌다는 것은 그만큼 알려진 것 같지 않다(원래 작가의 의도는 '피해자' 쪽 시각에서 그리려는 것이었으나 쓰는 과정에서 바뀌었는데, 이 과정은 '한국어판 서문'에 자세히 나와 있다). 이것은 공과를 떠나 우리 입장에서는 쉽게 상상하기 힘든 시점의 이동―민족 간 이동!―이며, 그 자체로 흥미진진한 문제다.

물론 소설의 내레이터인 '가해자' 하타는 조선어를 할 줄 아는 조선계 일본인이다. 그가 이야기를 풀어가는 현재의 시점에서 좀더 정확히 말하자면, 조선 출신의 일본 출신의 미국인―칠십대 노인―으로 설정되어 있다. 그에게는 끝애(위안부), 서니(입양한 딸) 등 중심인물을 비롯해 여러 인물이나 정황을 통해 '조선' 또는 '한국'이라는 계기가 주어지지만, 뜻밖에도(?) 그 방향으로는 결코 생각을 밀고 나가지 않는다. 그 계기들은 늘 잠복해 있을 뿐, 일부러 차단이라도 한 것처럼 하타의 자의식으로 밀고 들어가지 못한다. 조선인 위안부와 재일교포 일본군 장교가 친밀감을 느끼는 과정에서도, 또 그 전후에도 '민족' 문제가 전면에 떠오르지는 않는다. 이런 까다로운 설정은 우리 시각에서는 매우 도드라져 보이는데, 어쩌면 이 언저리에 이창래를 여는 문의 열쇠 가운데 하나가 묻혀 있는지도 모르겠다.

미국 쪽 매체에서 나온 평가를 보면 대체로 하타를 의례적 관계에는 충실하지만 과거의 상처 때문에 정작 진정한 인간관계에는 장애를 겪는 인물로 설명한다. 그러면서 그런 실패한 관계의 대표적인 예로 상류층에 속하는 백인 미국인 과부 메리 번즈와의 연애를 들고, 그 실패의 책임이 하타에게 있다고 보는 것 같다. 그러나 우리 입장에서는 이런 설명에 전적으로 동의할 필요가 없을 것 같다. 이 점과 관련하여 궁극적으로 메리 번즈를 거부했고 주류 사회로부터 이탈했던 서니의 역할이 중요해 보인다. 서니의 비판의 대상이 단지 아버지의 어떤 행동만이 아니라 아버지가 편입되고자 하는 집단까지 포괄하는 것이라면, 그 집단의 대표격이라 할 수 있는 메리 번즈도 당연히 함께 도마 위에 올라가야 하는 것이고(원제인 'a gesture life'는 하타 개인의 삶만이 아니라 그가 편입되고자 했던 집단의 삶 전체를 가리킬 수도 있겠다), 그럴 경우 하타가 메리 번즈와의 관계에서 멈칫거린 것은 결함의 증표라기보다는 어떤 가능성의 증표라고 생각해볼 수도 있는 것 아닐까? 다시 말해서, 한편으로는 끝애와 서니라는 두 여자와의 경험 때문에, 또 한편으로는 '결함' 있는 존재로서 미국사회의 주류 집단에 편입되려고 최선의 노력을 기울였기 때문에 오히려 그 집단의 미덕과 함께 그 한계를 드러내는 위치에 서게 되었고, 거기서 더 나아간 새로움의 가능성에 자신을 열 수 있게 되었다고 생각해볼 수는 없을까?

이런 짧은 생각들은 단편적인 예들일 뿐이고, 이 외에도 이 작품에는 우리 나름으로 곱씹어보고 평가해볼 자극적이고 흥미진진한 문제들이 널려 있다. 어쨌든 작품을 조금 먼저 읽은 독자로서 보장할 수 있는 것은 자기 나름의 입구를 찾아 문을 열고 들어가기만 하면 그곳에서 가슴 저미는 사건, 절제된 감정과 언어, 빛나는 통찰을 발견할 수 있다는 것이다. 그렇게 되면 어떤 후광이 없어도, 아니, 비로소 후광을 잊고, 독자들도 이창래를 마음으로부터 한 작가로 대접하게 될 것이다.

『생존자』에서 발견한 이창래의 새로운 면모

　　『생존자』(2010; RHK, 2013)에는 두 가지 중요한 모티프가 있다. 하나는 물론 달리는 기차에 올라타려고 손을 뻗으며 달려가는 준. 이창래는 대학 시절 아버지에게서 한국전쟁 때 피난 기차가 갑자기 멈추는 바람에 떨어져 죽은 동생 이야기를 듣고 놀랐으며, 이것이 씨앗이 되어 『생존자』가 탄생했다고 술회한다. 그러나 이창래는 그 비극적인 이야기—조금 변형되기는 했지만 1장에 생생하게 재현되어 있다—에도 놀랐지만, 동시에 "쾌활하고 낙천적인" 아버지가 그런 비극의 기억을 간직하고 있다는 사실에도 놀랐다. 죽은 자들을 뒤로하고 이어져온 일상적 삶에 어떤 경이를 느낀 것이다. 이 모티프에서 어떻게

든 악착같이 살아남는 고아 소녀 준(『생존자』의 중심인물)이 탄생하고, 또 죽고 싶어도 못 죽고 살아남는 대칭형 인물 헥터(한국전쟁에 참전했다가 고아원 잡역부로 일하게 되는 미국인)가 탄생한다. 준은 결국 달리는 기차에 올라타지만, 소설에서 그것은 기차를 향해 달려가는 것으로 끝나는 1장이 아니라 이 긴 소설의 맨 끝에, 죽음 직전의 혼미한 의식 속에서 이루어진다. 이때 준은 자신의 마지막을 준비하며 마치 의식을 거행하듯 수의를 입고 있었으니, 말하자면 수의를 입고 생존—동시에 죽음이기도 한—의 기차에 올라탄 셈이 된다. 이 소설은 이렇게 죽음과 삶을, 기억과 현재를 겹쳐놓은, 신비하고 아름다우면서도 왠지 죽음 뒤의 일상처럼 곤혹스러운 이미지로 마무리된다.

　이 마지막 장면의 배경을 이루는 곳은 1859년 솔페리노 전투에서 죽은 자들의 유골을 가득 채워넣은 솔페리노 교회인데, 이것이 『생존자』의 또하나의 중요한 모티프이기도 하다. 북이탈리아 해방 문제를 둘러싸고 산악 지대의 작은 도시 솔페리노에서 프랑스·사르데냐 연합군과 오스트리아군 삼십만 명이 맞붙은 이 전투는 참혹하기 짝이 없었고, 전투 후에 부상자들은 고통을 겪으며 속수무책으로 죽어나갔다. 좁은 땅에 이들의 주검을 묻는 것만도 벅찬 일이어서 일단 집단 매장을 하고 보았다. 나중에 이들의 유골을 땅에서 꺼내 교회 벽면에 가득 채워놓은 곳이 솔페리노 교회다. 우리가 『생존자』에서 이 전투의 자세한 내용을 알게 되는 것은 실비(용인에서 고아원을 운영하는 미국인 선교사의 부인)가 부모에게서 받은 책 『솔페리노의 기억』을 통해서다. 이 책은 적십자 운동의 창립자 앙리 뒤낭이 쓴 것으로, 솔페리노 전투의 부상자들을 구호하는 과정에서 적십자 운동이 탄생했다. 이창래는 『생존자』에서 내내 이 솔페리노를 전쟁에 관한 명상의 화두로 쥐고 있다.

사실 『생존자』에서 핵심을 이루는 원형적 전쟁은 솔페리노 전투이며 한국전쟁은 그 변주이고, 만주의 사건도 마찬가지다. 또 『생존자』의 성지는 물론 한국의 고아원도 아니고 만주의 선교 학교도 아닌 하얀 유골이 가득한 솔페리노 교회다. 이곳은 『생존자』의 세 축을 이루는 인물들 가운데 한 명인 실비가 어린 시절 선교사 부모와 함께 순례를 갔던 곳이며, 나머지 두 인물인 고아 준과 잡역부 헥터의 "개인적 오디세이"의 종착점이기도 하다. 나아가 솔페리노 교회는 헥터가 한국에서 지은 고아원 교회의 원형이기도 하다. 실비의 부모가 딸에게 준 책은 성경이 아닌 『솔페리노의 기억』이며, 이 책은 준에게로 넘어가고, 그녀에게서 다시 그녀와 헥터의 아들 니콜라스에게로 넘어간다.

이렇게 이창래는 자신보다 앞서 전쟁을 명상한 사람들 가운데 앙리 뒤낭에게, 그리고 그가 쓴 책 『솔페리노의 기억』에 경의를 표하고 있다. 그것은 전쟁의 참화에서 인간이 할 수 있는 일이 무엇인가 하는 문제에 대하여 뒤낭이 한 가지 중요한 답을 제시했다고 보았기 때문일 것이다. 그 답이란 "자비의 천사"가 되는 길이며, 이것이 실비의 부모가 갔던 길이기도 하다. 사실 『생존자』는 죽음과 삶이 다르지 않은 실비, 헥터 등의 좀비들—어떤 의미에서는 준도 포함된다—이 지배하는 세계라 "자비의 천사"들이 들어설 자리가 별로 없다. 그래서 실비의 부모나 세속의 천사라 할 수 있는 도라(헥터의 애인)는 곧 퇴장하고 기억으로만 영향력을 행사하지만, "자비야말로 하나뿐인 진정한 구원"(이 글에 인용된 대목들은 번역판과는 표현이 조금 다를 수도 있다)이라는 실비 어머니의 말과 아버지의 실천은 이창래가 뒤낭의 후예들에게 바치는 경의의 표현이다. 또 실비, 준, 헥터, 심지어 준의 아들 니콜라스까지 『솔페리노의 기억』을 들추어보는 것은 이승과 저승 사이를 헤매는 사람들에게도 이 천사들의 빛이 여전히 중요하다는 사실을 인정하는 행동이다.

그러나 이창래는 『솔페리노의 기억』을 존중하고 펼쳐볼지

언정 『솔페리노의 기억』을 쓸 생각은 없다. 다시 말해, 『한국
전쟁의 기억』을 쓸 생각은 없는 것이다. 이창래는 앙리 뒤낭
이 아니고, 문학은 적십자 운동이 아니기 때문이다. 그렇다면
솔페리노 벽면을 가득 채운 백골을 앞에 두고, 문학은 무엇을
할 수 있는가? 이 질문에 대한 이창래의 답이 『생존자』일 것
이다. 즉 백골이 된 자들의 삶을 복원해내는 것이다. 앙리 뒤
낭이 전쟁에서 부상을 입은 사람들을 구호하는 일에 앞장섰
다면, 이창래는 전쟁으로 정신적 외상을 입은 사람들, "한결같
지" 못해 "자비의 천사"가 될 수 없었던 사람들, 죽음의 상처에
서 벗어나지 못해 죽은 것처럼 사는 사람들의 환부를 있는 그
대로, 때로는 섬뜩할 정도로 잔혹하게 복원하는 일에 나선 것
이다. 그것이 그들에게는 삶이었으므로. 이창래는 1930년대에,
1950년대에, 1980년대에 죽은 사람들을 2000년대의 삼인칭
의 눈으로 살려내는 일이 솔페리노의 무덤을 앞에 두고 작가
로서 자신이 할 수 있는 최선이라고 생각했던 듯하다.

그러나 앞서도 말했듯이 이창래가 하려는 일은 전쟁 자체
의 기억을 되살리는 일은 아니다. 한국전쟁 자체를 소설로 포
착하는 데는 별 관심이 없는 것이다. 실제로 이창래는 『생존
자』가 "전쟁소설이라기보다는 집단 갈등이 인간 심리와 정신

에 미치는 영향에 관한 이야기"라고 말한다. 그럼에도 우리는 '1950년 한국'이라는 부제가 붙은 이 책의 첫 장에서 빼어난 전쟁 소설의 한 조각을 만나게 된다. 아버지와 오빠를 잃고 남쪽으로 피난을 내려오던 준이 혈혈단신의 고아가 되는 과정을 그린 이 장에서는 삼인칭시점, 작가 개입의 절제, 투명한 문장, 치밀하면서도 적절한 묘사, 설득력 있는 사건 전개 등으로 전쟁의 참상이 그려지는데, 여기에서는 우리가 눈여겨보지 않았던 이창래의 이야기꾼적 자질이 도드라진다. 현란하고 난해한 현대적 그림을 그리는 화가의 뛰어난 데생 실력을 발견하듯, 전통적 서사 기법에도 능숙한 이창래의 면모를 확인할 수 있는 것이다.

게다가 여기에서는 외국어로 쓴 우리의 이야기에서 흔히 느껴지는 이물감도 별로 느껴지지 않는다. 그러나 가만히 들여다보면 이것은 이 시공간이 우리 작가가 쓴 끈적끈적한 구체성을 획득했기 때문이라기보다는, 이창래가 영리하게도 자신의 현장을 자신이 잘 모르는 맥락들이 고인 걸쭉한 웅덩이에 담그는 모험을 피했기 때문이다. 이렇게 구체적 역사화나 지역화를 시도하지 않았기 때문에, 『생존자』에 등장하는 한국의 장소들은 실제 역사 속의 현장이라는 느낌이라기보다는 정교하게 꾸며진 세트장이라는 느낌을 준다. 그럼에도 이창래가 소설 공간의 관련성 부재를 세트장 내 좁은 공간의 치밀한 구성과 묘사로 상쇄해나가고 있기 때문에, 소설 속 현장은 그 나름의 자연스러움을 획득하고 있다. 뒤집어 말하면 정밀한 묘사에도 불구하고, '집단 갈등'이 벌어지는 어디에 적용해도 큰 탈이 나지 않는 추상화된 현장이 확보되는 것이다. 물론 이것은 작가의 의도가 좌절된 결과가 아니라 거꾸로 작가의 의도가 구현된 결과다. 극단적으로 말하면, 솔페리노 전투라는 원형이 존재하는 한 이 작품의 무대는 실비의 아버지가 선교사로 활동했던 아프리카의 어느 지역이어도 상관없는 것이다.

전통적 서사 기법에 의지한 서술은 대체로 주요 등장인물에게 지워지지 않는 내면의 상처를 입히는 원형적 경험이 되는 사건을 이야기할 때로 한정된다. 따라서 1장을 넘어가게 되면, 여전히 삼인칭으로 서술되기는 하지만 우리가 평소에 알던 이창래의 호흡이 등장한다. 그러다가 7, 8장에서 실비의 원형적 경험에 해당하는, 그녀의 가족이 만주에서 겪은 참화를 서술할 때는 다시 전통적 서사 기법으로 돌아가 1장 못지않은 압도적 현장감과 강렬한 충격으로 독자를 휘어잡는다. 주요 인물의 인생을 박살내는 가혹한 경험이니만큼 그 충격의 강도를 실감케 하려는 것이 작가의 의도였을 터인데, 독자로서는 그 의도를 뒷받침해주는 작가의 능력에 감탄할 수밖에 없다. 그러나 이런 사건들이 그들 각각의 삶에 내려앉으며 기억으로 자리를 잡을 때부터 문체의 질감과 호흡은 확연히 달라진다. 우리가 『생존자』에서 느끼는 균질하지 않은 독특한 질감은 거기에서 유래한다고 볼 수도 있을 것이다.

이창래가 1장의 서사 방식을 유지해나가지 않은 것은 물론 그의 목표가 인물들의 행적, 즉 그들과 관련된 외적 사건들의 복원이 아니기 때문이다. 단순히 백골들의 생전의 개인사를 복원하여 연대기를 쓰는 것은 큰 의미가 없다고 본 것이다. 서두의 첫번째 모티프에서 언급한, 이창래의 아버지와 관련된 이야기를 조금 더 들어보자. 그의 "쾌활하고 낙천적인" 아버지는 "어떤 기억에도 시달리지 않는 사람처럼 보였지만, 물론 그것은 사실이 아니었다. 전쟁의 사건들은 늘 그에게 머물러 있었고, 평생 머물게 될 터였다". 여기에서 이창래가 목표로 삼은 것은 물론 그 "쾌활하고 낙천적인" 외피 내부로 들어가 상처받은 내면을 복원해내는 것이다. 원형적 사건의 기억이 한 사람의 내면에 상처를 내면서 자리잡는 방식, 그것을 스스로 해석하는 과정, 그로 인한 심리, 나아가 감각의 변화까지

되살려내는 작업을 하겠다는 것이다. 말하자면 이창래 특유의 소설적 주체가 발전해 나아가는 과정을 추적하겠다는 것인데, 이것이야말로 『영원한 이방인』이나 『척하는 삶』에서 우리에게 익숙한 광경이다.

그 시절에 이창래가 애용하던 수단은 일인칭시점, 그리고 기억하고, 되새기고, 관조하고, 명상하던 독특한 질감의 목소리였다. 그러나 『생존자』에서는 이것이 삼인칭시점과 충돌하고, 때로는 인물들이 저자의 거대한 일인칭적 목소리에 눌리는 일이 빚어지기도 한다. 이것은 인물들이 현장 밑바닥에서 자라 나오기보다는 위의 관념에서부터 창조된 정황과 겹치면서 인물들의 평면성을 드러내는 데 일조하기도 한다. 작가는 우아하고 아름다운—번역가의 눈으로 보면 상대하기가 곤혹스럽기 짝이 없는—문장으로 그들을 구원하러 나서서 많은 경우 인물의 빈 곳을 절묘하게 채워주지만, 가끔은 문체가 인물과 겉돈다는 느낌이 들기도 한다. 또 그런 느낌은 인물 내면의 단선적 논리가 소설 전체에 과도한 영향력을 행사하는 것이 아닌가 하는 의심으로 번지기도 한다.

그럼에도 백골로부터 이런 주체들을 빚어낸다는 기획 자체가 무너지는 것은 아니며, 우리가 그 기획을 존중하며 이 소설을 읽어나갈 수 있다는 방향성이 흔들리는 것도 아니다. 예를 들어 소설 전체에서 사건들에 대한 무게 배분이 연대기에서처럼 외적인 중요성에 따라 이루어지는 것이 아니라, 기억에서처럼 인물의 상처와 관련된 가치에 따라 이루어지는 것도 어렵지 않게 받아들일 수 있다(아무리 그래도 작가가 클라인과 도라를 무참하게 학살한 것은 좀 심하다 싶기는 하지만). 또 서로 죽음의 상처를 비벼대는 사람들이 살아가는 이곳에서는 앙리 뒤낭이나 실비의 부모가 의지했던 가치 체계와는 다른 음지의 가치 체계가 적용된다는 점도 받아들일 수 있다. 실비의 부모가 말하는 "자비"가 절대적 가치로 부각되는 이유도 이곳에서는 그에 맞설 만한 가치를 만들어낼 수가 없기 때문이다. 예를 들어 준은 "무슨 짓을 해도 절대 사랑으로 어떤 사람을 그의 본성에서 벗어나게 해줄 수 없고, 사랑으로 어떤 사람을 그의 운명에서 벗어나게 해줄 수 없다"고 믿는다. "사랑에는 그런 힘이 없다"는 것이다. 멀리서 어렴풋이 비치는 자비의 빛 외에는 이렇다 할 빛이 없는 이 어두운 동굴 같은 곳에서 이창래는 준과 헥터를 기어코 솔페리노의 백골이 가득한 교회로, 전쟁과 죽음의 장소로 다시 데려간다. 그리고 그곳에서 마침내 헥터로부터 "이곳이 우리의 자리"라는 자백을 받아내고야 만다. 이창래는 이런 암울함을 냉정하게 들여다보고 가혹하게 그려내는 것 외에는 문학으로 전쟁과 맞설 다른 방법이 없고, 문학으로 백골들을 진혼할 다른 방법이 없다고 믿은 듯하다.

알랭 드 보통 *Alain de Botton*

1969년 스위스 취리히에서 태어났다. 은행가이며 예술품 수집가인 아버지를 둔 덕에 유복한 환경에서 자랐다. 케임브리지 대학에서 역사학을 전공, 수석 졸업했으며 하버드 대학에서 철학 박사과정을 밟던 중 작가생활을 시작했다. 스물세 살에 쓴 첫 소설 『왜 나는 너를 사랑하는가』에 이어 『우리는 사랑일까』 『키스 앤 텔』에 이르는, 사랑과 인간관계 3부작이 현재까지 이십여 개 언어로 번역, 출간되었다. 자전적 경험과 풍부한 지적 위트를 결합한 이 독특한 연애 소설들로 그는 '90년대식 스탕달' '닥터 러브'라는 별명을 얻었다.

또한 문학과 철학, 역사, 종교, 예술을 아우르며 일상의 가치를 발견하는 에세이 『불안』 『일의 기쁨과 슬픔』 『뉴스의 시대』 등을 냈다. 2003년 프랑스 문화부 장관으로부터 문화예술공로훈장을 받았으며, 같은 해 유럽 전역의 뛰어난 문장가에게 수여하는 '샤를 베이용 유럽 에세이상'을 수상했다.

알랭 드 보통다움에 대하여

알랭 드 보통은 클로이와 연애를 할 때 처음 만난 것 같은데, 지금은 아들도 두었고 머리도 훌렁 벗어졌으니 만난 지가 꽤 된 셈이다. 그렇다면 상당히 친해졌을 법도 한데, 아직도 허물없는 사이라는 느낌은 들지 않는다. 물론 최근 들어 가끔 단추도 하나쯤 잊고 안 채울 것 같은 인상을 주기는 하지만. 그럼에도 만난 세월이 세월이니만큼, 순수한 독자와는 약간 다른 각도에서 잠깐 이야기를 해볼 수는 있을 것 같다.

내가 이 작가를 처음 접했을 때 재미있게 느꼈던 것은 누구나 자기를 좋아하게 만들려고 애를 쓰지 않는다는 점이었다. 자신의 성격의 결을 있는 그대로 드러낸다는 느낌이었다. 게

다가 그 결이 까칠하다면 까칠하다고 말할 수 있는 것이었기 때문에 사람들의 호오가 분명하게 나뉠 것 같았다. 심한 경우에는 재수없다는 말도 나올 듯했다. 뭐, 마음에 들지 않으면 마라, 하는 식의 젊은 사람다운 패기가 마음에 들면서도, 글을 써서 먹고살겠다는 사람이라면 독자 한 명이 아쉬울 텐데 하는 마음에 약간 걱정이 되기도 했다.

그러나 오지랖 넓게 그런 걱정을 해준다고 해서, 까칠한 성격을 매끈한 성격으로 바꾸어 번역을 할 수는 없는 노릇이다. 일단 번역에 들어가면, 여기저기 다듬어 누구나 좋아할 만한 환한 얼굴로 만드는 게 아니라—그럴 능력도 없거니와—음영을 있는 그대로 드러내려고 노력하면서, 외려 어두운 부분을 제대로 어둡게 표현하지 못하지나 않았나 걱정을 하게 되니까. 다행히도 나와 생각이 비슷한 편집자들을 만나, 『왜 나는 너를 사랑하는가』(1993; 청미래, 2007)에서도, 『여행의 기술』(2002; 청미래, 2011) 이후의 책들에서도 알랭 드 보통은 번역가의 무능 때문에 흉터는 생겼을지언정, 어쨌든 화장기는 별로 없는 얼굴로 등장을 한 것 같다. 그래서인지 알랭 드 보통이 냉소적이고 잘난 척하는 것 같아서 싫다는 사람들을 만나면 묘하게 반가운 마음이 들기도 한다. 사실 알랭 드 보통 자신도 그런 반응에 덤덤할 것 같다. 자신의 성격을 그런 식으로 드러낼 때는 틀림없이 그 정도 각오는 했을 테니까.

그러나 대체로 걱정했던 것과는 달리 알랭 드 보통은 꽤 많은 독자의 공감을 얻은 것 같다. 여기에는 여러 가지 이유가 있겠지만, 무엇보다도 독자들 자신이 알랭 드 보통과 비슷해졌다는 점도 중요한 이유로 꼽을 수 있지 않을까. 어느새 모두의 사랑을 받으려는 사람들보다는 그냥 있는 그대로 자기 자신을 드러내고 또 상대가 그러는 것을 자연스럽게 받아들이는 사람들이 많아진 것이다. 나로서는 이것이 꼭 좋기만 한 변화인지 잘 모르겠다. 어쨌든 독자들은, 호오, 이런 사람도 다 있네, 하면서 흥미롭게 생각했던 것 같고, 그냥 개성 있는 친구를 대하듯이, 알랭 드 보통의 좋은 면만이 아니라, 소심하고, 괴팍하고, 냉소적이고, 성마르고, 잘 삐치는 면도 그냥 있는 그대로 받아들여주었던 것 같다. 자기 자신도 크게 다를 바 없다고 생각하면서.

사실 알랭 드 보통에게는 독자의 공감을 얻기 힘든 또 한 가지 요소가 있었다. 앞의 이야기와도 연결이 되지만, 이 사람이 의외로 글을 쉽게 쓰지 않는다는 것이다. 이 정도 이름이 알려지고 많은 독자들의 공감을 얻는 작가라면 흔히 말하는 대로

'흡인력' 있는 글을 쓸 것이라고 예상하는 사람들이 많을 텐데, 내가 보기에 이 사람은 읽는 사람을—물론 번역하는 사람도—편하게 해주는 글을 쓰지는 않는다. 물론 나의 엉성한 번역 탓이 크기는 하겠지만, 알랭 드 보통을 처음 접하는 사람들은 진입하는 데 꽤 어려움을 겪을 수도 있고, 조금 진입했다 하더라도 길을 잃고 헤맬 수도 있다. 하지만 나는 이 작가의 이런 점을 사랑스럽게 여기는 쪽이다. 좋은 의미에서 작가다운 고집을 부리는 면으로 보이기 때문이다.

그의 글이 단순 명쾌하지 않은 것은 현학적인 꾸밈이 많기 때문이라고 생각하는 사람들도 있을 듯하다. 사실 그런 면이 전혀 없다고는 할 수 없다. 그래서 나도 『나는 왜 너를 사랑하는가』의 역자 후기에 그의 '치기'를 너그럽게 봐달라고 말하기도 했고, 알랭 드 보통 자신도 나이가 들어 그 책의 개정판을 낸 것이었을 터이다. 그럼에도 나는 그의 글이 복잡한 원인을 철학과 출신 티를 내는 것과는 다른 쪽에서 찾는 편이다. 예를 들어 서로 어울리지 않을 것 같은 것들을 낯설게 연결시키는 것이 그의 사고의 특징이자 매력인데, 이 점이 독자에게는 익숙하지 않아 글이 한눈에 들어오지 않을 수 있다. 그의 책 제목인 '일의 기쁨과 슬픔'이라는 표현 자체가 그렇다. 사실 이런 표현보다는 '일의 즐거움과 괴로움'이라는 표현이 훨씬 익숙하고 편하다. 물론 나는 그 제목을 처음 접했을 때, 그래도 이제 보통에게는 좀 익숙해졌기 때문에, 아, 사랑의 기쁨과 슬픔을 일과 엮은 제목이구나, 하는 생각을 했고, 그래서 별 고민 없이 '일의 기쁨과 슬픔'이라는 약간은 낯선 번역을 택했다. 알랭 드 보통은 알랭 드 보통다워야 한다고, 즉 그의 장점은 '흡인력'에 있는 것이 아니라 한번 지나갔다가 다시 돌아와서 음미하는 데 있다고 판단했기 때문이다. 이런 식으로 노력은 하지만, 사실 나는 그의 낯선 언어 구사 방식을 있는 그대로 다 전달하지 못하고 타협하는 것이 아닌가 하는 자책감에 늘 시달리는 쪽이다.

그의 글이 단순 명쾌하게 느껴지지 않는 또하나의 이유는 실제로 그의 생각이 단순 명쾌하지 않기 때문이다. 나는 그의 글을 읽으면서 이 사람의 진심이 어디까지인지 알아내는 것이 쉬운 일이 아니라고 생각하곤 한다. 얼핏 상당히 진지하게 하는 이야기 같은데도 은근히 조롱이 깔려 있는 경우도 많고, 게다가 서로 상반되는 메시지가 공존하기도 한다. 『불안』(2004: 은행나무, 2011)에서도 비슷한 느낌을 받았지만, 『일의 기쁨과 슬픔』(2009: 은행나무, 2012)에서도 그런 면이 보인다. 예를 들어 그는 죽음이나 시간을 생각하면 우리가 하는 일이라는 것이 얼마나 하찮아 보이느냐는 이야기를 하면서, 동시에 일 속에 들어가 있으면 죽음이니 시간이니 하는 것을 까맣게 잊어버리지 않느냐는 이야기를 한다. 과연 어느 쪽에 무게가 실리는 것일까? 어쩌면 독자의 입장에서 기대하는 것은 그 두 가지 면을 통일한, 일종의 구원의 메시지일지도 모르겠다. 그러나 그의 책에서 그런 구원의 메시지를 찾는 것은 대단히 어려운 일이다. 늘 그 자신에게서, 한 개인의 입장에서 출발하는 이 작가는, 예를 들어 일의 그 두 가지 면을 왕복하며 어정쩡하게 살아가는 것이 우리의 생활이 아니냐, 거기서 쉽게 벗어날 수 있다고 말하는 사람이 있다면 외려 일단 의심하고 봐야 하는 것 아니냐고 말할 것 같다. 나는 바로 이런 양면적이고 어떤 면에서는 어정쩡한 태도가 그의 글을 복잡하게 꼬이게 만드는 원인이 아닌가 하는 생각을 하면서, 동시에 그것이 또 그 나름의 정직성의 반영이라고 생각한다. 그래서 번역을 하면서 최대한 복잡하게 꼬아주는 것이 예의가 아닐까 하는 생각도 해보게 되는 것이다.

어쨌든 이런 복잡함 때문에 알랭 드 보통을 읽는 사람들은 미리 기대하던 것에 따라 어느 한 면만 보고 내 생각과 똑같다고 감탄하기도 하고, 기대하던 것이 없다고 실망하기도 할 것이다. 그냥 복잡하기만 할 뿐 결국 무슨 대단한 얘기가 있냐고 푸념을 하기도 할 것이다. 아마 알랭 드 보통이 그 말을 듣는다면 이렇게 대꾸할지도 모르겠다. "내가 언제 내가 대단하다고 그랬나."

사실 이런 면들은 독자는 물론 번역가도 불편하게 한다. 그러나 그것이 또 사랑스럽게 다가온다는 것이 이 작가의 매력이기도 하고, 그를 그답게 만들어주는 점이기도 한 것 같다. 그래서, 앞으로 많은 글을 쓰고 많은 변화와 발전이 있겠지만, 그런 까다로운 면들만큼은 변하지 않기를 바라는 마음이다. 그래야 알랭 드 보통이니까.

일상의 철학자

『왜 나는 너를 사랑하는가』의 이십대 알랭 드 보통은 히스로 공항에 도착할 무렵 한 여자에게 온통 정신이 팔려 있었다. 아니, 정말 그랬을까? 그가 정말 클로이라는 여자에게 정신이 팔려 있었을까? 혹시 그가 정신을 팔고 있는 것은 클로이 자체라기보다는 클로이라는 자극으로 인해 그의 내부에서 일어나는 감정적이고, 지적인 반응이 아니었을까? 알랭 드 보통은 외부의 자극에 바이올린의 가는 현처럼 섬세하게 떨며 반응하는 자신의 심리를 현미경으로 들여다보듯 관찰하여, 그 미세한 변화를 지적으로 차갑게 해석해냈다. 여자를 사랑하는 뜨거움과 그 사랑을 해석하는 차가움 사이의 온도 차이 때문에 우리 정신의 살갗에도 소름이 돋곤 했다.

사십대로 들어선 알랭 드 보통은 『공항에서 일주일을』(2010: 청미래, 2010)로 한 바퀴 원을 그리듯이 다시 히스로 공항으로 돌아왔다. 그러나 이제는 자기 내부보다는 외부를 관찰한다. 공항에서 헤어짐을 아쉬워하는 연인을 관찰하는 그의 눈빛은 여전히 차갑고 날카롭지만, 왠지 노스탤지어도 묻어나는 듯하다. 노스탤지어를 느낀다는 것은 이미 자신의 이야기는 아니라는 뜻이다. 그렇다면 이제 그는 사랑 이야기는 하지 않을 것인가?

"사랑 이야기는 앞으로도 절대 멈추지 않을 겁니다. 하지만 사랑에는 많은 단계가 있어요. 스물두 살의 젊은 사랑도 있지만, 십 년마다 경험도 새로워지고 감각도 새로워지지요. 게다가 관계란 것은 절대 안정적이지 않습니다. 사람들은 사랑이 목적지라고 생각하여, 거기 도착하면 영원히 머물 거라고 생각하곤 해요. 하지만 절대 그렇지 않습니다. 사랑은 구름처럼, 증기처럼 손에 잡히지 않아요. 나는 오랜 세월에 걸쳐 사랑을 추적하고 관찰해보려 합니다."

사랑의 단계나 인생의 단계에 대한 보통의 말에는 공감이 간다. 독자들이 가장 궁금하게 느끼는 부분일 것 같아 사랑 이야기부터 물어보기는 했지만, 사실 나 자신은 알랭 드 보통의 사랑 이야기들이 너무 자신의 내부에 몰입해 있는 것 같아 답답함을 느끼기도 했다. 아마 이런 느낌은 알랭 드 보통과 나의 나이 차이, 즉 서로 속해 있는 인생의 단계가 다르기 때문에 생긴 것인지도 모른다. 어쨌든 나는 『불안』에 와서 좀 숨통이 트이는 느낌이었다. 이때부터 그는 점차 외부로 시선을 돌려, 『행복의 건축』(2006; 청미래, 2011)을 거쳐 『일의 기쁨과 슬픔』이나 『공항에서 일주일을』에서는 외부에 대한 관찰이 글의 출발점이 되는 지점에 이른 듯하다. "내가 해보고 싶었던 것은 현실 세계, 사적인 세계 말고, 일터의 세계, 공항, 공장, 항구, 증권 거래소의 세계에 대한 보고서를 쓰는 거였어요. 세계를 움직이는 진짜 큰 엔진들 말이에요."

그 자신도 답답했던 것일까? "작가들은 전통적인 여성 역할을 합니다. 계속 집에 있거든요. 내 경우에는 밥도 하고 청소도 하죠. 하지만 나는 좀 밖으로 나가보고 싶었습니다. 양복을 입고, 어디를 찾아가는 리포터 같은 사람, 다큐멘터리를 만드는 사람이 되고 싶었어요." 실제로 배를 타고 돌아다니고, 송전탑을 쫓아가고, 사람들을 만나 취재하고, 함께 술잔을 기울이는 그에게서는 어떤 홀가분함, 편안함 같은 것이 느껴진다.

『여행의 기술』의 그 까다롭고 예민한 알랭 드 보통, 수틀리면 여행 일정을 중간에 포기하고 집에 돌아와 여행에 대한 공상을 하는 쪽을 택할 알랭 드 보통과는 느낌이 다르다.

그러나 그는 잠깐 바람만 쐬러 나온 것만은 아닌 듯하다. "세월이 흐르면서 너무 늦기 전에 세상에 진정한 변화를 가져오는 일이 점점 더 중요하게 느껴집니다. 요즘은 시간이 빨리 간다는 사실을 강하게 의식해요. 그럴 때면 우울해지지만, 하루하루를 최대한 잘 이용해야 한다는 것에 흥분하기도 하지요."

정말이지 과거의 알랭 드 보통에게서는 상상도 하지 못했던 발언이다. 실제로 그는 글쓰는 것과는 별개로 두 가지 중요한 인생 계획을 갖고 있다. 하나는 자신의 삶의 철학을 반영하여 세운 '인생학교'(www.theschooloflife.com)라는 런던의 아주 작은 대학이다. 그가 책에서 다룬 주제를 비롯하여 삶의 큰 문제들을 다루는 강좌를 열어놓은 곳이다. 또 한 가지는 '살아 있는 건축'(www.living-architecture.co.uk)이라고 부르는 프로젝트다. 일급 건축가들을 불러 집을 여러 채 짓고, 휴가를 보내는 사람들이 잠시 세를 내어 살면서 좋은 건축이 무엇인지 느껴볼 기회를 주겠다는 것이다. 그는 두 군데 모두 한국의 독자들도 들러주기를 바라고 있다.

아마 이런 관심의 변화의 바탕에는 개인적 삶 자체의 변화가 있을 것이다. 실제로 그의 책에서 이성異性은 점차 사라지고, 대신 아버지나 자식이 등장하기 시작한다. 그가 어떤 식으로든 자신을 한 가족의 구성원으로 바라본다는 것이다. 많은 사람에게 자식은 강압적이지 않은 방식으로 자기 자신에 대한 몰입을 덜어내는 중요한 계기가 되는데, 철학자이자 작가인 그에게 이런 '정착'은 어떤 영향을 주었을까?

"젊었을 때는 아이의 관점에서 세상을 이해하는 것 같아요. 하지만 나이가 들면서 삶의 과정 전체가 눈에 들어오기 시작하죠. 스스로 아이였다가 아이를 갖게 되는 상황으로 옮아가는데, 이건 정말 놀라운 여정입니다. 그 과정에서 더 회의적이 되고, 확신은 줄고, 겸손은 느는 것 같아요. 모든 것에 대해서 말이죠."

그렇다면 우리가 아는 예리하게 날이 벼려진 알랭 드 보통은 사라지고, 이제 점잖고 예의바르고 두루뭉술한 중년의 알랭 드 보통이 나타나는 것인가? 아니, 나는 그렇지 않다고 본다. 그 또한 그렇지 않다고 본다. "전과는 많이 다르죠. 그럼에도 늘 똑같은 내가 있다고 생각해요. 늘 결국에는 똑같은 목소리인 겁니다." 그는 실제로 어디를 돌아다니건 여전히 자신

의 눈과 감각으로 세상과 만나고, 늘 반드시 자신에게로 돌아
온다. 이 점, 설사 공항에 대한 '리포트'라 하더라도 자기 자신
이라는 필터로 걸러낸다는 점에서는 정말로 과거와 다름없이
엄격하다. 다만 관심의 대상이 바뀌었을 뿐이다.

이렇게 자신에게 절실한 문제, 우리 모두에게 일상에서 닥
치는 문제를 풀려고 애를 쓰고 글을 쓰는 과정에서 그는 '일상
의 철학자'라는 별명을 얻었다. 대학에서 일상과 관계없는 철
학 강좌들에 절망하기도 했던 알랭 드 보통은 "읽기와 쓰기를
포함하여 문화의 핵심은 개인의 삶을 해명하는 것"이라고 믿
기 때문에 그 별명을 명예롭게 여긴다. "글을 쓰면서 늘 일상
생활의 일들을 곰곰이 생각해봅니다. 사랑에 빠지고, 화를 내
고, 슬퍼지고, 일에서 좌절하고, 전원을 갈망하고, 친구를 그리
워하고…… 이런 것들을 내 책의 주제로 삼고 싶어요."

따라서 그의 영감의 원천은 자신의 삶일 수밖에 없다. "내
글은 모두 일종의 자서전이죠. 심지어 건축이나 지위의 불안
에 대한 책도 마찬가지입니다. 나는 늘 독자들과 직접적이고
개인적인 관련을 맺는 것, 내 마음으로부터 우러나온 글을 쓰
는 것을 목표로 삼습니다."

이런 태도는 그가 쓰기와 읽기를 바라보는 기본적인 태도에

서 나온다. "독서란 위기의 순간에 하는 겁니다. 작가란 삶의 위기의 순간에 우리를 위해 존재하는 사람이죠. 마치 친구처럼요. 사실 나는 나 자신의 위기를 감당하려고 글을 씁니다. 그리고 그 과정에서 다른 사람들도 도울 수 있기를 바라는 거죠."

오스카 와일드 *Oscar Wilde*

1854년 10월 16일 아일랜드 더블린에서 태어났다. 트리니티 대학에서 고대 그리스 문학과 문화를 공부했고, 옥스퍼드 모들린 대학에서 고전문학을 공부하며 유미주의의 선구자인 월터 페이터와 존 러스킨에게 깊은 영향을 받았다. 1880년 첫 희곡 『베라, 혹은 허무주의자 *Vera; or, The Nihilists*』를 발표한 이래 꾸준히 작품활동을 이어갔으며, 특히 1891년에는 『도리언 그레이의 초상』과 예술비평집 『의도들 *Intentions*』을 출간하고 희곡 『살로메』를 집필하는 등 작가이자 평론가로서 절정에 이르렀다. 1892년에는 희곡 『윈더미어 부인의 부채』가 성공하고 『진지해지는 것의 중요성』 『이상적인 남편』이 잇달아 연극으로 만들어져 흥행하면서 상업적으로도 큰 성공을 거두었다.

1891년 옥스퍼드 대학 후배 앨프리드 더글러스를 만나 동성애 스캔들 끝에 1895년 2년의 강제노역형을 선고받았다. 출감 후에는 별다른 작품을 쓰지 못하고 파리에서 가난하게 살다가 1900년 11월 30일 뇌막염으로 쓸쓸히 세상을 떠났다.

오스카 와일드라는 세계
─『오스카 와일드 작품선』을 옮기고 나서

영국문학에서 좋은 쪽으로든 좋지 않은 쪽으로든 작가 개인의 삶이 조명받은 사람이 적지 않지만, 그 가운데 오스카 와일드를 따라갈 사람은 많지 않을 것이다. 사실 오스카 와일드에 관한 어떤 자료를 찾아보더라도 그가 시인, 소설가, 극작가, 평론가라는 것 외에 재사才士라든가 재담가라든가 당대 최고의 유명 인사라는 말이 따라붙는다. 경우에 따라서는 전자가 후자 뒤에 붙는 경우도 눈에 띄기까지 한다. 오스카 와일드 자신도 말년에 자신의 천재성은 인생에 쏟아붓고, 글쓰기에는 그냥 자신의 재능만 투여했다는 말을 했을 정도다. 그만큼 오스카 와일드는 젊은 시절부터 죽기 얼마 전까지 말과 행동으로 영국과 미국 문단만이 아니라 사회까지 흔들어놓았다.

　오스카 와일드가 세상의 주목을 받게 된 일은 크게 두 가지다. 첫번째는 그가 유미주의 운동의 대변인 역할을 했다는 것이다. 유미주의란 대체로 아름다움을 최고의 가치로 보고, 인생을 포함한 모든 것을 그 기준에서 평가하는 태도라고 이야기할 수 있을 것이다. 이런 태도는 아름다움을 추구하는 예술을 지고의 가치로 삼는 '예술을 위한 예술'과도 이어질 수 있고, 다른 한편으로는 예술이나 아름다움과 관계없는 현실을 무시하면서 허무주의적 태도에 빠져들 수 있다는 점에서 데카당과도 통할 수 있다. 실제로 이런 태도는 모두 19세기 말에서 20세기 초에 이르는 세기의 전환기에 유럽을 풍미했던 태도들이다.

　1854년 아일랜드의 좋은 집안—아버지는 의사이자 학자로 작위까지 받았고, 어머니는 시인이었다—에서 태어난 오스카 와일드는 총명한 학생으로 영국의 옥스퍼드 대학에 진학하여, 존 러스킨과 월터 페이터의 영향을 받으며 유미주의적인 입장을 확립해가는 한편 시인으로서도 이름을 얻기 시작했다. 그러나 그는 무엇보다도 유미주의적 태도를 자신의 삶에 그대로 대입하려 하면서 진짜로 이름을 떨치게 된다. 우선 눈에 띄는 것은 그의 옷차림이었다. 당시 빅토리아 말기 중간계급 남성의 옷차림은 칙칙한 검은색 양복이 대부분이었다. 그러나 멋쟁이 오스카 와일드는 화려한 색깔의 옷을 좋아했으며, 단춧구멍에 꽂는 녹색 카네이션과 짧은 벨벳 바지는 그의 상징이 되다시피 했다. 여기에 나른한 표정과 자세가 겹쳐져 그의 외적인 표현이 완성되었다. 그의 외모나 태도, 또 거기에 유미주의자라는 선입관까지 가세하여 그가 남성성이 상당히 제거되고 여성화된 존재라는 이유로 비판을 받는 경우가 많았다는 점도 흥미로운 대목인데, 이런 부분은 나중에 동성애 문제가 겹치면서 그의 이미지를 결정해버리는 역할을 했다고 볼 수 있다.

그는 옷차림에서만이 아니라 말솜씨도 대단히 뛰어났다. 평소에 사람들과 나누는 이야기에서도 특출했던지, 당대의 시인 예이츠는 일상 대화에서 그렇게 완벽한 문장을 구사하는 사람은 처음 봤다면서, 마치 밤새 열심히 써서 준비한 것 같은 느낌을 준다고 말하기도 했다. 특히 재치 있는 표현의 구사에 탁월한 솜씨를 발휘하여, 많은 경구와 일화를 남기고 있다. 1882년 미국으로 유미주의 강연을 하러 들어가면서 세관에 "신고할 것이라고는 내 천재성밖에 없다"고 말한 것—실제로 그가 한 말인지 확인되지 않았다고는 하지만—도 그런 예다.

이런 말솜씨는 그가 글로 남긴 작품들에서도 유감없이 발휘된다. 말에 대한 뛰어난 감각, 말의 형식미의 추구는 금방 눈에 들어오는 그의 작품의 특징이라고 볼 수 있으며, 재치와 말장난 솜씨를 마음껏 드러낼 수 있는 소설 속의 대화, 특히 아예 대화로만 이루어지는 희곡에서 그의 장기가 제대로 드러난다. 많은 사람들이 희곡들을 그의 대표작으로 꼽는 것도 우연은 아닌 것이다.

오스카 와일드가 세상의 주목을 받고, 세상을 흔들어놓은 또 한 가지 일은 동성애로 유죄판결을 받고 이 년간의 중노동형을 선고받아 감옥에 간 사건이다. 당시에 동성애는 형사처벌 대상이었기 때문이다. 이것은 그가 결혼을 해서 자식을 둘 낳은 뒤인 1895년, 그가 마흔을 넘긴 뒤에 벌어진 일로, 그는 개인으로나 작가로나 큰 타격을 받았다. 오스카 와일드는 1897년 감옥에서 석방되어 무일푼의 상태로 파리로 건너가지만, 그로부터 삼 년 뒤인 1900년 갑자기 뇌막염에 걸려 경제적으로 빈곤한 상태에서 사십육 년이라는 길지 않은 인생을 마감했다.

오스카 와일드의 작품들의 특징을 고루 맛보게 하려는 의도로 마련된 선집 『오스카 와일드 작품선』(민음사, 2009)에는 장편이자 희곡 외의 분야에서 대표작이라고 할 수 있는 『도리언 그레이의 초상』(1890)은 제외하고, 단편과 희곡 가운데서 골라보기로 했다. 먼저 오스카 와일드가 1884년 결혼을 하고 1885년과 1886년에 두 아이를 낳은 뒤, 작가로서 본격적으로 발을 내딛던 시기인 1888년에 출간한 『행복한 왕자와 그 밖의 이야기들』에 실린 동화 「행복한 왕자」를 골랐다. 우리나라에서는 오스카 와일드의 또다른 대표작 역할을 한다는 사실도 고려했거니와, 작품 자체로도 깔끔한 형식적 아름다움과 더불어 우리가 잘 몰랐던 오스카 와일드의 사회적 관심—그는 스스로 사회주의자 또는 무정부주의자라 일컬었다—이 드러난다는 점도 염두에 두었다. 물론 동화만이 아니라 알레고리로도 얼마든지 읽을 수 있는 작품이다.

그다음은 『아서 새빌 경의 범죄 및 기타 작품들』(1891)에서 표제작을 비롯해 「캔터빌의 유령」 「모범적인 백만장자」 「비밀 없는 스핑크스」 등의 작품들을 골랐다. '예술을 위한 예술'이라는 표현을 빌려서 말을 하자면 '이야기를 위한 이야기'라고도 부를 수 있는 이 소설들에서 오스카 와일드가 짧은 이야기를 꾸며내고 기존의 장르를 비틀고 매끈하게 아퀴를 짓는 솜씨를 감상할 수 있을 것이다. 또 「아서 새빌 경의 범죄」에서는 그의 장기인 풍속희극(comedy of manners, 상류사회의 풍속을 묘사하면서 그 속을 재치 있게 드러내고 위선을 풍자하는 희극)의 냄새를 맡아볼 수 있을 것이고(실제로 희곡으로 성공한 작품 『윈더미어 부인의 부채』에 나오는 윈더미어 부인이 등장한다),「캔터빌의 유령」에서는 고딕소설이라는 장르를 익살스럽게 비틀어놓은 점에 주목할 수도 있을 것이고,「모범적인 백만장자」에서는「행복한 왕자」의 동화 같은 느낌을 다시 새겨볼 수 있을 것이고,「비밀 없는 스핑크스」에서는 미스터리라는 장르를 한번 뒤집어놓는 솜씨를 느껴볼 수도 있을 것이다.

「살로메」(1893)는 오스카 와일드의 장기인 풍속희극에 속하지는 않는다. 헤롯왕, 세례요한, 살로메 등이 등장하는 이 작품은 원래 프랑스어로 쓰고 프랑스 양식으로 구성된 작품이었으며, 이 작품에 성경의 인물이 등장한다는 이유로 상연이 금지되어 오스카 와일드의 '악명'을 높이는 데 일조했다. 오스카 와일드 자신은 변태적인 정열을 묘사하여 관객을 전율시킬 목적으로 썼다고 하는데, 바로 그런 점에서 그가 대변했다고 하는 유미주의나 데카당의 분위기를 맛보는 데 적절하다.

「진지해지는 것의 중요성」(1895)은 오스카 와일드의 풍속희극의 대표작일 뿐 아니라, 그의 전 작품 가운데서도 대표작으로 꼽히며 연극만이 아니라 영화로도 만들어졌다. 'The Importance of Being Ernest'라는 제목에서부터 알 수 있듯이―'being Earnest'라는 말은 진지함이라는 뜻도 되지만 사람의 이름으로 사용하여 '어니스트가 되는 것'이라는 뜻도 된다―말을 자유자재로 다루는 재치가 돋보이며, 그가 속속들이 알고 있는 계급과 개인들의 적절한 배치, 그들의 작용과 반작용이 그야말로 '잘 짜인 드라마'를 보는 쾌감을 만끽하게 해준다. 그러나 가볍게 웃으며 지나갈 수도 있을 듯한 이 작품이 그의 대표작으로 꼽히는 것은 여기에 당시 사회의 겉면을 가차없이 잘라내 속을 드러내고 풍자하는 무시무시한 칼날이 숨어 있기 때문이다. 그의 재치와 재기가 칼날의 일부가 되어 제대로 자리를 잡자 그 광채가 그야말로 눈부신 힘을 발휘하게 된 것이다.

혹시 유약한 취향을 과시했던 당대의 나른한 멋쟁이 오스카 와일드도 사실은 그런 번쩍이는 칼을 품고 다녔던 사람이 아닐까?

천재 작가의 뜨거운 인생

"모든 예술은 부도덕하다." 이 말이 다른 사람이 아닌 오스카 와일드의 입에서 나왔다고 하면 적어도 19세기 말 영국인들은 다수가 고개를 끄덕였을 것이다. 그 말이 작가 자신의 부도덕을 투사한 말이라고 여겼을 것이기 때문이다. 아니나 다를까, 그의 최고 희곡으로 일컬어지는 「진지해지는 것의 중요성」이 전작 「이상적인 남편」과 동시에 무대에 오르면서 작가 인생의 절정기를 구가하던 1895년, 오스카 와일드는 남성 간동성애를 금지하는 1885년의 형사법 개정안 11조에 따라 구속된다. 영국의 세기말 예술계를 대표하던 인물 와일드는 이 년형을 받았고, 출소 삼 년 뒤 세기가 바뀌던 1900년에 파리에서 뇌막염으로 쓸쓸하게 세상을 뜬다. 감옥에서 쓴 『심연으로부터』가 그가 남긴 마지막 산문 작품이었다.

와일드는 앙드레 지드에게 천재성은 인생에 쏟아붓고, 글쓰기에는 재능만 투여했다고 말한 적이 있는데, 실제로 그는 우리가 아는 대표작을 써내기 전부터 이미 유명 인사였다. 이십대 후반인 1881년에 첫 시집을 냈고, 그 이듬해에 미국의 초청을 받아 순회강연으로 미국문화계를 흔들어놓았다는 사실이 그것을 보여준다. 물론 위대한 시인이라기보다는 유미주의의 대변인이자 국가대표급 댄디 자격으로 방문한 것이었다. 유미주의란 아름다움을 최고의 가치로 보고, 삶을 포함한 모든 것을 그 기준에서 평가하는 태도라고 말할 수 있다. 이것은 "예술을 위한 예술"로 이어져, 와일드는 "예술이 삶을 모방한다기보다는 삶이 예술을 모방한다"고 말했다.

1854년 아일랜드에서 태어난 와일드는 영국의 옥스퍼드 대학에 진학하여, 존 러스킨과 월터 페이터의 영향을 받으며 유미주의적 태도를 확립해갔다. 러스킨과 페이터는 사실 서로 생각이 좀 달랐는데, 와일드는 언뜻 강렬한 체험을 강조하는 페이터에게 가까운 듯 보이지만(악의 영역까지도 체험의 대상으로 끌어들이는 『도리언 그레이의 초상』이 그런 예다) 러스킨이 강조한 사회적 관심도 버리지 않았고,「행복한 왕자」 등 여러 동화에서는 기독교 사회주의에 가까운 경향을 드러내기도 했다.

그러나 기본적으로 와일드는 사회를 자극하여 관심을 끌려는 욕구가 강했다. 우선 눈에 띄는 것은 그의 옷차림이었다. 의상개혁이 종교개혁보다 중요하다고 말했던 오스카 와일드는 파격적인 화려한 차림으로 시선을 끌었다. 여기에 댄디 특유의 나른한 표정과 자세가 겹쳐져 외적인 표현이 완성되었다. 이것은 보수적이고 칙칙한 중간계급에 대한 반발의 상징으로 추앙되기도 했지만, 동시에 엄청난 거부감도 불러일으켜 자주 풍자의 대상이 되기도 했다. 튀는 옷차림과 태도로 원하는 것을 얻기도 했지만 그 나름의 대가도 치러야 했던 것이다. 실제로 그는 지금까지도 독자적인 일관된 사상은 없으면서 오직 태도와 포즈만으로 그때그때 순발력 있게 대응한 인물에 지나지 않는 것 아니냐는 의심을 받고 있다.

물론 와일드라면 "일관성이란 상상력이 부족한 사람의 마지막 피난처"라고 받아쳤을 것이다. 그는 옷차림만이 아니라 말솜씨에도 대단히 뛰어났기 때문이다. 실제로 경구나 일화와 더불어 많은 작품들이 그의 재치 있는 말솜씨를 증명하며, 언어적 형식미는 금방 눈에 띄는 그의 작품의 특징이기도 하다.

특히 재기 발랄한 말장난 솜씨를 마음껏 드러낼 수 있는 희곡에서 그의 장기가 유감없이 발휘된다. 그 가운데도 그의 선망과 동시에 조롱의 대상이기도 했던 상류사회를 다룬 풍속희극들이 그의 본령이라고 할 수 있다.

그러나 결혼을 해서 자식 둘을 두고 훌륭한 극작가로 입지를 굳혀가던 사십대의 와일드는 동성애 때문에 그간 자신이 취했던 포즈에 혹독한 대가를 치러야 했다. 평생 잽을 날려오다가 보수적 사회의 카운터펀치를 맞은 셈인데, 역으로 이것은 그의 포즈가 비록 잔 펀치이기는 할망정 분명히 공격이었음을 반증한다. 그러나 작가로서 물이 오른 와일드가 그 나름으로 "진지해지는 것의 중요성"을 깨닫고 재반격을 시도해보기도 전에 죽음이 그를 데려가버렸다. 와일드는 한동안 잊혔다가 제2차세계대전 이후부터 서서히 작가로서 복권이 이루어지기 시작했으며, 20세기 말에 이르러 문화 연구가 왕성하게 이루어지면서 또다른 방향에서 조명을 받게 되었다. 와일드가 이번에는 '성적 소수자'로서 다시 그 나른한 표정으로 우리를 빤히 쳐다보게 된 것이다.

유일한 장편 『도리언 그레이의 초상』을 비롯하여 와일드의 주요 작품은 많이 번역되어 있다. 특히 최근 여러 출판사에서 나오는 세계문학전집에도 포함되어 있으므로, 여러 번역을 비교해보는 재미도 덤으로 누릴 수 있다. 희곡은 작품 선집에 포함된 것 외에 『윈더미어 부인의 부채』(동인, 2010)를 오경심의 번역으로도 만나볼 수 있다(영한 대역본도 있다). 예술비평을 모은 책은 『일탈의 미학』(한길사, 2008)이 눈에 띈다. 와일드의 생애를 다룬 책으로는 그의 삶을 사진까지 곁들여 간략하게 정리해준 독일인 페터 풍케의 『오스카 와일드』(한길사, 1999)를 꼽을 수 있다. 와일드의 작품세계 전체를 다룬 책으로는 이순구의 『오스카 와일드』(동인, 2012)가 있는데, "데카당스와 섹슈얼러티"라는 부제가 보여주듯이 문화 연구의 최신 성과가 반영되어 있다.

존 밴빌 *John Banville*

1945년 아일랜드 웩스퍼드에서 태어났다. 세인트 피터스 칼리지를 졸업한 뒤 대학에 진학하는 대신 아일랜드 항공에 취직해 그리스, 이탈리아 등을 여행하고, 1969년 아이리시 프레스에 입사해 1999년까지 기자 생활과 작품활동을 병행했다.

1970년 작품집 『롱 랭킨*Long Lankin*』을 발표하며 작가로서 첫발을 내디뎠다. 이후 발표한 두 편의 장편소설에 '아일랜드 소설'이라는 평가가 따르자 새로운 작풍과 주제에 몰두하며 '과학 4부작' 『닥터 코페르니쿠스』 『케플러*Kepler*』 『뉴턴 레터*The Newton Letter*』 『메피스토*Mefisto*』와 '예술 3부작' 『증거의 책*The Book of Evidence*』 『고스트*Ghosts*』 『아테나*Athena*』를 잇달아 출간하며 평단과 독자의 지지를 얻게 된다. 2005년 발표한 열네번째 장편소설 『바다』로 맨부커상을 수상했다. 2006년부터는 '벤저민 블랙'이라는 필명으로 일곱 편의 범죄소설을 발표하기도 했다. 벤저민 블랙과 존 밴빌로 전혀 다른 방식의 글쓰기를 이어오며, 2012년 『오래된 빛*Ancient Light*』으로 다시금 평단의 찬사와 함께 오스트리아 정부가 수여하는 유럽 문학상을 수상한다.

유례없이 치열한 경합으로 '황금의 해'라 불린 제37회 맨부커상을 비롯해 가디언 소설상, 래넌 문학상, 휫브레드 문학상, 프란츠 카프카 상, 프린시페 데 아스투리아스 상 등을 수상했다.

신들은 바다로 떠났다

어느 미술관에서 넋 놓고 그림 한 점을 오랫동안 들여다본 적이 있다. 창살이 있는 창밖으로 내다보이는 마당을 그린 그림이었는데⋯⋯ 마당에는 아이가 있었던가? 가축 또는 애완동물이 있었던가? 그림 한 점을 그렇게 오래 들여다본 경험은 처음이었음에도 잘 기억이 나지 않는다. 물론 제목도. 그 미술관의 대표적인 그림이었는지, 옆에 놓인 미술관 소개 책자 표지에 그 그림이 인쇄되어 있었는데, 훌륭한 인쇄 기술로도 원화의 색감은 표현해내지 못하는구나, 이래서 그림은 원화를 보라는 거구나, 하는 초보적이고 부수적인 깨우침을 얻었던 기억은 남아 있다. 그와 더불어 소멸해가는 과정의 어느 순간을 포착한 듯, 흐릿한 윤곽으로 묘사되어 있는 일상의 마당 풍경이 주는 어떤 느낌도. 화가의 눈에는 마치 꽃이 지는 과정을 빠르게 찍은 필름처럼 모든 존재가 빠른 속도로 소멸을 향해 달려가는 것 같은데, 그 소멸의 한순간을 포착한 이미지 자체는 영원에 편입되어 있는 듯했다. 그 덧없는 일상의 한순간이 곧 영원이라는 이 아찔한 모순이 빚어내는 묘한 느낌 때문에 그 그림에 그렇게 오랜 시간 붙들려 있었던 것인지도 모른다.

어쨌거나 감명받은 그림의 제목은커녕 이미지 자체도 또렷하게 기억 못하는 문외한이 수많은 그림 가운데 그 그림에 사로잡힌 데에는 그림 자체의 힘도 힘이지만 그 그림을 그린 화가 보나르의 이름도 한몫했을 것이다. 그리고 당대 화가들 가운데 첫손에 꼽힐 정도로 유명한 화가가 아님에도 내 머릿속에 그 화가의 이름이 남아 있었던 것은 오로지 내가 번역한 책에서 그 이름을 보았기 때문이다. 아일랜드 작가 존 밴빌의 『바다』(2005; 원제는 'The Sea'로, 좋은 결과를 낳든 나쁜 결과를 낳든 번역서의 제목을 결정할 때 번역가가 큰 권한을 갖는 경우는 거의 없는데, 2007년 RHK에서 출간되었을 때는 '신들은 바다로 떠났다'라는 제목으로 출간되었다. 2016년 문학동네에서 다시 출간되면서 원제대로 '바다'로 제목이 바뀌었다)의 주인공이자 일인칭 화자로 등장하는 미술사학자 맥스가 연구하는 화가가 바로 보나르다. 물론 소설에 등장하는 그림이 내가 본 그림은 아니다. 그럼에도 나의 주관적인 감상으로는, 『바다』를 읽을 때 받은 느낌과 미술관에서 그 그림을 보았을 때 받은 느낌이 거의 일치했다. 보나르라는 화가를 작품에 심어놓고, 그의 그림의 느낌을 글로 그대로 표현해낸 존 밴빌이라는 작가가 과연 대단하구나 하는 생각이 들지 않을 수 없었다. 『신들은 바다로 떠났다』는 그만큼 정밀한 세공품이었던 것이다.

『바다』는 2005년에 영국의 권위 있는 문학상인 맨부커상을 받은 작품으로, 한국에는 2007년 5월에 출간되었다. 그렇게 큰 상을 받은 중요한 작품을 출간하는 일을 출판사에서 뭉그적거렸을 리는 없으니, 일 년이 넘는 시차가 생긴 것(우리의 일반적 관행에서는 꽤 늦어진 편에 속할 것이다)은 전적으로 내가 늑장을 부렸기 때문이다. 책이 어렵다 어떻다 변명을 했던 기억이 나는데, 아무리 그렇다 해도 그 다음해 맨부커상 수상작이 발표되고 나서도 한참 뒤에야 나오게 한 것은 사실 변명의 여지가 없는 일이다. 그럼에도 목소리 한 번 높이지 않고 기다려준 편집부를 생각하면 미안해서 지금도 얼굴이 달아오른다.

그렇게 느릿느릿 번역하면서 내가 개인적으로 얻은 소득이 한 가지 있다면, 존 밴빌이라는 작가 덕분에 감정적으로 달혀 있던 어떤 부분이 약간 열리게 된 것이라고 할 수 있다. 사실 나는 그전까지 소멸이나 상실 같은 것에 그다지 관심이 없었고, 그로 인해 생겨나는 감정에는 저항감까지 느끼는 쪽이었다. 그러나 이 책을 읽고 번역하면서 그런 감정에 어느 정도나 자신을 개방하게 되었다. 이런저런 조건들이 맞아떨어져서 생긴 결과겠지만, 아무래도 밴빌이라는 작가의 역할이 가장 컸지 싶다. 〈라트라비아타〉의 통속적인 이야기가 예술이 된 것은 베르디의 힘이듯이, 소멸과 상실이라는 기본적인 인간 조건, 수다한 감상적 감정 과잉의 재료가 되어온 조건을 가장 냉혹하고 엄정한 방식으로 그려냄으로써 역설적으로 나 같은 부류에 속하는 독자의 닫혀 있던 곳을 열고 공감을 끌어낸 것은 밴빌의 힘이라고 할 수 있기 때문이다.

그러나 아름다운 표지에 싸여 나온 『바다』는 2007년 당시 안타깝게도 큰 호응을 얻지는 못했다. 흔히 번역서는 잘되면 원작 덕분이고 안 되면 번역 탓이라고 이야기하는데, 평소에는 고깝던 그런 말마저 그대로 받아들이고 싶은 심정이었다. 어떤 책이든 번역가로서 번역에 만족하는 책은 없지만, 영어를 사용하는 현존 작가 가운데 최고의 스타일리스트라 일컬어지는 존 밴빌이니만큼 『바다』의 경우에는 더욱더 나 자신의 역부족이 느껴질 수밖에 없었던 것이다. 더군다나 번역 원고를 늦게 넘기는 바람에 맨부커상 수상의 후광마저 제대로 입지 못한 것은 아닐까 하는 자책도 있었다. 어떤 이유에서든 내가 아끼고 좋아하는 만큼 대접을 못 받는다는 느낌이 들어서 그런지, 그뒤로 누가 내가 번역한 책들 가운데 '기억에 남는 번역서' '애착이 가는 번역서' 같은 것을 꼽으라고 하면 거의 어김없이 『바다』를 꼽곤 했다. 그리고 거꾸로 이 책을 읽었다고 하는 사람을 만나면 그렇게 반가울 수가 없었다. 그러나 이 책의 뒷부분에 자리잡고 있는 기막힌—내가 보기에는—반전을 언급하는 사람이 별로 없는 것으로 보아, 역시 끝까지 읽은 사람은 많지 않은가보다 하는 생각도 지울 수가 없었다.

어느 겨울, 한 술자리에서 후배 번역가 한 분이 『바다』 이야기를 했다. 반갑기도 했지만, 한편으로는 의례적인 덕담이겠거니 하고 넘어가려는 마음도 없지 않았다. 그러나 후배는 아픈 상실을 겪고 고향으로 내려가 마음을 달래던 중에 이 책을 읽었다고 했다. 밤새워 책을 읽는데, 울다가 읽다가 밖에 나가 서성이다가, 다시 읽다 울다 했다는 이야기였다. 그러면서 이 책만큼 자신의 마음 깊은 곳을 건드리고 흔들고 또 달래준 책이 없었다고 덧붙였다. 번역가로서 가장 민망한 경우가 원작자가 받을 찬사를 대신 듣는 것이지만, 이날 밤만큼은 왠지 작가를 대신해, 그 책이 상처를 치유하는 데 조금이라도 도움이 되었으니 다행이라고 이야기라도 하고 싶은 심정이었다. 물론 하지는 않았지만.

한편 마음 한구석에서는 나 자신은 그 후배만큼 아픈 상실을 겪어보지 못한 사람인데 과연 『바다』라는 깊은 우물의 밑바닥까지 내려가보았다고 할 수 있을까 하는 의문이 들었다. 혹시 이 책의 진짜 힘을 제대로 실감하지도 못하면서 입으로만 좋은 책이라고 떠들고 다닌 것은 아닐까? 그런 실감 없이 번역을 했다면 그것은 과연 어떤 번역일까? 반대로 그런 실감을 바탕에 깔고 번역했다면 더 나은 번역, 더 울림이 큰 번역을 할 수 있었을까? 그러나 자못 심각해 보이는 이런 의문들은 술기운과 함께 증발해버리고 남은 것은 한 가지 결심뿐이었다. 그 후배의, 그러니까 한 독자의 곡진한 독후감을 들었으니 이제 됐다, 앞으로 이 책 이야기는 그만해야겠다, 하는 결심이었다(이 자리가 정말 마지막이다!). 어쨌거나 그 후배가 이야기를 하던 밤에는 아마 바다 건너 존 밴빌도 슬프고 아름다운 바다의 꿈을 꾸었을 것이다.

스타일리스트 밴빌

—『바다』를 옮기고 나서

노벨문학상의 미덕은 아마도 특정 수상자를 선정하는 일보다는 수상 후보로 거론되는 작가들의 면면을 살펴보게 해주는 데 있을 것이다. 수상자야 상에 따르기 마련인 여러 변수가 작용하여 결정되지만, 그래도 후보는 작가의 업적을 고려하여 사람들 입에 오르내리기 때문이다. 그 덕분에 우리는 세계적으로 문학적 성취를 인정받는 여러 나라 작가들을 알게 되고, 후보자들 가운데, 특히 그리 유력하지 않은 후보자들 가운데 이미 알던 작가 외에 귀에는 설지만 호기심이 당기는 이름을 발견하기도 한다. 아일랜드의 존 밴빌이나 윌리엄 트레버도 그런 작가들일 것이다.

이들 노벨문학상 후보들이란 사실 노벨상위원회에서 발표한 명단이 아니라 주로 도박사들 입에 오르내리는 이름들인데 반해, 후보 명단을 주최측에서 공개하는 상도 있다. 영국의 권위 있는 문학상으로 꼽히는 맨부커상이 그런 경우로, 후보 명단, 최종 후보 명단, 수상작의 순서로 발표를 한다. 이 명단을 보면 귀에 익은 작가도 여럿 있지만 귀에 선 작가도 많아 관심의 폭을 넓혀야겠다는 생각이 들곤 한다. 가령 2005년의 명단을 보아도 익숙한 이름과 그렇지 않은 이름이 공존한다. 지금은 조금 다를지 몰라도, 당시 이 명단에서 존 밴빌은 당연히 귀에 선 이름에 속했을 것이다. 영국 독자들에게도 크게 다를 바 없었기에, 이해에 밴빌의 『바다』가 상을 탄 것은 예상을 완전히 뒤엎는 이변이었다.

　그러나 이때 밴빌의 나이는 이미 예순이었고, 『바다』는 그의 열네번째 장편이었다. 존 밴빌은 1945년 아일랜드에서 자동차 정비소 직원의 아들로 태어나 아일랜드 출신답게 십대 초반에 제임스 조이스의 『더블린 사람들』을 읽고 "조이스가 실생활을 써나가는 방식"에 감명을 받아 그의 작품을 흉내내기 시작했다. 훗날 맨부커상 심사 때 다섯 명의 심사위원 가운데 네 명이 2 대 2로 갈린 상황에서 밴빌의 손을 들어주어 그의 수상에 결정적 역할을 했던 심사위원장 존 서덜랜드는 조이스의 『율리시스』를 예로 들어 밴빌의 문학 언어를 옹호하면서, 밴빌의 언어를 비난하는 사람들은 1922년에 맨부커상이 있었다 해도 조이스에게 상을 주지 않았을 것이라고 말했는데, 은연중에 조이스와 동급이 된 셈이니 밴빌로서는 감회가 남달랐을 것이다.

그렇지만 밴빌이 어렸을 때는 문학에 대한 관심을 이어가기보다는 미술에 관심을 가져 화가나 건축가가 되려고 했다. 가족으로부터 멀어지고 싶다는 이유로 대학에 들어가지 않고 아일랜드 항공사에 취직해 그리스, 이탈리아 등을 여행했다. 1968년에서 1969년에는 미국에서 살았고, 1969년에 아이리시 프레스의 편집자로 입사하여 직장생활을 시작했다. 직장생활은 1995년 아이리시 프레스가 문을 닫은 뒤 아이리시 타임스로 옮겨가면서 1999년까지 이어졌다. 그만둘 무렵에는 문학 편집자 일을 했는데, 회사 경영이 어려워지면서 명예퇴직과 부서 이동을 선택하게 되었을 때 퇴직을 선택하여 삼십 년에 가까운 직장생활을 마감하게 된다. 만일 일을 계속할 수 있었다면 퇴직하지 않았을 수도 있으니 꽤나 성실한 직장인이었던 셈이고, 이런 면에서는 미술책을 쓰는 딜레탕트인 『바다』의 주인공 맥스 모든과는 꽤 거리가 있는 셈이다.

신문사에 입사한 무렵인 1970년에 첫 단편집 『롱 랭킨』이 나온 것으로 보아 밴빌은 일찌감치 작가생활과 신문사 출퇴근을 병행하기로 결심한 듯하다. 2005년에 출간한 『바다』가 열네번째 장편이니, 신문사 생활을 하면서도 대략 이삼 년에 한 권꼴로 꾸준하게 장편을 써낸 셈이다. 이러한 흐름은 퇴직 후 조금 속도가 붙었을 뿐 지금까지도 계속 이어지고 있어, 작품활동에서도 성실한 글쟁이의 면모가 유감없이 드러난다고 할 수 있다. 그러나 거기에서 그친 것이 아니다. 그는 직장생활을 하고 소설을 쓰면서도 1990년부터는 문예지 『뉴욕 리뷰 오브 북스』의 고정 필진으로 참여해왔을 뿐 아니라, 그 외의 간행물에도 서평 등의 글을 많이 썼다. 또 연극과 라디오 드라마, 영화 시나리오에도 관여했다. 그리고 2006년부터는 마치 직장생활이 빠진 부분을 메우려는 듯, '벤저민 블랙'이라는 필명으로 범죄소설을 쓰기 시작하여 지금까지 줄기차게 발표해오고 있다. 그는 벤저민 블랙의 범죄소설을 "싸구려 픽션"이라고 부르며—꼭 이 경우가 아니더라도 그는 자신이 쓴 글을 좋게 이야기하는 법이 없다—이런 것을 쓸 때는 장인匠人으로,

문학적인 소설을 쓸 때는 예술가로 일한다고 말한다. 밴빌은 이렇게 장인과 예술가 노릇을 겸하면서도 시간이 남는지 SNS에도 열심히 글을 올리고 있다.

『바다』 같은 소설을 쓴 사람이 한평생을 꽤 성실하게 살아왔다는 것이 놀랍고, 그 성실한 삶을 여러 부분으로 쪼개 운영해왔다는 것도 놀랍지만, 전체적으로 보면 아일랜드의 노동계급 출신으로 잘 안 팔리는 소설을 쓰는 작가의 생존 방식이 눈에 들어오는 듯하다. 2005년 맨부커상을 놓고 가즈오 이시구로와 경합을 벌일 무렵 이시구로의 『나를 보내지 마』는 양장본만 이만오천 부 가까이 팔린 반면, 밴빌의 『바다』는 겨우 삼천 부가 조금 넘게 팔렸을 뿐이었다. 이런 상황을 헤아린다면 밴빌의 성실한 직장생활을 포함한 많은 과외활동은 다른 이유와 더불어 자신이 예술가로서 하는 일을 제대로 해나가기 위한 방편으로 볼 수도 있을 듯하다. 1968년 미국에서 생활할 때 만난 부인 재닛 더넘은 글을 쓰고 있을 때의 그를 가리켜 "막 유혈이 낭자한 살인을 마치고 돌아온 살인자" 같다고 말했다는데, 밴빌의 조건을 떠올리면 이 말을 여러 의미에서 되새겨보게 된다.

밴빌은 첫 단편집을 내고 나서 이후 발표한 두 편의 장편소설에 '아일랜드 소설'이라는 평가가 따르자 새로운 작풍과 주제에 몰두하며 '과학 4부작'으로 묶이는『닥터 코페르니쿠스』『케플러』(1981),『뉴턴 레터』(1982),『메피스토』(1986)를 쓰고, 살인자 프레디 몽고메리가 화자로 나오는 '예술 3부작'『증거의 책』(1989),『고스트』(1993),『아테나』(1995)를 잇달아 출간한 뒤,『이클립스*Eclipse*』(2000)와『장막*Shroud*』(2002)(알렉산더 클리브와 캐스 클리브가 등장하는 이 두 작품은 2012년에 나오는『오래된 빛』과 더불어 3부작의 꼴을 갖추게 된다)을 내놓는다. 이 과정에서 그를 지지하는 비평가들로부터 '현존하는 영어권 최고의 스타일리스트'라는 찬사를 얻게 되었다. 밴빌이 이시구로를 누르고 맨부커상을 타게 되었을 때도 가디언은 이 일을 "스타일이 멜랑콜리한 내용을 누른 승리"라고 표현했는데, 밴빌 자신이 시와 소설을 섞어 어떤 새로운 형식을 만드는 것을 목표로 삼았던 만큼 이런 찬사가 무엇보다도 고마웠을 것이다. 그러나 이런 찬사를 얻는 데에는 대가가 따르지 않을 수 없었다. 앞서도 말했듯이 일단 책이 잘 팔리지 않기 때문에 자신의 목표를 이루기 위해 온 시간을 투자할 수 없다는 점에 더해, 풍부한 언어로 소설을 조탁해나가는 이런 과정이 소수의 집단이 자기들끼리 즐기는 비의적秘儀的 의식에 불과하다는 비판까지 받아야 했다. 비평가들이나 읽을 소설을 쓰는 사람 취급을 당했던 것이다. 실제로 『바다』가 맨부커상을 수상한 것을 두고 '참사'라고 표현한 사람도 있고, 『바다』는 쓰레기통에나 들어가야 할 책이라고 독설을 퍼부은 비평가도 있었다.

물론 밴빌은 모더니스트답게 이를 그저 자신의 문학이 치러야 하는 대가라고 생각할 것이다. 앞서 밴빌이 조이스에게 받은 영향을 이야기했지만, 밴빌은 가디언과 이야기하면서 모든 아일랜드 작가는 조이스 추종자와 베케트 추종자로 나뉘는데, 자신은 베케트 진영이라고 말한 적이 있다. 실제로, 특히 아일랜드 내에서 밴빌을 지지하는 사람들은 이제 그가 능력으로 보나 성취로 보나 베케트와 어깨를 나란히 할 만하다고 평가하기도 한다. 그러나 그들이 보기에는 조이스와 베케트 사이에 큰 차이가 있겠지만, 또 실제로도 물론 큰 차이가 있겠지만, 어떤 면에서 이 둘은 모더니스트로 한데 묶을 수 있고, 밴빌이 둘 가운데 어느 파이건 아일랜드 모더니즘의 적자라는 사실에는 변함이 없을 것이다. 더불어 밴빌을 평할 때 함께 호명하는 블라디미르 나보코프나 헨리 제임스도 크게 보면 이들과 한데 묶을 수 있을 듯한데, 이들은 모두 자신들의 소설과 대중 간의 소통은 물론이거니와 애초에 사람과 사람 사이의 소통에도 별다른 기대가 없다는 점에서 생각이 다 비슷할 것이다. 다만 밴빌은 이들보다 지명도가 떨어지는데다가 훨씬 늦은 시대에 살기에 소설로 먹고살기가 더 불리할 따름이다. 지금은 모더니즘이 이른바 모더니즘 '이후'의 다른 흐름에 밀려 한물간 것으로 취급받는데다가, 소설 자체가 존립 위기에 섰다―모더니즘이 자초한 면도 없지는 않겠지만―는 이야기도 심심치 않게 들리기 때문이다.

따라서 기왕에 모더니즘을 고수하는 스타일리스트가 된 이상 밴빌도 여러 가지를 감수할 수밖에 없겠지만, 한 가지, 이 스타일리스트라는 칭호가 겉으로는 미려해 보이나 내용 없는 말장난이나 일삼는 사람이라는 비판이라면 그도 가만히 있지는 않을 것 같다.

"우리의 삶은 출생과 죽음이라는 고정된 양극 사이에 아른거리는 뉘앙스들이다. 여기 우리의 존재라는 그 반짝임은, 비록 짧지만 무한히 복잡하여 겉치레, 자기기만, 덧없는 현현, 그릇된 출발과 더 그릇된 마무리로 이루어져 있으며―삶에서는 삶 자체 말고는 아무것도 끝나지 않는다―이 모든 것이 자신은 자신이지 단순한 등장인물, 자신들이 모인 덩어리가 아니라는 전제에서 발생한다. 문학예술은 그런 복잡성을 표현하기를 바랄 수는 없지만, 스타일, 즉 작동하는 상상력의 힘으로 그에 대응하는 복잡성을 구축할 수 있으며, 삶과 닮은 상태라는 충분히 설득력 있는 환상을 제공할 수 있다."●

이것은 밴빌이 자신의 문학관을 피력한 말로, 여기서 우리는 스타일이 단순히 문장을 쓰는 독특한 방식이 아니라 삶 자체를 표현하는 방식이라는 그의 생각을 알 수 있다. 삶 자체가 미묘하고 복잡한 것이기 때문에 그 삶을 섬세하게 표현하려는 자신의 소설 또한 미묘하고 복잡해진다는 것이다. 물론 그 삶의 출발점은 '자신'이라는 데에서 모더니즘적 성격이 드러난다. 즉 『바다』에서 맥스가 죽은 아내를 떠올리며 이야기하듯이, 사람이 남을 안다는 것은 불가능한 일이고, 따라서 어느 정도 알 수 있는 자기 자신을 이야기하는 것 외에는 삶을 이야기할 방법이 없다는 태도에서 밴빌의 모더니스트적 면모가 여실히 드러난다는 것이다. 그럼에도 자신의 스타일이 어디까지나 '삶'의 표현, 그 복잡성의 표현이라는 그의 발언은 『바다』를 읽을 때에도 반드시 염두에 둘 필요가 있다.

사실 많은 사람들이 『바다』에 찬사를 보내지만, 그 내용은

● 존 밴빌이 필립 로스의 『에브리맨』을 리뷰하며 쓴 글의 일부로, 2006년 4월 가디언에 실렸다.

주로 언어나 스타일과 관련되어 있다. 조금 더 적극적으로 내용을 끌어안더라도 이것이 '상실과 회상'을 주제로 다루었다고 말하는 정도인 듯하다. 비판하는 쪽에서는 『바다』에 기억할 만한 이야기가 없다고 혹평하며, 심지어 밴빌을 적극적으로 옹호하고 나섰던 서덜랜드마저 『바다』에 무슨 이야기가 있느냐고 말할 정도다. 그러나 '삶'을 반영하기 위해 복잡한 스타일을 구사한다는 밴빌의 입장에서 보자면 이것은 조금 억울한 이야기일 수도 있고, 실제로 『바다』에는, 비록 전통적인 사실주의적 방식으로 다루어지지는 않지만 꽤나 흥미로운 이야기가 뚜렷하게 담겨 있다고 할 수 있다. 게다가 그 이야기의 바닥에는 뜻밖에도, 노동계급 출신의 모더니스트라는 밴빌 자신의 출신을 반영하듯, 주인공이 하층계급 출신이라는 사실과 그로 인한 자의식이 묵직하게 자리를 잡고 있다.

『바다』는 주인공 맥스가 아내를 암으로 잃고 어린 시절에 머물렀던 바다를 찾아와 그곳에서 또하나의 상실의 기억을 떠올리는 이야기다.

그런 면에서 '상실과 회상'이 주제인 것은 분명하다. 그런데 그 두 상실 사이에 어떤 관계가 있을까? 한 명은 아주 어릴 때 만난 여자아이이고, 다른 한 명은 오랜 세월을 함께 산 부인이기는 하지만 어쨌든 잃어버린 사람이 둘 다 주인공의 삶에서 중요한 자리를 차지한 여자들이었다. 그것은 두 여자 모두 맥스가 "나 자신이 아닌 것"이 되기 위한 "변형의 매개"였기 때문이다. 나 자신이 아닌 것이 되는 방식에는 여러 가지가 있겠지만, 맥스의 경우에는 자신의 계급에서 탈출하는 것이 매우 중요한 요소였다. 어린 시절 자신이 좋아하던 아이의 가족이 "신"들로 보였던 것도 이런 계급적 차이 때문인데, 실제로 『바다』는 맥스의 어린 시절 바닷가가 계급 구조와 연결되어 있던 면들을 상당히 세밀하고 자세하게 전해준다. 이렇게 자기 계급에서 벗어나 나 자신이 아닌 것이 되고 싶은 마음은 훗날 결혼할 여자를 만나 오랜 세월을 함께하는 동안에도 중요한 역할을 했다(그래서 남편에게 버림받고 자기 계급의 테두리를 벗어나지 않는 맥스의 홀어머니는 이것을 일종의 "배신"으로 여기고, 두 경우 모두 똑같이 냉랭한 태도를 보인다).

따라서 아내를 잃고 어린 시절의 바닷가에 돌아온 맥스는 단지 아내가 죽었다는 사실 때문만이 아니라 자기 변형의 매개가 사라졌다는 사실 때문에 원래의 나는 누구이고, 어떻게 달라졌고, 아내가 죽은 지금의 나는 누구인지 살펴보는 복잡한 자기 탐사에 들어갈 수밖에 없다.

그리고 이 상황을 거울처럼 비추는 것이 어린 시절 자신의 변형의 매개를 만나고 잃은 과정이다. 그렇기에 그가 아내를 잃고 이 바닷가로 오게 된 것도 매우 자연스럽게 느껴진다. 이곳에서 맥스는 아내가 죽은 충격으로 인해 삶과 죽음 사이의 모호한 시간을 배회하듯이 자신의 뿌리였던 계급과 편입되고 싶었던 계급 사이, 원래의 나와 나 자신이 아닌 나 사이, 또 과거와 현재 사이의 회색 지대를 방황하며 끊임없이 "자기"의 정체를 묻는다. 이 과정이 실제로 회색의 바다 곁을 방황하는 발걸음과 절묘하게 겹치면서 소설은 그야말로 "복잡"해져가고 바다는 점차 생명을 얻어 거대한 은유가 되어간다.

물론 『바다』의 이야기는 이 몇 줄로 요약할 수 없을 만큼 풍성하지만—거기에 반전마저 준비되어 있다—많은 사람들이 말하듯이 이야기를 즐기기 위해서만 읽는 소설은 물론 아니다. 무엇보다도 얇은 종이에 회색 물감이 겹치며 번져나가듯 읽는 사람 속으로 스며드는 밴빌의 스타일은 소설의 회색빛 색조와 어우러지며 마음을 사로잡아 종종 이야기의 흐름마저 깜빡 놓치게 만들지만, '삶'을 무시하고 밴빌의 스타일만 감상할 수 없듯이, 소설 속의 구체적 상황들을 무시한다면 그 스타일의 은은하면서도 아련한 맛 또한 제대로 느낄 수 없을 것이다.

그만큼 『바다』는 자신의 스타일이 삶의 복잡성에 조응한 것이라는 밴빌의 말을 증명하는 작품이며, 이런 성취가 가능했던 까닭 역시 무엇보다도 그가 그냥 모더니스트, 그냥 스타일리스트가 아니라, 아일랜드 노동계급 출신의 모더니스트이고 스타일리스트라는 사실과 관련이 있을 것이다.

코맥 매카시 *Cormac McCarthy*

1933년 미국 로드아일랜드주에서 태어났으며, 1951년 테네시 대학에 입학해 인문학을 공부했다. 1965년 첫 소설 『과수원지기 *The Orchard Keeper*』로 문단에 데뷔한 이래 『바깥의 어둠 *Outer Dark*』 『신의 아들 *Child of God*』 등의 작품을 꾸준히 발표하며 작가로서의 입지를 다졌다. 매카시에게 본격적으로 문학적 명성을 안겨준 작품은 1985년 작 『핏빛 자오선』이다. 이 작품은 『타임』에서 뽑은 '100대 영어 소설'로도 선정되었다. 서부를 모태로 한 국경 3부작 『모두 다 예쁜 말들』 『국경을 넘어』 『평원의 도시들』을 발표하며 서부 장르 소설을 고급 문학으로 끌어올렸다는 평가를 받은 매카시는, 이후 『로드』 『노인을 위한 나라는 없다』 등을 출간하며 미국 현대문학을 대표하는 작가로 자리매김했다. 평단과 언론으로부터 코맥 매카시 최고의 작품이라고 평가받은 『로드』는 2006년 제임스 테이트 블랙 메모리얼상, 2007년 퓰리처상을 받았으며, 미국에서만 삼백오십만 부 이상 판매되는 성공을 거두었고 영화로도 제작되었다.

2006년 '극 형식의 소설' 『선셋 리미티드』를 발표했으며, 2009년에는 '지속적인 작업과 한결같은 성취로 미국문학계에 큰 족적을 남긴' 작가에게 수여되는 펜/솔 벨로상을 받았다.

세상과 죽음 사이의 모든 것

코맥 매카시는 그동안 우리에게 몇 편의 영화의 원작을 쓴 소설가로 알려져 있었다. 물론 귀가 밝은 사람들은 그가 미국의 평단에서 이미 확고하게 인정을 받은, 그러나 여전히 왕성하게 활동하는 일흔 넘은 노작가라는 사실을 알고 있었을 것이다. 그러나 미국에서도 그가 본격적으로 대중에게 알려진 것은 『로드』(2006: 문학동네, 2008)로 퓰리처상을 받고, 매체의 조명을 받기 시작하면서인 것 같다.

실제로 매카시는 은둔의 작가였다. 다른 작가를 한 사람도 직접 만난 적이 없다 하고, 지금도 어느 과학 관련 연구소로 나가 글을 쓰고 쉴 때는 과학자들과 어울린다고 한다. 그러나 매카시가 긴 은둔 기간을 그렇게 유유자적하게 보냈던 것 같지는 않다. 한 번도 제대로 된 일자리를 갖지 않았다고 하니 궁핍도 대단히 심각했던 모양이다. 언젠가는 거의 팔 년 동안 헛간 같은 곳에서 살며 목욕은 호수에 나가서 했다 한다. 그러던 중 누군가가 대학에 와서 그의 작품에 관해 이야기를 해주면 상당한 액수의 돈을 주겠다는 제안을 했다. 그러나 매카시는 자기가 하고 싶은 말은 책에 다 있다고 하면서 거절했다. 물론 그뒤로 일주일 동안은 또 콩만 먹고 살아야 했다. 그러나 그 곤궁한 생활에서도 죽으란 법은 없더라는 것이 매카시의 말이다. 정말 굶어 죽을 지경에 이르면 꼭 어딘가에서 살 방도가 나타나곤 했다(한번은 코카콜라가 지원금을 주었다고 하는데, 말하기 좋아하는 사람들은 고유명사가 사라진 『로드』의 흑백의 세계에 빨간 코카콜라 캔이 도드라지게 등장하는 것이 그런 인연의 소산이 아니겠냐고 한마디하기도 한다). 작가의 개인사와 관련된 이런 이야기를 듣다보면, 유치한 유추이기는 하지만, 『로드』에서 아버지와 아들이 곧 굶어 죽을 듯하다가도 이내 먹을 것을 발견하는 대목들에서도 작가의 삶이 얼핏 느껴지는 것 같다.

　매카시가 이 소설을 구상하게 된 계기 또한 흥미롭다. 일흔이 넘은 매카시에게는 열 살이 안 된 아들이 있었는데, 함께 엘패소의 어느 호텔에 있다가 아들이 잠든 새벽에 창밖으로 산 위에 불이 난 게 보였다고 한다. 그 순간 이 소설의 영감이 떠올랐고 나중에 아일랜드에서 완성을 했다. 늘그막에 얻은 아들이 옆에서 쌔근쌔근 자고 있을 때 이런 가혹한 상상을 요구하는 이야기를 떠올린 셈이니, 그의 늙어가는 육체에 깃든 시퍼렇게 날 선 정신에 잘못 다가섰다가는 어딘가를 베일 것만 같다는 느낌이 들기도 한다.

매카시의 삶이 어떤 식으로 그의 세계관에 영향을 주었는지 몰라도, 실제로 그가 세계를 바라보는 눈은 냉정하다못해 독하다 싶을 정도다. 늘 우리가 상상하는 최악보다 한 걸음 더 나아가는 느낌이랄까. 『로드』의 배경만 해도 우리가 아는 세계가 완전히 파괴되는 과정 자체가 아니라, 그다음이다. 이곳에서 옛 세상과 그 파괴의 기억을 간직한 생존자는 한편으로는 그 기억을 견뎌야 하고 또 한편으로는 생존이라는 현실을 버텨야 한다. 어떤 면에서는 살아남았다는 것이 전혀 반갑지 않은 상황인데, 실제로 매카시의 이야기를 따라가다보면 자신이 아는 세상의 파괴와 더불어 소멸하지 못한 것이 정말 아쉽고 억울한 일로 여겨질 정도다. 이 생존자의 눈앞에 어설픈 기쁨이나 구원은 들어설 자리가 없고, 지옥의 불이 휩쓸고 간 광야를 방황하는 과정은 그것을 확인하고 재확인하는 과정일지도 모른다. 그러나 끝까지 가고 나서, 거기서 또 독한 마음으로 한 걸음을 더 나아간 뒤에 혹시 어떤 계기를 만나게 된다면, 아무리 미세하다 해도 그것은 그만큼 더 각별하지 않을까?

『로드』의 묘사는 황량한 광야를 포착하는 거친 입자의 흑백 화면처럼 간결하고 차갑고 또 의외로 세밀하다. 그러나 때로는 생존자의 내면의 상황에 조응하듯, 삼인칭시점이라는 말이 무색할 정도로 시점의 이동이 빈번할 뿐만 아니라, 기억과 현실이 중첩되면서 시간도 직선적인 흐름에서 벗어나곤 한다. 그래서 사람들은 매카시의 글에서 헤밍웨이와 포크너를 동시에 떠올리는지도 모르겠다. 이런 점이 쾌속의 독서를 막는다는 점에서는 불편하다고 말할 수 있겠지만(게다가 독자에 대한 친절에는 별 관심이 없는 번역가와 만났으니!), 그런 불편을 책 읽는 재미의 하나로 여기는 사람들은 오랜만에 보물을 얻은 듯한 기쁨을 느낄 것 같다. 좋은 작품이 다 그렇듯이 이런 점들이 모두 해석의 계기들을 풍성하게 하는 데 기여하기 때문이다. 어떤 사람들은 『로드』에서 9·11 사건의 지배를 받는 미국인의 상상력을 떠올리기도 할 것이고, 어떤 사람들은 아버지의 입장에서 독해를 해나가기도 할 것이고, 또 어떤 사람들은 신의 문제와 씨름해보기도 할 것이다. 이런저런 생각에 마음을 주다보면, 독자들도 옮긴이와 마찬가지로 이 두껍지 않은 책 밑으로 아득한 곳까지 지층이 켜켜이 쌓여 있는 환상을 보게 될지도 모르겠다.

인류의 운명을 건 게임

『선셋 리미티드』(2006; 문학동네, 2015)에서 코맥 매카시는 다짜 고짜 등장인물 두 사람을 수직으로 세워놓은 바늘의 뾰족한 끝 같은 곳에 올려놓는다. 흑인 남자 한 사람, 백인 남자 한 사람. 흑과 백을 그곳에서 만나게 하여 체스라도 두게 하려는 것일까? 어떤 면에서는 그렇다고 말하고 싶은 생각도 든다. 두 사람은 처음부터 끝까지 둘이서만 말을 주고받는데, 마치 최고 고수들이 벌이는 체스 시합처럼 한 수 한 수가 의미심장하고 변화무쌍하며 내내 긴장이 팽팽하기 때문이다. 물론 둘이 실제로 게임을 하는 것은 아니지만, 만일 게임이라고 한다면 인류의 운명을 건 게임을 한다고 말할 수도 있을 듯하다. 과장으로 들리는가? 그러나 『로드』라는 짧은 소설이 인류의 운명을 이야기한다고 말해도 과장이 아니듯이, 『선셋 리미티드』 또한 그렇다고 말해도 과장이라고는 할 수 없을 것 같다. 매카시는 그런 거창한 주제를 냉정한 표정으로 우리 눈앞에 쑥 들이밀어 한순간에 우리를 극한 상황에 몰아넣고도 그것이 전혀 부자연스럽지 않게 느껴지게 하는 재주가 있다. 이번에 매카시는 자신의 목표에 집중하기 위해 소설적 장치를 대부분 걷어내고—매카시 자신은 이 작품을 "극 형식의 소설"이라고 부르고 있다—앞서 말했듯이 바늘 끝처럼 위태롭고 좁은 공간에 단 두 사람만 남겨놓는다. 이곳은 아주 심각한 문제들이 한 점으로 단단하고 뾰족하게 응축되어 있다는 면에서도 바늘 끝 같고, 또 여기서 밀려나는 순간 천길 나락으로 떨어질 것 같다는 느낌이 든다는 면에서도 바늘 끝 같은 곳이다. 이 공간은 뉴욕 게토에 있는 흑인의 방으로 설정되어 있다. 흑인은 빈민가에서 목사 비슷한 일을 하는 사람이고 백인은 대학교수다. 두 사람은 근본적인 문제에 관한 생각이 그야말로 흑과 백처럼 다르다. 이들은 삶과 죽음이 갈리는 순간에 만나 이 방에 와 있다. 책장이 열리면 두 사람은 이 방에서 바로 그 삶과 죽음의 문제를 이야기하기 시작한다. 또 인간을 이야기하고, 신을 이야기하고, 구원을 이야기한다. 그들의 이야기는 갈수록 무거워져, 마치 엄청난 바윗덩이가 위에서 두 사람이 올라가 있는 바늘 끝을 짓누르는 듯한 느낌이 든다. 매카시의 작품에서 보통 겪는 일이지만, 독자 또한 그 바윗덩이가 곧 무너져내릴 것 같은 압박과 긴장을 견디며 그들의 대화를 따라갈 수밖에 없고, 역시 매카시의 작품에서 보통 겪는 일이지만, 그렇게 따라간다 해도 마지막에 희망과 평온이 찾아올 것이라는 보장은 어디에서도 찾을 수 없다. 오히려 하루하루 그냥 그렇게 흘러가는 것 같던 일상이 시커먼 공허 속에서 아무런 안전망 없이 외줄타기를 하는 것이었음을 깨닫게 될지도 모른다. 그러나 그렇게 깨닫는 순간 독자는 비로소 흑과 백 두 인물 외에 제3의 인물로서 그들의 자리에 함께 앉을 자격을 얻게 될 수도 있다. 그렇게 그 자리에 앉게 된 독자들에게 부디 그 고통스러운 경험에 값하는 보답이 있기를!

윌리엄 트레버 *William Trevor*

1928년 아일랜드 코크주 미첼스타운에서 태어났다. 트리니티 대학에서 역사학을 수학하고 1954년 영국으로 이주, 1964년 전업 작가의 길로 들어섰다.

데뷔한 이후 휫브레드상 3회, 오헨리상 4회, 래넌상, 왕립문학협회상 등 수많은 문학상을 받았고, 다섯 번의 맨부커상 후보 외에도 유력한 노벨문학상 후보로 수차례 거론되었다. 문학 발전에 기여한 공로를 인정받아 1977년 대영제국 커맨더 훈장을, 1994년 문학 훈위 칭호를 받았으며, 1999년에는 '영국 작가가 받을 수 있는 가장 영예로운 문학상'이라 불리는 데이비드 코언상을 수상했다. 2002년 평생의 업적과 공헌에 대하여 엘리자베스 2세 여왕으로부터 기사 작위를 받았다.

줌파 라히리, 이윤 리 등이 가장 영향을 받은 작가로 손꼽고 있으며 수백 편의 단편과 열여덟 권의 장편을 발표했다. 2016년 여든여덟의 나이로 세상을 떠났다. 대표작으로 『비 온 뒤』 『여름의 끝』 『루시 골트 이야기』 등이 있다

윌리엄 트레버를 소개합니다

내가 윌리엄 트레버를 처음 만난 것은 그의 나이 육십대 중반 무렵이다. 그 이전에는 풍문으로 들었을 뿐이다. 물론 줌파 라히리가 격찬했다는 두꺼운 『단편 모음집 *The Collected Stories*』(1993)은 갖고 있었으나, 그 두께에 질려서였을까, 아니면 푸짐한 잔칫상에서 무엇부터 먹어야 할지 고르지를 못해서였을까, 어쨌든 제대로 대면할 기회가 없었다. 정식으로 인사를 나누었다고 할 수 있는 것은 1990년대 중반에 나온 단편집 『비 온 뒤』(1996; 한겨레출판, 2016)를 읽었을 때이다. 트레버는 물론 그 이후로도 계속 작품을 써오고 있는데, 사실 나는 그뒤에도 장편 『루시 골트 이야기』(2002; 한겨레출판, 2017)를 읽고 있을 뿐, 소상하게 소식을 챙기고 있지는 못하다.

　따라서 내가 소개할 수 있는 트레버는 1990년대 중반의 트레버뿐이다. 우리가 흔히 볼 수 있는 트레버의 사진은 대개 이 무렵에 찍은 것인 듯하니, 다행히도 내가 소개할 트레버와 독자들이 눈으로 보는 트레버가 크게 다르지는 않을 것 같다. 물론 이 말로 독자들에게 트레버라는 작가 전체를 거시적으로 제시하지 못하는 부실한 소개자라는 처지를 변명하려는 것은 아니다. 사실 변명하려고 준비한 말은 따로 있다. 그것은 『비 온 뒤』에는 늙은 지혜의 시선이라고 표현할 수밖에 없는 어떤 것이 있는데, 이것은 트레버만의 목소리와 긴밀하게 결합되어 있어, 아무래도 그의 작가 이력 전체를 관통하는 특징이었을 것이라고 짐작된다는 점이다. 다시 말해서, 트레버는 젊은 시절부터 애늙은이 같은 면이 있었을 것이기에, 『비 온 뒤』의 트레버만 가지고도 그의 세계 전체에 관한 이야기를 조금은 해볼 수 있을 것이라는 뜻이다. 물론 추측일 뿐이지만, 그 추측이 맞느냐 틀리냐는 나중에 확인하기로 하고, 이 이야기를 조금 더 해보기로 하자.

　사실 『비 온 뒤』를 처음 읽으면서 눈에 먼저 들어온 것은 작가의 가혹함이었다. 아마 고통을 겪는 사람들의 이야기를 써나가면서도 그 인물들에 대한 동정이나 연민은 거의 찾아볼 수가 없었다는 점 때문에 그런 느낌을 받았을 것이다. 트레버는 1928년에 아일랜드에서 태어난 작가이고, 젊은 시절에 아일랜드를 떠나 이후 영국에서 살았지만 아일랜드인, 그 가운데도 아일랜드 민중의 이야기를 많이 써온 것으로 알려져 있다. 이 점은 『비 온 뒤』에서도 확인할 수 있는데, 「하루」나 「우정」을 제외하면 중간계급 상층에 속하는 인물이 중심에 등장하는 경우는 거의 없다. 아마 이런 점, 즉 아일랜드 민중을 주로 다루는 작가라는 점 때문에 내게 어떤 선입관 같은 것이 있었던 듯하고, 그것이 깨지는 과정에서 트레버가 가혹하다는 느낌을 받았는지도 모르겠다.

예를 들어 이 단편집에 수록된 첫 작품 「조율사의 아내들」을 보자. 아일랜드의 어느 시골 마을에 사는 것으로 짐작되는 눈멀고 가난한 조율사는 상처를 한 뒤, 젊은 시절부터 그를 눈여겨보던 여자 벨과 재혼을 한다. 그러나 벨은 젊은 시절 자신을 제치고 조율사를 차지했던 첫번째 부인 바이얼릿의 그림자가 모든 곳에 짙게 드리워져 있는 것을 알게 된다. 무엇보다도 바이얼릿은 앞을 보지 못하는 남편의 눈이었고, 따라서 남편의 세계는 바이얼릿의 묘사를 기초로 구축된 것이나 다름

없었다. 이 상황에서 벨은 어떻게 하고, 또 조율사는 어떻게 행동할까? 조율사와 두 아내는 어떤 식으로 공존할까? 아마 나는 트레버를 잘 모르는 상태에서 어떤 답, 어떤 온정적 해법을 예상했는데, 트레버는 그 답을 냉정하게 깨버렸다. 트레버에게 중요한 것은 인물들이 당장 겪고 있는 고통이 아니라, 그것을 해소하기 위한 적당한 화해가 아니라, 상황에 대한 정확한 인식이었다. 가만 생각해보면 상황이나 자신에 대한 정확한 인식이야말로 진정한 공존의 기초일 수 있기 때문에 나는 어느새 트레버에게 설득당하여, 그가 가혹한 것이 아니라 정확하다고 인정했다.

사실 아일랜드 민중이라고 해서 왜 냉정하게 생각을 못할 것이며, 왜 진정한 자기 인식에 도달하지 못할까. 하층민이라고 왜 온정과 감상으로만 문제에 다가가려 하겠는가. 오히려 그들이야말로 삶의 곡절을 겪으며 냉철하게 현실적으로 세상과 자신을 바라보게 되지 않을까. 별 볼 일 없는 좀도둑이라 할지라도. 「약간의 볼일」에서 좀도둑 갤러거와 맨건은 교황 방문으로 텅 비어버린 도시에서 빈집털이를 하다가 텔레비전을 보던 노인과 마주친다. 그들은 경찰에 찌르면 가만두지 않겠다고 노인을 협박하고 나오지만 못내 찜찜하다. 장물을 팔고 우연히 만난 여자들과 놀아도 찜찜한 마음은 털어버릴 수 없다. 노인을 죽여버리지 않았다는 것을 계속 후회한다. 그러나 결국 그들은 그런 후회 자체가 허세라는 결론에 이른다. 애초에 살인을 할 만한 인물들이 못 되었기 때문이다. 결국 그들은 자신들이 좀도둑 신세를 벗어날 수 없다는, 별것 아닌 듯하지만 어쩌면 앞으로 그들 인생을 좌우할 수도 있는 자기 인식에 이르는 것이다.

물론 이런 자기 인식이 가장 아름답게 드러난 예는 내가 이 책에서 가장 좋아하는 작품이자 표제작인 「비 온 뒤」일 것이다. 이것은 여행, 풍경, 그림, 날씨, 시간, 기억, 대화 등 일상의 사소한 것들이 모두 조화를 이루어 한 개인의 작다면 작을 수 있는, 그러나 그 개인의 인생에서는 중대한 깨달음에 이르는 과정을 한 편의 시처럼 그린 작품이다. 그 깨달음이란 연애에서 자신을 피해자로 만든 것은 결국 자기 자신이었다는 것으로, 실연의 상처를 이겨내는 계기라는 점에서는 작지만, 그것이 자신에 대한 깊은 통찰로 이어진다는 점에서는 중대하다. 그러나 이 작품에서 무엇보다 흥미로운 것은 작가의 시선이 자리잡은 곳이다. 나는 이 작품을 읽으면서 내레이터가 풍경이나 날씨 같은 자연현상 옆에 자리잡고 인물을 지켜보고 있다는 느낌을 받게 되었으며, 처음으로 작가의 시선이 자연을, 시간을 닮았다는 생각을 하게 되었다. 그 시선은 가혹한 것이 아니라 자연이나 시간처럼 무심하여 지혜로운 것이었다. 어떤 면에서는 함부로 손을 내밀거나 어설프게 감정이입을 하는 것보다도 그렇게 함께 견디면서 자신을 구원하도록 지켜보는 것이 인물에 대한, 인간에 대한 최대의 존중일 수도 있는 것 아닐까. 그런 면에서 『비 온 뒤』 전체에서 일관되게 유지되고 있는 위력적인 삼인칭시점, 인물의 고통이 심해질수록 삼가서 지켜내는 거리, 인물이 자기 인식에 이를 때 겹쳐서 들리는 지성적인 목소리는 고통 뒤에도 이어질 수밖에 없고 이어져야 하는 인간의 삶을 지켜내려는 작가의 무기들이었던 셈이다.

트레버라는 고요한 세계

—『비 온 뒤』를 옮기고 나서

1928년생으로 아흔을 눈앞에 둔 윌리엄 트레버*는 아일랜드 문학, 특히 단편의 거봉으로 일컬어진다. 그런 만큼 그의 작품에 대한 찬사는 여러 곳에서 눈에 띄지만, 현재 각광을 받고 있는 작가 줌파 라히리(1967년생)의 찬사만큼 화려한 것은 찾아보기 어려울 듯하다. 라히리는 2005년에 트레버의『단편 모음집』이 자신의 인생을 바꾸어놓았다면서 "당시에는 이 책에 포함될 만한 자격을 갖춘 단편을 딱 하나만 쓸 수 있어도 행복하게 죽을 수 있겠다"고 생각했고, "그 생각에는 여전히 변함

* 이 글은 2016년 6월에 썼으며, 몇 달 뒤 11월, 윌리엄 트레버는 세상을 떠났다.

이 없다"고 말했다. 트레버의 이 책은 라히리의 말대로 "오 센티미터 두께"로 천이백 쪽이 넘으며, 라히리가 기꺼이 목숨과 바꾸고 싶어했을 만한 단편을 무려 아흔 편 가까이 싣고 있다. 1992년, 트레버의 사십 년에 가까운 작가 인생을 결산하며 그때까지 나온 단편들을 모은 것이기 때문이다. 물론 그뒤에도 트레버는 계속 꾸준하게 작품을 써 대략 사 년 주기로 단편집을 묶어냈다. 지금 독자가 손에 들고 있는 단편집 『비 온 뒤』는 『단편 모음집』 이후 처음 묶인 것으로, 1996년 그의 나이 예순여덟에 나온 것이다.

어쩌다 이런 변죽을 울리는 이야기를 늘어놓았지만, 사실 트레버가 우리나라에 조금만 더 알려져 있었어도 긴말을 삼갔을 것이다. 실제로 작품을 읽어보면 왠지 그런 화려한 찬사나 이력을 주워섬기는 것이 머쓱하게 느껴지기 때문이다. 만나서 몇 분만 대화해보면 대번에 진국이라는 것을 알 수 있는 사람을 두고 이러쿵저러쿵 소개말을 늘어놓는 것이 외려 결례라는 느낌이 들 때와 비슷하다고나 할까. 그만큼 트레버의 작품들은 독특하고 개성적이면서도 진실의 울림이 담긴 목소리를 드러낸다. 『비 온 뒤』에서도 알 수 있듯이, 아일랜드 북부를 배경으로 하든 남부를 배경으로 하든(트레버는 삼십대 중반에 영국

으로 이주하여 지금까지 살고 있고 그곳에서 훈장까지 받았지만 주로 아일랜드를 배경

으로 이야기를 쓰며 이렇게 아일랜드 밖에서 아일랜드인 이야기를 쓴다는 점에서 조이

스와 비교되기도 한다) 이탈리아를 배경으로 하든, 가난에 시달리는

사람이 등장하든 먹고살 만한 사람이 등장하든, 일인칭으로

서술하든 삼인칭으로 서술하든 이 점에는 변함이 없다. 이 목

소리는 그의 세계관과 조화를 이루면서—여기에서 진실의 느

낌이 우러나는 듯하다—많은 작가가 훔치고 싶어하는, 열반

처럼 고즈넉하게 가라앉은 세계를 창조해낸다.

　거듭 말하거니와, 이것이 겉멋으로 이루어진 세계가 아니라

는 데 트레버의 진가가 있다. 이 세계의 고즈넉함은 깨달음 뒤

에 오는 평정 상태의 고요와 비슷하지만, 그 평정은 거저 얻어

지는 것이 아니다. 견딜 수 없는 상황을 견디고 또 최선을 다

해 그 곡절을 알아내고 이해하는 힘든 과정이 수반되는 것인

데, 이 작품집이 보여주듯이 트레버의 단편들은 삶에서 그런

고투 끝에 우연처럼 불현듯 다가오는 순간, 밤사이에 뜨거운

열이 내리고 맞이하는 서늘하고 싱그러운 새벽 같은 순간을

절묘하게 포착해낸다.

　이 작품집에 실린 이야기들은 대개가 어떤 식으로든 삶에

깊이 팬 상처를 삶의 일부로 받아들이고 계속 삶을 이어가는

과정을 다룬다. 이것은 상처가 아물거나 치유되는 과정하고는 조금 다른 듯하다. 상처가 예외적이거나 이질적인 것이 아니라 원래 있을 수밖에 없는 것으로 보기 때문이다. 어떤 면에서는 삶이 곧 상처이며, 결국 이 상처를 삶으로서 살아낼 수밖에 없다는 인식에 이르는 과정인 듯하다. 그렇다고 체념은 또 아닌데, 그렇기에 등장인물들은 삶이 이렇게 될 수밖에 없는 곡절을 헤아리느라 안간힘을 쓰고, 결국 자기 나름의 이해에 이르면서 이렇게 되고 만 현재를 필연으로 받아들이게 된다. 이렇게 될 수밖에 없어 이렇게 있는 자연의 상태로 들어가는 셈이다. 그러는 동안 작가 또한 무심한 자연을 닮은 눈으로 묵묵히 관조하면서—인물들에게 목소리를 모두 빌려줄 뿐 아니라 위로를 하려고 섣불리 나서지도 않는다—그들이 자신의 세계에 동화되기를 차분하게 기다린다. 물론 그 과정에서 읽는 사람도 인물들과 함께 어느새 그의 세계에 동화되고 만다. 그것이 어떤 느낌인지, 부디 직접 느껴보시기를!

커트 보니것 *Kurt Vonnegut Jr.*

1922년 인디애나폴리스에서 독일계 이민자 출신 대가족에서 태어났다. 코넬 대학에서 생화학을 전공하다가 1943년 제2차세계대전 막바지에 징집되었다. 그가 전선에서 낙오해 드레스덴 포로수용소에 갇혀 있는 동안, 드레스덴에서는 연합군이 사흘 밤낮으로 소이탄을 퍼부어 도시를 용광로로 만들었고, 13만 명의 시민들이 몰살당했던 이때의 체험 이후 그는 미국 문학사에 한 획을 그은 반전反戰작가로 거듭났다.

미국으로 돌아와 시카고 대학 인류학과에 입학했지만 부양해야 할 아내와 자녀가 있었던 그는 대학 졸업장을 포기하고 생업에 뛰어들었다. 소방수, 영어 교사, 자동차 영업사원 등의 일을 병행하며 글쓰기를 계속했고, 1952년 첫 장편소설 『자동 피아노』를 출간했다. 이후 『타이탄의 미녀』 『마더 나이트』 『고양이 요람』 『신의 축복이 있기를, 로즈워터 씨』 『제5도살장』 『챔피언들의 아침식사』 『제일버드Jailbird』 『갈라파고스』 등 장르의 경계를 허무는 포스트모던한 소설과 풍자적 산문집 『신의 축복이 있기를, 닥터 키보키언』 등을 발표하여 전 세계 독자들의 사랑을 받았다.

1997년 『타임퀘이크』 발표 이후 소설가로서 은퇴를 선언했으며, 2005년 회고록 『나라 없는 사람』을 발표했다. 2007년 맨해튼 자택 계단에서 굴러떨어져 머리를 크게 다쳤고 몇 주 후 사망했다.

커트 보니것과 『제5도살장』

─『제5도살장』을 옮기고 나서

커트 보니것의 『제5도살장』(1966: 문학동네, 2017)은 "이 모든 일은 실제로 일어났다, 대체로는"이라는 문장으로 시작하여 1장에서는 일인칭 내레이터가 자신이 어떤 과정을 거쳐 제2차세계대전 때 연합군의 드레스덴 폭격과 관련된 이야기를 쓰게 되었는지 이야기해준다. 이 첫 문장을 액면 그대로 믿어야 할지 말아야 할지 조심스럽기는 하지만, 어쨌든 1장의 이야기는 작가의 전기적 사실과 일치하는 부분이 많다. 또 그 이후의 내용에서도 작가가 유럽에서 독일군에게 포로로 잡혀 드레스덴의 도살장을 개조한 수용소─제5도살장─에 끌려갔다가 1945년 2월 13일부터 15일까지 이루어진 연합군의 공습을 경험했고, 고기 저장소에 피신한 덕분에 살아남았다는 것은 사실이다(이 도살장은 지금도 보존되어 있고, 이 작품과 연계된 답사도 할 수 있다는 이야기가 있다). 1장에서 일인칭 내레이터는 바로 이 경험, 조금 넓게 보자면 자신의 전쟁 경험과 관련된 이야기를 쓰고 싶어하지만 마음대로 되지 않아 괴로워한다.

그는 전쟁에서 돌아온 직후부터 이 이야기를 쓰고 싶었다고 하는데, 결국 책이 나온 것은 1969년으로, 실제로 사건이 일어나고 나서 대략 한 세대 가까이 흐른 뒤였다. 1922년생인 작가의 입장에서 보자면, 이십대 초반에 겪은 사건을 장성한 자식까지 두고 작가로서 어느 정도 자리를 잡고 살아가는 사십대 후반에 써내게 된 셈이니, 거의 삼십 년 동안 이 작품을 준비해온 셈이라고도 말할 수 있다. 그동안 보니것은 1장에 나오는 대로 직장 몇 군데를 다니며 단편을 쓰다가 1951년에 전업 작가로 살기로 작정하면서 1952년에 장편『자동 피아노』를 출간했고, 그 이후『제5도살장』을 쓰기 전까지 장편을 네 권 더 발표했다. 그 사이사이에 단편을 부지런히 써서 생계를 유지했다.

『제5도살장』을 비롯해 그의 여러 작품에 등장하는 무명의 과학소설가 킬고어 트라우트는 사실 이 시기의 작가 자신을 깎아내리고 희화화한 인물이라고 볼 수도 있다. 실제로 보니것의 첫 장편 『자동 피아노』는 미래 세계를 배경으로 했기 때문에 어떤 비평가는 이 작품을 올더스 헉슬리의 『멋진 신세계』(1932)에 비기기도 했다. 보니것 자신도 헉슬리의 영향을 인정하며, 또 『1984』(1949)를 쓴 조지 오웰을 가장 좋아하는 작가로 꼽기도 했다. 데뷔작 이후 그가 쓴 소설들에서도 과학소설적인 면이 강하여 그는 과학소설가라는 칭호를 얻기도 했다. 이때만 해도 이런 칭호는 절대 칭찬이라고 할 수 없었는데, 이런 면에 대한 자의식이 트라우트라는 인물의 창조에도 반영된 듯하다. 『제5도살장』에도 시간 여행, 미래의 미국, 트랄파마도어 행성—그의 다른 소설에도 등장한다—등 과학소설적인 면이 들어가고, 무엇보다도 트라우트라는 과학소설가의 존재, 또 그의 작품들에 대한 소개에서 과학소설 친화적인 면은 여실히 드러난다고 할 수 있다. 어떤 비평가들은 보니것의 경우에는 이런 과학소설적인 요소가 어디까지나 현실세계를 그리는 방편이라고 옹호하는데—사실 괜찮은 과학소설치고 그렇지 않은 것이 있을까마는—『제5도살장』에서도 그 점이 충분히 증명되기는 하지만, 포스트모더니즘의 다양한 기법에 꽤 익숙한 현재의 독자들에게는 굳이 옹호하고 말고 할 것도 없다는 느낌이 든다.

보니것의 소설에 과학소설적 요소가 강한 이유를 제2차세계대전 후 1947년부터 1951년까지 제너럴 일렉트릭에서 근무한 경력에서 찾는 사람들도 있다. 사실 그는 그 이전, 그러니까 제2차세계대전에 참전하기 전 코넬 대학에 다닐 때도, 물론 주위의 압력에 떠밀려 택한 것이기는 하지만, 전공이 생화학이었다. 그러나 글쓰는 데 남다른 재주가 있었던 보니것은 학과 공부보다는 대학 신문 일을 하며 글을 쓰는 데 더 열심이었고, 게다가 일본의 진주만 공격으로 미국이 제2차세계대전에 참전하여 전쟁의 열기가 지배하던 이 시기에 자신의 미래를 예고하듯 평화주의를 옹호하는 글을 썼다. 그는 학점도 낮은데다가 반전적인 글까지 쓰는 바람에 1942년에 학교에서 징계를 당하면서 이듬해 대학을 그만두게 되었고, 그 바람에 징병 유예 혜택을 받을 수 없게 되자 스스로 입대하는 길을 택했다. 그러나 입대한 뒤에도 처음에는 육군 특별 훈련 프로그램에 따라 기계공학을 공부했는데, 1944년에 전쟁이 막바지에 이르면서 정찰병 훈련을 받고 유럽으로 가게 되었다.

사실 이 과정은 큰 흐름으로 볼 때 『제5도살장』의 주인공 빌리가 군인이 되어 유럽으로 가게 되는 과정과 비슷하다. 빌리 또한 일리엄 검안학교에 다니다 입대하여 미국 내에서 훈련을 받다 유럽으로 가기 때문이다. 더 중요한 유사점이 드러나는 부분은 빌리가 유럽으로 가기 직전 아버지가 세상을 떴다는 대목이다. 다만 보니것의 경우는 유럽으로 가기 직전 어머니가 자살로 생을 마감했다. 보니것의 부모는 둘 다 19세기 미국에 이주한 독일인들의 후손으로, 각각 건축과 양조를 바탕으로 꽤 안정적인 생활을 하는 집안 출신이었다. 그러나 금주령과 대공황으로 사업 기반이 무너지면서 가세가 기울어, 세 자녀 가운데 막내인 보니것이 성장할 무렵에는 과거의 부유한 생활은 찾아보기 힘들었다. 보니것 자신은 날 때부터 그런 형편이었으니 자신의 경제적 환경을 크게 의식한 것 같지 않지만, 부모는 달랐다. 아버지는 정상적인 생활을 하지 못했고, 어머니는 남편을 신랄하게 비난하며 다시 옛날로 돌아가려고 안간힘을 썼으나 그러지 못해 우울증으로 고생했다. 그런 어머니가 보니것이 유럽으로 떠나기 전 어머니날 무렵에 스스로 목숨을 끊은 것이다.

보니것은 어머니의 자살 직후 유럽으로 가, 역시 빌리와 마찬가지로 독일군의 마지막 총공세로 벌어진 벌지 전투에서 포로가 되었고, 소설에 따르면 그때부터 전쟁이 끝나 미국으로 돌아갈 때까지 빌리와 함께 포로 생활을 했다. 그 과정에서 앞서 말했듯이 연합군의 드레스덴 폭격을 현장에서 경험하고, 이 경험을 소설로 쓰겠다고 마음먹었던 것이다. 그가 결국 소설을 쓰게 된 것은 1969년, 즉 미국이 다시 나라 밖에서 전쟁에 말려든 시기였다. 그러나 분위기는 이전 전쟁 때와 사뭇 달랐다. 제2차세계대전 때는 애국심이 온 나라를 사로잡아 반전이나 평화 이야기는 입 밖에 내기도 힘든 상황이었다. 보니것이 대학을 그만두고 전장으로 나가게 된 것 자체가 그런 입장을 표현한 대가를 치른 것이기도 했다. 그러나 1969년에는 반전운동이 미국 전체를 휩쓸고 있었다. 보니것 자신도 말하듯이, 시대적으로 드레스덴 이야기를 할 만한 분위기가 마련되어 있었다. 실제로 『제5도살장』은 단숨에 베스트셀러가 되었으며, 보니것은 반전운동에도 적극적으로 참여하여 대표적인 반전 작가로 부상하게 되었다.

그렇기 때문에 우리는 쉽게 드레스덴은 곧 베트남이라는 등식을 떠올리게 되지만, 막상 소설로 들어가면 그렇게 단순한 등식은 찾아보기 어렵다. 물론 『제5도살장』은 빌리의 현재도 다루기 때문에 당연히 베트남전쟁을 다룬다. 그러나 전체적으로 볼 때 베트남전쟁에 대한 반대 논리와 드레스덴 폭격에 대한 반대 논리가 서로를 뒷받침해준다든가 하는 증거는 찾아보기 어렵고, 나아가 빌리의 현재와 과거가 베트남과 드레스덴을 대응하는 구조로 짜여 있다고 보기도 어렵다. 즉 반전의 분위기가 물씬 풍기는 『제5도살장』이라는 소설이 베트남전쟁 반대라는 시대적 분위기 속에서 환영받은 것은 맞지만, 소설의 내용에서 드레스덴은 곧 베트남이라는 식으로 베트남전쟁 자체를 적극적으로 활용하지는 않는다는 뜻이다.

예를 들어, 베트남전쟁과 드레스덴을 연결하려 한다면 가장 적절한 대목은 해병대 소령이 북베트남을 맹폭하여 그 땅을 석기시대로 돌려놓아야 한다고 말하는 부분일 듯하다. 그러나 드레스덴 폭격의 참상을 경험했던 빌리는 소령의 말을 듣고도 그저 무기력하고 무감각할 뿐이다. 심지어 문제아였던 아들 로버트가 멋진 그린베레가 되어 베트남에서 싸우는 것을 진심으로 자랑스러워하기까지 한다. 주인공 자신이 드레스덴은 베트남이라는 등식을 완성할 생각이 없는 것이다. 게다가 이것은 1장에 나오는 내레이터의 입장과 정면으로 배치된다. 1장에서 내레이터는 이렇게 말한다. "나는 아들들에게 어떤 상황에서도 대학살에는 참여하지 말라고, 적의 대학살 소식을 듣고 마음에 만족이나 환희가 가득하면 안 된다고 말했다. 나는 또 아들들에게 학살 기계를 만드는 회사에서는 일하지 말고, 우리에게 그런 기계가 필요하다고 생각하는 사람들은 경멸하라고 말했다."

이렇게 드레스덴은 베트남이라는 등식, 작가는 내레이터이고 내레이터는 곧 빌리와 다름없다는 등식에 균열이 생기면서 우리는 복잡한 소설적 환경에 처하게 된다. 심지어 빌리는 드레스덴 폭격의 불가피성을 합리화하려는 럼포드와 이야기를 할 때도 그에게 적극적으로 반대하지 않고, 그 불가피성—트랄파마도어적인 불가피성이지만—을 인정한다. 이 책에서 누군가가 죽을 때마다 등장하는 "뭐 그런 거지"라는 표현—총 백여섯 번 나온다고 한다—도 체념적 수동성을 드러내는 말로 들리기도 하여, 과연 이 책이 반전의 메시지를 던지기는 하는 것인지 다시 생각해보게 된다. 이 모든 문제가 생기는 것은 바로 빌리라는 인물 때문이다. 빌리라는 인물에 부딪히는 순간 상식적이고 관습적인 생각을 모두 재검토하게 되는 것이다.

사실 『제5도살장』은 얼핏 쉬워 보이는 문체—보니것은 시카고시 뉴스국에 다니던 시절 전화로 기사를 불러주던 데서 단순하고 명료한 문체를 익혔다고 한다—때문에 놓치기 쉽지만 형식 자체가 관습적이지 않은데, 이 또한 사실 빌리 때문에 벌어진 일이다. 1장과 그 이후의 이야기의 분리도 그렇지만, 그후의 이야기도 시간 순서에 따라 플롯이 전개되지 않고, 그렇다고 단순한 플래시백 방식으로 진행되지도 않는다. 어떤 질서를 느끼기 힘들 정도로 시간과 공간을 바쁘게 왔다갔다 하는데, 이것은 내레이터가 주도권을 쥐고 이야기를 서술해나가는 것이 아니라 빌리가 하는 이야기를 전달하는 형식을 취하기 때문이다(2장의 서두에서 내레이터는 빌리의 이야기를 들어보라고 하고, 빌리가 이렇게 저렇게 말한다는 식으로 서술해나간다). 이야기를 읽다보면 전지적 시점에서 이야기가 전개되는 듯한 착각이 들기도 하지만, 마치 그런 착각을 경계하듯이 내레이터는 소설 속에서 몇번 자신을 드러내기도 한다. 이것은 빌리와 내레이터를 동일시하는 것을 막는 효과도 있다.

왜 빌리는 이렇게 두서없이 이야기를 하는 것일까? 그것은 무엇보다도 빌리가 시간에서 풀려나 자기 의지와 관계없이 시간 여행을 하여 과거, 현재, 미래를 정신없이 오가기 때문이다. 어쨌든 빌리 자신은 그렇게 믿고 있는데, 내레이터는 어디까지나 빌리의 이야기를 전달하는 입장일 뿐이기 때문에 그 주장의 신빙성에 대해서는 가타부타 말이 없다. 사실 내레이터는 시간 여행에 대한 주장만이 아니라, 앞서 언급했던 전쟁에 대한 태도를 포함하여 빌리의 여러 생각이나 행동에 대해서도 직접적인 평가를 내리지 않고 입을 다물고 있다. 이 때문에 독자들은 관습적인 이야기를 읽을 때와는 달리 빌리의 말이나 행동을 어떻게 받아들여야 할지 곤혹스러운 입장에 처하게 된다. 왜 내레이터는 굳이 이런 인물을 이야기의 주인공이자 이야기를 이끄는 사람으로 내세웠던 것일까?

아무래도 바로 이 점이 내레이터가 이 작품을 쓰기까지 오랜 세월 고민한 핵심적인 부분이 아닐까 하는 생각이 드는데, 이런 주인공의 설정은 드레스덴 이야기 전체의 핵심과 연결되어 있는 듯하다. 1장에 나오는 대로 드레스덴 이야기의 핵심은 드레스덴 폭격과 그로 인한 무고한 생명의 희생보다도 그 모든 일이 끝난 뒤에 벌어진 에드거 더비의 뜻밖의 처형이다.

"내 생각에 책의 클라이맥스는 가엾은 우리 에드거 더비의 처형이 될 것 같아. (……) 엄청난 아이러니잖아. 도시 전체가 잿더미가 되고, 수도 없이 많은 사람들이 죽임을 당했어. 그런데 미국인 보병 한 명이 폐허에서 찻주전자를 가져갔다는 이유로 체포되었어. 그런 뒤에 정식 재판에 회부되었다가 총

살대에게 처형됐잖아."

여기에서 이야기의 초점이 드레스덴 폭격이나 그로 인한 무고한 인명의 희생에 맞추어진 것이 아니라 그 모든 일이 끝난 뒤 벌어진 에드거 더비의 죽음, 그리고 그 아이러니에 맞추어져 있다는 사실에 주목할 필요가 있다. 이 아이러니에 대응하려 하면서 주인공 설정도 달라지고 반전이라는 생각 자체도 전쟁의 비극에 대한 진지한 반대와는 다른 길로 흘러가게 되기 때문이다. 에드거 더비가 죽을 때 빌리는 어디 있었을까? 빌리는 삽을 들고 더비를 묻을 준비를 하고 있었고, 그가 죽을 때까지 에드거 더비를 볼 수 있었다. 에드거 더비의 처형 뒤 곧 전쟁은 완전히 끝이 나고 빌리는 귀국했다. 그러나 빌리는 얼마 후 자기 발로 정신병원에 들어가는데, 그가 정신이 무너진 이유는 직접적으로 언급되지 않는다. 그러나 에드거 더비의 처형이 이야기의 클라이맥스라고 한다면, 그리고 내레이터가 군이 빌리를 이 이야기의 주인공으로 삼았다면, 빌리의 정신이 무너진 것은 무엇보다도 더비의 죽음 때문이라고 보아도 무리가 없을 것이다. 따라서 『제5도살장』은 다른 무엇보다도 등장인물들 가운데 가장 무력한, 가장 살아남을 가능성이 적었던 빌리가 결국 살아남아, 등장인물들 가운데 가장 훌륭한, 가장 살아남을 가능성이 높았던 에드거 더비의 어처구니없는 죽음이라는 부조리와 아이러니 때문에 무너지는, 또 동시에 그 부조리를 견디고 받아들이는—트랄파마도어의 철학으로—이야기라고 할 수 있다.

사실 『제5도살장』에서 가장 중요한 갈림길은 전통적인 영웅이자 주인공에 걸맞은 에드거 더비가 그림자로 밀려나고, 무력하고 반영웅적인 빌리가 감추어진 주인공 에드거 더비를 상징적으로 묻어버린 뒤 주인공 자리에 올라선 것이라고 말할 수 있다. 이로써 『제5도살장』은 전통적인 영웅 서사—그것이 전쟁을 찬미하는 것이든 반대하는 것이든—를 전복하는 이야기가 되었으며, 반소설, 반문화의 길로 가게 되었다. 이것은 사실 내레이터가 1장에서 메리 오헤어—헌사에 등장하는 여인이다—에게 한 약속을 지킨 것이기도 한데, 사실 이야기를 이쪽으로 끌고 가도록 영감을 준 사람이 메리 오헤어였다. 만일 에드거 더비가 주인공이 되었다면 설사 반전적인 내용이라 해도 프랭크 시나트라나 존 웨인과 연결되겠지만, 아기 예수에 비견되는, 어린아이처럼 무력한 빌리가 주인공이 되는 순간 그럴 가능성은 사라져버리기 때문이다.

소설 형식에서도, 앞서도 말했듯이, 정신적 파탄과 비행기 사고로 정신이 혼란스러운 빌리 자신이 이야기의 주체로 등장하고 내레이터는 그의 이야기를 듣는 입장에 섬으로써, 과학소설적 요소도 자연스럽게 결합될 수 있을뿐더러, 이른바 포스트모던적인 다양한 기법이 들어설 여지가 더 커지게 된다. 이런 형식은 일차적으로 전쟁과 그 과정의 부조리로 인해 빌리가 받은 충격을 정당화해주는 것이기도 하고, 전쟁의 비극보다는 아이러니에 초점을 맞추는 데 더 효과적인 방법으로 보이기도 하지만, 다른 한편으로는 서구에서 합리성, 그리고 그것에 기반을 둔 소설적 서사의 붕괴와도 연결된다. 보니것 자신도 "문명은 제1차세계대전에서 끝났다"고 말한 적이 있거니와, 빌리가 주인공으로 나선 『제5도살장』은 이렇게 해서 반전을 넘어 반문화라는 더 깊은 흐름과 연결되었고, 베트남전쟁기만이 아니라 20세기 미국소설을 대표하는 작품으로 자리잡게 되었다.

1998년에 모던 라이브러리는 이 작품을 20세기 100대 영어 소설 가운데 18위에 올려놓기도 했고, 『타임』은 1923년 이후 100대 영어 소설에 포함시키기도 했다. 그러나 이런 영광스러운 지위와 더불어 반미국적, 반기독교적, 반유대적, 비도

덕적 등등 우리가 쉽게 짐작할 수 있는 이유로 공격을 당하고 청소년에게 유해한 소설 취급을 받기도 했는데, 이는 반문화의 대표적인 작품으로서 피할 수 없는 운명이라고 말할 수도 있을 것이다. 보니것 자신은 『제5도살장』 이후 1970년대에는 슬럼프를 겪기도 했으나, 1979년에 풍자적인 작품 『제일버드』를 내면서 다시 힘을 회복하여 1990년 『호커스 포커스 Hocus Pocus』에 이르기까지 그의 목소리와 세계를 확인시켜주는 작품을 꾸준히 발표했다. 1997년에 나온, 죽음을 앞둔 노년의 사유를 담은 『타임퀘이크』가 그의 마지막 장편으로, 이것까지 평생 총 열네 편의 장편을 발표했다. 그 외에도 단편들을 묶은 작품집 세 권, 희곡 다섯 편, 마지막 작품인 『나라 없는 사람』(2005)을 포함한 논픽션 다섯권을 발표했고, 2007년 향년 여든다섯으로 세상을 떠났다. 그는 살아 있을 때도 또 죽어서도 『제5도살장』의 작가, 반문화의 작가였다.

블라디미르 나보코프 *Vladimir Nabokov*

1899년 상트페테르부르크의 귀족 명문가에서 태어났다. 유복한 가정에서 최상의 교육을 받으며 자란 그는 열일곱 살에 자비로 『시집*Poems*』을 발간하며 문학에 입문했다. 1917년 볼셰비키 혁명으로 조국을 등진 후 미국과 유럽 등지로 떠돌다 1977년 스위스 몽트뢰에서 생을 마감했다.

나보코프는 첫 망명지 영국에서 케임브리지 대학을 다니며 러시아문학과 프랑스문학을 공부했다. 1922년 베를린으로 이주해 '블라디미르 시린'이라는 필명으로 러시아어 작품들을 발표하기 시작했고, 1936년 『절망』을 출간하며 확고한 작가적 명성을 얻었다. 이듬해 나치의 박해를 피해 프랑스로 이주했다가 1940년 미국으로 재차 망명한다. 코넬 대학과 하버드 대학 등에서 문학을 강의하는 한편 '시린'이 아닌 '나보코프'라는 이름으로 영어 작가로서의 삶을 개척했다. 1955년 '롤리타 신드롬'을 불러일으킨 소설 『롤리타』로 일약 세계적인 작가가 되어 이후 창작에 전념해 『창백한 불꽃*Pale Fire*』 『아다 혹은 열정*Ada or Ardor*』 등 많은 작품을 썼고, 미발표 유작 『오리지널 오브 로라』를 남겼다.

웃음을 자아내는 메타 치정극

—『어둠 속의 웃음소리』를 옮기고 나서

블라디미르 나보코프의 『어둠 속의 웃음소리』(문학동네, 2016)는 1938년에 출간되었지만, 이 제목으로 출간되기까지 약간의 사연이 있다. 이 작품은 원래 삼십대 초반의 나보코프가 이민자로서 베를린에 거주하던 시절인 1932년에, 파리에서 발간되는 러시아 이민자들의 잡지 『현대 연보』에 러시아어로 연재하던 작품이다. 이때 제목은 '카메라 옵스쿠라'였는데, 이 작품의 첫 영역판은 위니프레드 로이가 번역을 맡아 1936년에 런던에서 같은 제목(『Camera Obscura』)으로 출간되었으며, 이때 저자의 이름은 나보코프-시린(시린은 나보코프의 필명이기도 하다)이었다.

1937년 9월 나보코프는 미국의 출판사 봅스-메릴로부터 선금 육백 달러에 『카메라 옵스쿠라』의 판권을 사겠다는 제안을 받는다. 돈이 궁했던 나보코프는 1938년 1월 1일에 원고를 주겠다는 계약서에 서명을 하고 즉시 미국판을 준비하는 작업에 들어갔다. 사실 나보코프는 위니프레드 로이의 번역이 못마땅하여 1935년에 출판사에 보내는 편지에서 그런 생각을 토로하기도 했는데, 주로 원문 그대로 정확하게 옮기지 않은 점을 비판했다.

느슨하고, 엉성하고, 조잡하고, 실수와 빠진 곳이 셀 수 없이 많으며, 힘과 탄력도 부족하고, 영어는 따분하고 단조로워 축 늘어져 있습니다. (……) 자신의 작품에서 절대적 정확성을 목표로 삼고, 그것을 성취하기 위해 수고를 마다하지 않은 작가로서 번역가가 이렇게 무심하게 모든 행운의 구절을 망쳐놓은 꼴을 보는 것은 상당히 힘든 일입니다. (……) 귀사와 같은 훌륭한 출판사라면 책이 성공하는 데 좋은 번역이 매우 중요하다는 점에 동의하실 겁니다.[•]

• *Vladimir Nabokov: Selected Letters 1940-1997*, Houghton Mifflin Harcourt, 2012. 9. 6, 13쪽.

러시아의 부유한 집안에서 성장하여 러시아어, 영어, 프랑스어 등 삼 개 국어를 자유자재로 구사했으며, 러시아어보다 영어를 먼저 읽고 쓸 수 있었고, 실제로 번역도 자주 했던 나보코프는 스스로 이 작품을 번역하기로 했다(위니프레드 로이의 번역을 어떤 식으로 손보았는지는 『어둠 속의 웃음소리』에 실린 자료에서 잠깐 엿볼 수 있다). 나보코프는 부지런히 번역을 끝낸 뒤 '색깔 있는 유령' '환등기' '눈먼 나방' 등 이런저런 제목을 두고 고심한 끝에 결국 '어둠 속의 웃음소리'라는 제목을 붙였다.

그러나 나보코프는 다시 번역을 하면서 번역을 원문에 가깝게 수정하는 작업에 머물지 않았다. 그는 등장인물의 이름을 모두 독일어 냄새가 덜 나게 바꾸었고, 중심 플롯은 손대지 않았지만 내용도 대폭 수정했다. 원작이 자신의 작품이니까 가능했겠지만, 어쨌든 번역을 했다기보다는 영어로 다시 썼다고 보는 것이 나을 수도 있다. 그렇게 본다면 원래의 번역에 불만이 있었던 것과는 별도로, 자신의 원작에도 상당한 불만이 있었다고 추측해볼 수도 있겠다. 어쨌든 미국과 할리우드에 더 편하게 다가가기 위해서는 손봐야 할 데가 많다고 느꼈던 듯하다.

1938년 4월 22일에 미국에서 출간된 『어둠 속의 웃음소리』는 미국에서 간행된 나보코프의 첫 책이 되었다. 평가는 엇갈렸는데, 호평에서는 나보코프를 "떠오르는 별"로 상찬하기도 하고, 작가가 인간을 움직이는 동인을 깊이 이해한다고 평가하기도 했다. 그러나 판매는 형편없었다. 또 나보코프의 기대와는 달리 영화사들은 관심을 갖지 않았다. 이 작품의 성격이 미국에 잘 맞지 않는다고 생각했고 검열도 걱정을 했기 때문이다.

나보코프는 『어둠 속의 웃음소리』가 출간되고 나서 이 년 뒤인 1940년에 나치의 위협을 피해 미국으로 이주했다. 그는 유럽에서는 이미 자리를 잡은 작가였지만, 유럽을 넘어 세계적인 명성을 얻게 된 것은 미국에서 영어로 글을 쓰고 나서였으니, 『어둠 속의 웃음소리』는 비록 나보코프의 기대를 충족시키지는 못했지만, 여러 면에서 그의 운명을 이끈 작품이라고 말할 수도 있을 듯하다. 『어둠 속의 웃음소리』의 모티프를 발전시켰다고 말할 수도 있는 그의 가장 유명한 작품 『롤리타』는 미국 이주 십오 년 뒤인 1955년에 나오며, 1962년에는 스탠리 큐브릭 감독이 영화로 만들어 큰 성공을 거두었다. 『어둠 속의 웃음소리』도 1969년에 마침내 영화로 제작되었으나(무대를 런던으로 옮겼다) 결과는 신통치 않았다.

앞서도 말했듯이 나보코프는 『어둠 속의 웃음소리』를 스스로 번역하면서 영화화를 의식하여 상당한 개작을 했다. 책의 앞부분에서 주인공 알비누스가 여러 명화에 나오는 장면들을 이용하여 동영상을 만드는 상상을 하는 것이 그런 예다. 그러나 『어둠 속의 웃음소리』는 그렇게 개작을 하기 전에도 이미 영화적 요소를 작품 안에 상당히 끌어들이고 있었다. '어둠 속의 웃음소리'라는 제목도 그렇지만, 이렇게 바뀌기 전의 제목인 '카메라 옵스쿠라'─어두운 방이라는 뜻으로, 지붕이나 벽 등에 작은 구멍을 뚫고 그 반대쪽의 하얀 벽이나 막에 옥외의 모습을 거꾸로 비추게 하는 장치인데, 카메라의 최초 형태라고 말할 수도 있지만, 사람이 들어갈 만한 이 큰 방은 영화관의 모습을 단순화한 것처럼 보이기도 한다─에서는 그런 면이 더욱 강하다.

그 외에도 이 작품은 줄거리 자체에 영화와 연결되는 요소들이 많이 등장한다. 여주인공 마르고트는 영화계 스타를 꿈꾸면서 영화관에서 안내원 일을 한다. 주인공 알비누스가 그녀를 처음 발견하는 곳도 영화관이다. 나중에 알비누스는 재력으로 마르고트를 영화에 출연시킨다. 나보코프는 단지 영화적 요소를 줄거리에 박아넣을 뿐 아니라 그런 요소를 교묘하게 활용하기도 한다. 예를 들어 알비누스가 영화관을 찾았을 때 스크린에 비치고 있는 장면들, 즉 총을 든 남자 앞에서 여자가 뒷걸음질치는 장면과 차가 절벽 위의 도로를 달리는 장면은 모두 소설 내에서 복선 역할을 한다. 심지어 알비누스가 영화관에 들어설 때 눈에 띄는 포스터, 한 남자가 잠옷을 입은 아이가 있는 창문을 쳐다보는 포스터도 소설의 중요한 사건을 암시한다.

나아가 등장인물들도 영화를 의식하는 행동을 하고, 나보코프도 거기에 맞추어 영화와 연결되는 표현을 사용한다. 예를 들어 알비누스는 택시에서 돈을 낼 때 영화에서 하듯이 보지도 않고 동전 하나를 밀어넣는다. 마르고트는 알비누스와 사귀면서 일급 영화에나 나올 법한 화려한 생활을 누린다. 또 알비누스와 옛 애인 렉스 사이에 있을 때 마치 영화 속의 여주인공이 된 듯한 기분이 들어, 실제로 그렇게 연기를 한다. 렉스는 눈이 먼 알비누스를 앞에 두고 자신을 감추기 위해 무성영화에서 식사를 하는 사람처럼 음식을 씹는다.

그러나 소설에 영화적 요소들이 들어가 있다는 사실보다 중요한 것은 나보코프가 영화화를 의식하고 이 소설을 썼다는 점일 것이다. 가령 앞이 보이지 않는 알비누스의 관점에서 진행되어, 영화로 본다면 스크린에 아무것도 나오지 않을 마지막 장면도 이 소설을 쓰던 시점에서는 최신 기술이었던, 영화와 소리의 결합(1929년에 최초로 시도되었다)을 염두에 둔 것이라는 견해도 있다. 지금은 상투적 수법이 된 지 오래지만, 완전한 암흑 속에서 소리만 들려줄 때 오히려 극적인 효과가 나타난다는 것이다. 실제로 소설에서 알비누스의 관점에서 벗어나는 순간 다시 눈앞에 드러나는 현장을 나보코프가 "무대 지시 사항"이라는 말을 앞세워 묘사하는 것을 보면 그런 해석도 설득력이 있는 듯하다.

영화를 의식하고 이 소설을 썼다는 점은 플롯의 전개 속도, 또 등장인물들의 대사에도 반영되어 있다. 딱 영화로 만들기 좋게 짜인 플롯과 대사이고, 그런 면에서는 오늘날의 대중소설과 흡사한 면이 많다. 그러나 무엇보다도 귀를 기울일 만한 대목은 이 소설의 등장인물들이 영화적이라는 평이다. 도대체 소설적 인물과 영화적 인물이 어떤 차이가 있느냐, 또는 둘 사이에 우열이 있느냐 하는 문제는 간단하게 이야기할 수 없을 것이다. 그러나 이런 지적은 대체로 나보코프가 영화로 표현하기 쉽게 단순화된 인물들을 설정했는데, 그런 인물은 화면에서 보여주기는 편할지 몰라도 소설의 텍스트에서는 너무

얄팍해질 위험이 있다는 뜻을 전하고 있다. 다시 말해서, 영화와 관련을 맺으려고 애를 쓰는 바람에 소설로서는 아쉬운 면이 생겼다는 것이다. 이 소설의 약점을 지적하는, 언뜻 보면 일리 있는 평가다. 그러나 달리 볼 수는 없을까?

이쯤에서 다시 '어둠 속의 웃음소리'라는 제목을 생각해볼 필요가 있다. 어둠 속의 웃음소리는 무엇을 가리키는 말일까? 일단 '어둠'이라는 말은 이 소설에서 바로 두 가지를 떠올리게 한다. 하나는 물론, '카메라 옵스쿠라'라는 원래의 제목이 암시하듯이, 어두컴컴한 극장 안이다. 또하나는 눈이 먼 상태로 인한 어둠이다.

두번째 어둠이 웃음소리와 연결되는 면은 꽤나 분명해 보인다. 알비누스는 사랑에 눈이 멀고, 또 나중에는 실제로 눈이 멀기도 한다. 게다가 돈은 많지만 재능도 부족하고 실생활에도 어설픈(예를 들어 마르고트와 처음 사귀던 시절 그녀에게 휘둘리는 장면들도 그렇고, 작게는 운전도 제대로 못하여 이로 인해 진짜로 눈이 멀게 되는 대목도 그렇다) 자신의 모습과 현실을 제대로 보지 못하는 것도 눈이 먼 상태에 비유할 수 있다. 그리고 그는 이렇게 눈이 먼 상태 때문에 조롱을 당한다. 무엇보다도 그의 강박의 대상인 마르고트에게 조롱을 당하고, 또 마르고트의 전 애인이자 현 애인인 렉스에게 조롱을 당한다. 따라서 어둠 속의 웃음소리란 상징적으로나 실제적으로 어두운 상태에 처한 알비누스의 귀에 들려오는 조롱의 웃음소리라는 뜻으로 해석이 가능하다.

어둠 속의 웃음소리에 대한 또하나의 해석은 앞에서도 이야기했듯이, 어두운 영화관 안에서 들려오는 웃음소리다. 물론 웃음소리는 관객에게서 나오는 것이다. 이 소설을 정통 코미디라고 볼 수는 없을 것이니 이 웃음소리 또한 유쾌하게 들릴 수는 없을 것이며, 이런 점에서 첫번째 해석이든 두번째 해석이든 웃음소리에 조롱기가 섞여 있다는 점은 똑같다고 말할 수도 있다. 실제로 소설 속에서 마르고트는 알비누스 덕분에 영화에 출연하게 되어 시사회를 보러 가는데, 마르고트는 자신이 스크린에 비친 모습과 형편없는 연기에 창피해서 견딜 수 없는 지경에 이르고, 맨 마지막에 어설픈 장면이 등장하자 시사실에는 웃음의 물결이 퍼져나간다.

그러나 어두운 영화관에서 터져나오는 웃음소리라는 해석은 소설 속의 한 대목이 아니라 소설 전체에도 적용해볼 수 있다. 나보코프가 영화화를 염두에 두고 이 소설을 썼다면, 이 소설 전체를 스크린에 비치는 영화라고 상상하고, 독자는 관객이 되어 이 영화를 보면서 웃음을 터뜨린다는 생각도 해볼 수 있는 것이다. 사실 나보코프 자신이 그렇게 영화관에 다니면서 웃음을 터뜨리던 관객이었다. 나보코프는 베를린에 살던 시절 두 주에 한 번은 아내 베라와 함께 영화를 보러 다녔다. 그는 보통 싸구려 극장을 자주 찾았는데, 드레위에르의 〈잔다르크의 수난La Passion de Jeanne D'arc〉 같은 영화도 좋아했지만, 주로 버스터 키튼, 채플린, 막스 형제의 코미디를 무척 좋아했고, 영화적 클리셰가 그로테스크하게 펼쳐지는 것을 특히 좋아했다. 심지어 일부러 어설픈 미국영화를 골라 보면서, 영화가 터무니없어질수록 더욱 큰 소리로 숨이 막힐 정도로 웃음을 터뜨렸다. 하도 심하게 웃음이 터지는 바람에 중간에 영화관을 나오는 일도 있었다. 한 평자는 나보코프의 이런 일화를 '어둠 속의 웃음소리'라는 제목과 연결시키기도 한다. 그렇게 본다면 원래의 제목 '카메라 옵스쿠라'는 어두운 영화관을 가리키고, 독자는 작가와 영화관의 관객석에 앉아 있게 된다.

이 작품의 제목을 이런 식으로 해석하는 것은 이 소설을 어떻게 보아야 하는가 하는 문제와 연결이 된다. 제목의 주문대로 하자면, 이 소설에 비극적 요소가 들어가 있고 또 실제로 비극으로 끝남에도 불구하고, 우리는 이 소설을 보고 (조롱기 섞인) 웃음을 터뜨려야 한다. 예를 들어, 마르고트와 렉스가 잔인하게 알비누스를 조롱하는 상황에서도, 우리 독자는 조롱당하는 사람의 가엾은 처지에 감정을 이입하기보다는, 이들 셋 모두를 향해 웃음을 터뜨려야 한다. 뻔한 상황에서 뻔한 방식으로 상호작용하는 뻔한 과정 자체에 웃음을 터뜨려야 하는 것이다. 클리셰의 틀 안에서 움직이는 등장인물들이 자신이 맡은 역할에 진지할수록 더욱 우스울 뿐이다. 결국 우리는 이 어수선한 치정극에서 도덕과 윤리의 문제를 따지며 울고 분개하기 위해 이 소설을 보는 것도 아니고, 심지어 뒤의 전개가 어떻게 될지 궁금해서—클리셰를 그대로 밟아나가니 궁금할 것도 없다—이 소설을 보는 것도 아니다. 그것과는 다른 목적을 위해, 다른 재미를 느끼기 위해 이 소설을 보는 것이다.

누구보다 이 점을 잘 알고 있었던 사람은 당연히 이 소설을 쓴, 그리고 우리와 함께 관객석에 앉아 자신의 작품을 웃으며 관람하고 있는 나보코프였다.

옛날에 독일 베를린에 알비누스라는 사람이 살았다. 그는 부유하고, 품위 있고, 행복했다. 하지만 어느 날 어린 애인 때문에 아내를 버렸다. 그는 사랑했으나 사랑받지 못했다. 결국 그의 삶은 참담하게 끝이 났다.

이것이 이야기의 전부이며, 만일 이야기를 해나가는 과정에 이득이나 기쁨이 없었다면 여기에서 그만두는 편이 나았을지도 모른다. 사실 한 인간의 삶의 축약된 이야기야 이끼로 장정된 묘비조차 꽉 채우지 못하는 것 아닌가. 늘 환영받는 것은 디테일이다.

이것은 이 소설의 첫 대목인데, 원래 러시아어판에는 없다가 나보코프가 영어로 수정하면서 들어간 것이다. 미국에서 『어둠 속의 웃음소리』가 처음 나왔을 때, 혹평을 하던 사람들은 이 구절만 읽으면 이 책은 다 읽은 것이나 다름없다고 조롱했다. 사실 이 조롱은 중요한 것이, 소설을 왜 읽는가, 구체적으로 나보코프의 이 소설을 왜 읽는가를 생각해보는 출발점이 되기 때문이다. 앞서도 말했듯이, 플롯의 전개가 궁금해서 이 소설을 읽는다면 누구보다 먼저 작가가 말릴 것이고, 실제로 소설의 맨 앞에서 위와 같이 말리고 있다.

플롯이 아니라면 무엇일까? 겉으로 보면 불륜을 다룬 이 소설에서 윤리의 문제가 이제까지와는 다른 깊이에서 새롭게 제기되었다고 말할 수도 없다. 충분히 비극으로 그릴 수도 있는 소설 속 사건들을 웃음의 대상으로 삼은 순간 그 문제는 사라져버린다. 작가는 관객석에 앉아 함께 관람할 뿐, 적극적으로 등장인물의 심리나 윤리에 개입하지 않는다. 그 결과 이 소설의 등장인물들은 생생하게 살아 있는 인물의 재현이라기보다는 정해진 배역을 연기하는 배우라는 느낌을 준다. 즉 클리셰에서 벗어나지 못하고, 아니, 벗어나지 않고, 변화나 성장 없이 그 틀 안에서 움직인다. 그러나 이들은 자기 역을 연기하는 배우일 뿐, 그 사람 자신은 아니다. 알비누스는 알비누스 역을 연기하는 배우일 뿐 알비누스가 아니고, 렉스는 렉스 역을 연기하는 배우일 뿐 렉스가 아니다. 따라서 이들에게 정색을 하고 알비누스와 렉스의 윤리와 도덕성을 물을 수 없다. 뭔가 둔하고 굼뜨고 물정 모르는 여자로 희화화되어 있는 엘리자베트, 그럼에도 결국 알비누스를 끌어안는 엘리자베트에게 구원과 사랑의 의미를 묻기 어려운 것과 마찬가지다.

이런 점을 두고 이 소설 속의 인물들이 윤리적 깊이가 없다고, 따라서 인물들을 제대로 형상화하는 데 실패했다고 비판할 수 있을까? 애초에 작가한테 그런 식으로 형상화하려는 의도가 없었다면, 실패니 뭐니 이야기할 필요도 없을 것이다. 그렇게 쓰는 방식 자체가 마음에 들지 않는다고 말할 수는 있을 지언정. 타란티노 감독에게 비극과 윤리 이야기를 하는 것이 뜬금없게 느껴지는 것이나 마찬가지일 것이다. 나보코프도 타란티노와 마찬가지로 클리셰 안으로 아주 깊이 들어가 그것이 클리셰임을 의식하지 못하게 하거나 아니면 클리셰에 아직 남은 새로운 면을 드러내는 데 관심이 있는 것이 아니라, 밖으로 나와 앉아 거리를 두고 자기가 만들고 있는 것이 클리셰임을 의식하며 자기 방식대로 그 클리셰의 틀 안에서 게임을 진행하는 데 흥미를 느낀다. 나보코프는 말하자면 일종의 메타 치정극을 쓰고 있는 셈이며, 따라서 치정극 내부에 들어가 올 생각은 전혀 없고 거꾸로 치정극을 희화화하면서 웃음을 터뜨리고 즐거워하고 있는 것이다.

제목의 요구대로 하자면 우리도 알비누스의 비극적(?) 몰락을 보며 나보코프와 함께 웃음을 터뜨려야 한다. 그러나 이 책이 나온 당시에는 그렇게 웃은 독자가 많지 않았던 것 같다. 새로운 작가에게는 새로운 독자가 필요하기 때문인지도 모른다. 나보코프의 독자란 무엇보다도 뻔한 줄거리에 그다지 관심이 없는 독자, 나보코프가 이야기를 해나가는 과정에서 이득과 기쁨을 얻었듯이, 줄거리가 아니라 그의 이야기를 듣는 과정에서 이득과 기쁨을 얻는 독자, 즉 그가 깨알처럼 뿌려놓은 디테일에 환호하고, 낭창거리며 흘러가는 이야기의 리듬에 취하고, 색깔이며 소리며 온갖 감각적인 것들이 어울리는 묘한 조화에 신비감을 느끼고, 섬세하게 짜인 내레이션에 빨려들고, 어떤 대상과 접하든 결국 드러나고야 마는 세련된 취향에 감탄하는 독자일 것이다. 나보코프가 작가로서 성공한 것을 보면 이런 독자가 점차 늘어난 것이 분명한데, 이는 더 큰 맥락에서 생각해볼 만한 흥미로운 이야깃거리일 것이다. 그 맥락이 어떠하든, 그의 영어 소설의 시발점이 된 『어둠 속의 웃음소리』는 그 자체로서, 또 나보코프의 이후 발전의 맹아들이 담뿍 담겨 있는 작품으로서 작은 보석의 지위를 누릴 만하다.

내가 읽은 세상

일상의 상대성

어느 날 운전을 하는데 갑자기 눈이 안 보인다. 뒤에서 경적을 울려대지만, 머지않아 그들도 눈이 멀어버린다. 비상사태다. 계엄령이 선포되고 눈먼 자들이 격리되지만 군인들마저 눈이 멀어버린다. 이곳은 눈먼 자들의 도시가 되고 평온한 일상은 박살이 난다. 주제 사라마구의 『눈먼 자들의 도시』는 그렇게 일상이 비상으로 곤두박질치는 상황을 그려나간다. 그리고 긴 고난의 와중에 어느 날 갑자기 다시 눈이 보이게 되는 것으로 끝을 맺는다.

이렇게 이 소설은 언뜻 보기에는 일상-비상-일상이라는 판에 박힌 도식을 따라가면서, 비상 상황의 잔혹함으로 독자들의 신경을 혹사하다가 마지막에 안도의 한숨을 내쉬게 하는 것처럼 보인다. 실제로 처음 눈이 먼 의사는 눈먼 자들의 격리 병동에 수용되어 눈먼 폭력배들의 지배를 받으며 참혹한 상황을 견디어야 하고, 수용소를 나와서도 혼란에 빠진 눈먼 도시에서 떠돌이 개들마저 두려워하며 목숨을 부지할 방도를 찾아야 한다. 그러나 내가 이 소설을 사랑하는 것은 이런 지옥이 바깥에서 들어온 새로운 것이 아니라, 이미 일상 속에 잠복해 있던 것임을 보여주기 때문이다. 어제와 오늘이 다른 것은 딱 한 가지, 앞이 안 보인다는 것뿐이다. 이 간단한 사건 하나로 일상의 표피가 벗겨지면서 지옥이 터져나온 것이다.

비상사태는 새로운 것이 아니라, 원래부터 일상과 등을 맞대고 있던, 일상의 이면일 뿐이다. 애초에 일상은 비상이 없으면 홀로 존재할 수 없는 개념이고, 우리의 평온한 일상은 출렁대는 파도 위에 놓인 판자처럼 늘 아슬아슬하다. 하지만 사라마구는 이런 인식에서 한 걸음 더 나아간다. 거꾸로 그 비상 속에 자리잡는 일상을 포착하여, 일상의 속성 자체가 반복을 통한 비상의 극복, 비상의 일상화라는 것을 드러낸다. 마치 나치의 수용소에서처럼 눈먼 자들의 도시에도 그 나름의 일상이 자리를 잡으면서, 비상은 또다른 일상이 된다. 격리 병동의 폭압적 시스템 속에서도 사람들은 살아가고, 몇 사람은 병동을 벗어나 새로운 가족을 형성한다. 체온처럼 항상성을 유지하려는 일상의 이 무서운 힘에, 그것을 유지해가는 인간에게 경외감을 느끼지 않을 수 없다. 처음부터 눈이 멀지 않았던 의사의 부인과 그녀의 눈물을 핥아주던 개, 새로운 가족을 이끄는 이 두 존재가 내 기억에 깊이 자리잡은 것은 이 둘이 그런 항상성의 현현으로 보였기 때문이다.

이 상황이 끝나 눈을 뜨면 원래의 일상으로 돌아갈 수 있을까? 아니, '원래의 일상'이란 존재하지 않는다. 우리는 소설의 마지막에서 다시 눈을 뜬 자들이 예전으로 돌아가지 못하고 또다른 일상을 만들어갈 것을 예감한다. 일상은 비상한 상황에서도 끈질기게 지속되지만, 그럼에도 늘 변한다. 이 소설은 일상의 이런 변증법적 변주를 보여주며, 그렇기에 우화의 껍질을 쓰고 있으면서도 우리 삶의 본질적 형식에 가장 밀착해 있다.

발을 씻으며

어렸을 때는 저녁이 오면 시멘트가 덮인 조그만 마당에 세숫대야를 놓고 앉아 얼굴을 씻은 다음 발까지 씻고 나서 목에 걸고 나온 수건으로 물기를 닦은 뒤 비누로 뿌옇게 흐려진 물을 눈곱만한 꽃밭에 뿌려 하루를 마무리했다. 아마 어른들이 하는 것을 눈여겨보고 배운 것이었겠지만, 내 몸의 청결 정도는 스스로 건사할 능력이 있다는 것을 보여줌과 더불어 나에게도 이제 씻어버릴 하루가 있다는 것을 증명하는 행위이기도 했다.

언제부터 나에게서 이 습관이 사라졌을까? 아마도 샤워를 하게 되면서부터일 것이다. 그래서 더 청결해졌을지는 모르겠으나, 편리함과 게으름 때문에 언제부턴가 내 손으로 내 발을 씻지는 않게 되었다. 모르긴 몰라도 우리 아이들은 저녁에 앉아서 천천히 발을 씻는 아버지의 뒷모습을 보며 이제 하루 일과는 끝나고 또다른 시간에 들어선다는 것을 느껴본 적이 없을 것이다.

그런데 사라졌던 이 습관이 다시 돌아왔다. 예전처럼 세숫대야에 발을 담그는 것은 아니고 욕조에 걸터앉아 샤워기로 물을 뿌리며 씻는 것이지만 그래도 내 손으로 내 발을 문지른다. 이렇게 된 것은 어릴 때와 마찬가지로 다른 사람이 발을 씻는 모습을 보고 나서다. 다르덴 형제의 〈내일을 위한 시간〉(2014)에 나오는 짧은 시퀀스에서였다.

저녁상을 차렸지만 내려오지 않는 아내를 남편이 부르러 올라갔을 때 아내는 욕조에 걸터앉아 발을 씻고 있다. 간신히 우울증에서 빠져나온 아내는 동료들을 설득하면 병 때문에 해고당한 회사에 복직할 수 있을지도 모른다는 소식을 듣지만 도저히 그 일을 감당할 자신이 없어 움츠러들고 있다. 그래서 저녁도 거르고 자기 속에 파묻힐 생각인데 그전에 발을 씻고 있는 것이다. 아내는 설득하는 남편의 이야기를 들으면서 발을 씻고 수건으로 물기까지 깨끗이 닦아낸다.

이 발 씻기는 이 여자가 사는 방식, 아니 죽는 방식이다. 여자는 얼마 후 다시 절망에 빠져 죽기로 마음먹은 뒤에도 먼저 아이들 방을 정리한다. 침대를 꼼꼼히 정돈해주고 방을 나오다 여자는 다시 몸을 돌려 안으로 들어간다. 막 스쳐지나온 쓰레기를 주우러 다시 가는 것이다. 그것이 죽기 전에 해야 할 가장 중요한 일이라는 듯이.

다르덴 영화에서 내가 좋아하는 것이 바로 이런 일상적 군더더기, 영화의 흐름을 비집고 나온 작고 단단한 혹 같은 것이다. 내가 사랑하는 영화 〈자전거를 탄 소년〉(2011)도 그렇다. 마지막 대목에서 소년은 생사의 고비를 넘고서도 오로지 새로운 가족과 작은 약속을 지키는 것이 세상에서 가장 중요한 일인 양 좌고우면하지 않고 무심한 표정으로 자전거 페달을 밟는다. 그러다가 마지막으로 어두운 골목을 향해 들어가기 직전 큰길을 건널 때 습관대로 잠깐 왼쪽으로 고개를 돌려 차가 오는지 살핀다. 베토벤의 피아노 협주곡이 흘러나오는 숨이 멎을 듯 숭고한 시퀀스를 찢는 이 일상의 생채기는 작지만 몹시 아프다.

이렇게 섬세한 실로 직조된 일상을 바탕으로 삼지만 다르덴 형제의 영화는 과격하다. 〈내일을 위한 시간〉은 한 여성 노동자의 복직 문제가 표면적 사건인데, 이 여자가 타인의 지원을 호소하는 순간 아들은 아버지에게 주먹질을 하고 미래를 설계하던 부부는 헤어진다. 발 씻기에서 시작된 그녀의 영향이 실핏줄을 타고 흐르듯 타인의 일상으로 흘러들어가, 그런 일상 위에 축조된 관계, 너무나 당연시되던 가족, 부부 같은 관계가 휘청거린다. 〈자전거를 탄 소년〉에서도 평범하게 살아가던 여자는 연인이 아니라 피 한 방울 섞이지 않은 문제아를 선택하여 새로운 형태의 가족을 이룬다. 이렇게 인간들의 새로운 관계와 질서를 모색한다는 점에서 다르덴 형제의 영화는 급진적이며, 그 급진성이 일상의 말단까지 스며들어 있다는 점에서 근본적이다. 일상의 지속에서, 혹은 균열에서 인류의 미래가 잉태되는 과정을 관찰하고 있는 것이다.

그렇다고 나 자신이 발을 씻으면서 감히 인류의 미래까지 생각한다는 것은 물론 아니다. 그저 울적한 일이 겹겹이 쌓인 날에도 하루를 마감해줄 일상의 작은 닻이 하나 생긴 것이 고마울 뿐이다. 내일은 어찌될지언정 오늘은 이렇게 밤까지 왔다는 것을 확인하는 것만으로도.

야유할 권리

애정 어린 비판도 받아들이기 쉽지 않은데, 하물며 야유를 감당하는 것은 쉬운 일이 아니다. 그럼에도 자신의 행동의 결과가 많든 적든 익명의 다수에게 공개되는 사람들은 어차피 갈채만큼이나 야유에도 노출될 수밖에 없다. 이 때문에 '팬'으로 울타리를 만들고 그 안에서 나오지 않으려 하기도 하고, 갈채는 선하지만 야유는 비신사적이라는 묘한 논리를 내세우기도 한다. 나를 칭찬할 때는 박수만 쳐도 되지만, 비판하려면 야유를 하지 말고 예의와 격식을 갖추라는 것이다. 하지만 갈채나 야유나 그 안에 담긴 감정과 태도만 다를 뿐 표현 수준에서는 거리가 멀지 않다. 따라서 공정하게 보자면, 갈채를 받고

자 하는 사람은 야유도 받을 각오가 되어 있어야 하며 갈채가 허용되는 공간에서는 야유도 허용되어야 한다.

코엔 형제가 감독한 영화 〈인사이드 르윈〉의 주인공인 무명 가수 르윈도 그렇게 생각하는 듯하다. 그래서 그는 허름한 공연장에서 관습에 물든 노래를 부르는 여가수에게 거침없이 야유를 퍼붓는다. 원래 그런 노래에 대한 반감도 있었던데다가 개인적인 일까지 겹치는 바람에 야유는 독기를 띠고, 다른 청중마저도 그에게 눈총을 준다. 결국 르윈은 쫓겨나지만 다음날 다시 찾아갔을 때 주인은 아무 일도 없었다는 듯이 맞아주고, 이번에는 르윈 자신이 무대에서 갈채와 야유의 가능성 앞에 몸을 드러낸다. 그가 보기에 '쇼'는 그런 식으로 굴러가는 것이다. 그러나 수모를 당한 여가수의 남편은 쇼 밖에 있다. 그는 르윈의 야유를 폭력으로 응징하고, 자기 아내는 노래를 하려고 했을 뿐 이런 '시궁창'에 발을 담그려던 것이 아니라며 자리를 뜬다.

르윈이 간절히 원했으나 도달하지 못했던 곳에 도달한 밥 딜런도 바로 그런 시궁창에서 노래를 했던 가수다. 그는 통기타와 강렬한 노랫말로 저항적 청년 문화의 상징으로 떠올랐다가, 전기기타를 들고 밴드와 함께 나오면서 상업 문화에 투

항했다고 격렬한 항의를 받았다. 특히 영국 공연에서는 가는 곳마다 야유에 부딪혔는데, 르윈과 마찬가지로 딜런도 표를 산 사람은 야유할 권리가 있다며 개의치 않는 입장이었다. 이런 태도의 밑바닥에는 야유가 아닌 갈채가 사람을 죽일 수도 있다는 깨달음이 있었다. 1966년 맨체스터 공연에서는 청중 한 사람이 그를 향해 "유다"라고 외쳤다. 포크 음악을 배신했다는 의미였다. 공연사상 최악의 야유로 꼽히는 외침이었다. 딜런은 그에게 거짓말쟁이라고 응수한 뒤 곧 강렬한 감정을 실어 〈구르는 돌멩이처럼Like a Rolling Stone〉을 부르는데, 이 열창으로 야유는 갈채로 바뀐다.

그러나 미국 노래의 역사를 바꾸었다는 찬사를 받는 〈구르는 돌멩이처럼〉 자체가 사실은 야유와 조롱이다. 이 노래는 한 몰락한 인간을 향해, 한때 잘나간다고 으스대더니 이제 다음 끼니를 걱정하는 신세가 되고, 길가에 구르는 돌멩이처럼 미미한 존재가 되었는데, 그 기분이 어떠냐고 조롱한다. 결국 청중의 조롱에 딜런식의 조롱으로 답한 것이니, 야유에 관한 한 딜런은 누구에게도 질 생각이 없었던 것 같다.

하지만 〈구르는 돌멩이처럼〉의 신랄한 조롱은 결국 딜런 자신을 향하고 있고, 자신을 르윈 같은 무명 가수와 동일시하고 있으며, 그래서 이 노래의 울림이 그렇게 강렬한 것이기도 하다. 다시 말해 그는 그 어떤 청중보다 가혹하게 자기 자신을 야유할 수 있는 인간이었다. 당대의 최고 스타가 불과 이십대 중반의 나이에 지지자들의 갈채에 의지하여 자신에 대한 환상을 부풀리기보다는, 자신도 얼마든지 야유의 대상이 될 수 있음을 인정했을 뿐 아니라 스스로 자신을 모질게 야유했던 것이다. 밥 딜런이 오늘날에도 화석이 되지 않고 중요한 현역 뮤지션으로 빛을 발하는 것은 그 때문인지도 모른다.

결국 남에게 야유할 권리를 인정하는 것은 자신이 갈채로 죽는 것을 막는 영리한 방법일 수도 있다. 늘 갈채를 받으며 산다는 허영에서 벗어나, 야유를 응징할 수 있다는 자만에서 벗어나, 나 또한 길가에 구르는 돌멩이와 다를 바 없다는 겸허한 자각에 이르지 못한다면 그런 영리함은 찾아주지 않겠지만.

도시와 자연이 만나는 경계에서

　도시를 걷는 것도 괜찮다. 예전 느낌이 그런 대로 남아 있는 동네도 꽤 있어, 자동차가 못 들어가는 골목길을 만나고, 그러다 운좋게 막다른 길에 들어서면 가슴이 두근거린다. 눈망울이 또랑또랑한 어린 시절의 나와 마주칠 것 같다. 눈이 흐려지며 괴상하게 나이들어가는 나를 보고 아이는 손가락질을 하며 깔깔 웃어젖히겠지. 내가 그렇게 웃음거리가 되는 것이 나도 통쾌하여 함께 웃고 싶을 것이다. 그런 시간의 원근법이 작동하는 곳을 찾아 걷는 것이다.

　그러다 가까운 산을 찾는 것은 이보다 조금은 강력하게, 콘크리트에 기대어 지속되는 일상 자체와 거리를 두어보려는 것이다. 수양이 부족한 탓이겠지만 일상의 공간 안에 있으면 마음만으로는 거리를 두기가 쉽지 않다. 그러던 것이 시멘트가 끝나고 흙길이 비탈을 이루는 곳을 만나면 벌써 뭔가 달라지는 느낌이다. 심산유곡을 사랑하는 사람이라면 코웃음을 치겠지만 번잡한 도회지에서 나서 평생 그곳에서 살아온 나 같은 사람에게는 오히려 도시의 경계에 있는 이런 곳이 필요하다. 한 시간 남짓 올라가 나를 담고 있는 도시를 조금 떨어져 한덩어리로 내려다보고 싶기 때문이다.

그러나 고개만 돌리면 일상의 공간이 눈에 들어오는 곳이라 해도 일상의 바탕에 있는 안전이라는 환상까지 이어지는 것은 아니다. 정해진 길로만 조심해서 다녀도 험한 꼴을 꽤나 보게 된다. 강한 눈보라가 치는 날에는 내 무거운 몸이 바람에 흔들리는 믿기지 않는 일이 벌어지고, 늘 다니던 곳이 눈에 덮여 뻔한 길이 사라지는 바람에 막막한 공포에 사로잡히기도 한다. 언젠가 어떤 아버지는 아들이 비탈진 얼음판에서 미끄러지는 것을 보면서도 어, 어 하고 소리만 지를 뿐 꼼짝도 못했다. 밑에 있던 사람이 아이를 잡았기에 망정이지 그러지 않았다면 평생 그 큰 짐을 어찌 지고 살까. 어느 가을날 산을 거의 내려왔을 즈음 커다란 멧돼지 몇 마리가 그야말로 저돌적

으로 부자 동네를 향해 달려내려가는 광경이 눈에 띄었을 때
는 스르르 무릎에 힘이 풀리면서 알량한 허세가 다 떨어져나
가고 말았다.

도시와 자연이 만나는 경계를 넘어서면 가만히 있어도 이
도시가 꿈틀거리는 자연을 시멘트로 잠시 눌러 덮고 있을 뿐
이라는 느낌이 든다. 거기에 마음을 졸이게 하는 아찔한 일까
지 보태지면, 그런 경험은 언뜻 만만해 보이지만 기실 아슬아
슬하게 버티고 있는 나를 비롯한 많은 사람들에게 늘 잠복해
있는 위기의 은유로 읽힐 수밖에 없다. 그럴수록 나 자신은 더
욱더 작아 보인다. 평소 과대망상에 빠져 있어서가 아니라, 작
은 이익과 안정을 절대시해야만 유지되는 것처럼 보이는 일
상에서는 마음의 축척이 틀어져 있기 십상이기 때문이다.

하나 너무 작아 보이는 것 또한 곤란하겠다는 생각은 든다.
어느 날 동료가 새벽 산책길에 찍어온 사진에는 벼랑 위 산성
옆에 빈 소주병과 누군가 벗어둔 낡은 등산화 한 켤레가 놓여
있었다. 산에서는 맨발로 갈 수 있는 곳이 많지 않다. 그러니
나도 모르게 기사들을 뒤적거리게 되고, 결국 보도가 안 된 것
을 확인했지만, 그게 아무 일 없었다는 뜻인지 아니면 기사로
작성할 가치가 없었다는 뜻인지는 알 수가 없다. 떠들썩해지

는 경우도 없지 않다. 얼마 전 정상 근처 평평한 곳에서 쉬고 있던 선배 쪽으로 헬리콥터가 다가온 적이 있다. 찾는 사람인지 얼굴을 확인하려는 것이었다. 결국 그날 헬리콥터가 찾던 사람은 내가 멧돼지를 본 곳 근처에서 발견되었다. 이름 몇 개가 적힌 종이를 호주머니에 넣고서.

늘 나는 다시 아래로 내려오고, 또 이제 적당한 크기로 줄어들었을 나 자신과 합체하기를 바란다. 하지만 이미 불온해진 마음이라 이 또한 만만치는 않아 경계선 근처에서 땀을 씻는 의식을 치르곤 한다. 한번은 탈의실에서 옷을 벗으려는데 손님들이 텔레비전 화면에 눈을 박고 있었다. 바다 한가운데 비스듬히 기운 배가 보였다. 그러나 잠시 후 전원 구조라는 자막이 뜨는 걸 보고 큰 숨을 내쉬며 탕의 뜨끈한 물로 들어갔다. 살갗이 따끔거리는 쾌감에 눈을 감았다. 그 시간에 수백 명이 차고 검은 물에 잠기고 있는 것도 모르고…… 그게 꼭 일 년 전 일이다.

여름 성경학교

버스 창문 밖으로 교회 건물의 어깨에 여름 성경학교를 알리는 긴 현수막이 걸린 모습이 보인다. 나도 어린 시절 여름 성경학교에 열심히 다녔다. 내가 살던 서울 변두리 동네에서는 여름 성경학교가 꽤 인기 있는 행사였다. 부모가 자식의 일정까지 관리할 여력이 없던 시절이라 아이들은 여름방학 내내 자유롭게 골목을 누비다 뭐 신기한 게 있나 싶어 며칠간 교회를 찾아갔다. 방학이라 해도 이렇다 할 흥밋거리가 없는 아이들에게 여름 성경학교는 문화, 교육, 사교 공간의 역할을 톡톡히 해냈던 셈이다.

나도 골목길을 버리고 교회로 가 친구들을 만나고 자잘한 선물과 먹을거리를 챙겼다. 물론 그것이 다는 아니었다. 성탄절이나 부활절이 각각 강력한 서사로 아이들의 상상력을 사로잡듯이 성경학교도 그 나름의 서사로 아이들을 매혹시켰는데, 그것은 주로 이스라엘의 역사와 관련된 영웅담이었다. 주변에서는 도무지 눈에 띄지 않는 영웅을 갈망하던 소년들에게 성경 영웅담은 교회를 찾는 강력한 유인이 되었다.

여름 성경학교에서 여호수아와 다윗과 솔로몬은 광개토왕과 이순신과 세종대왕 못지않은 영웅이었다. 그 배경에는 이스라엘의 유장한 민족 서사가 있었다. 이집트에서 노예로 살던 이스라엘 민족은 모세의 인도로 파라오의 방해를 물리치고 바다를 가르며 조상의 땅 가나안으로 향한다. 광야에서 온갖 시련을 겪지만 모세는 대업 달성을 목전에 두고 세상을 뜨며, 그 뒤를 이은 여호수아는 파죽지세로 그 땅의 원주민을 쳐부수고 이스라엘 민족이 살 터전을 확보한다. 마침내 자리를 잡은 이스라엘 민족은 계속 외침에 시달리지만, 소년 다윗이 블레셋의 거인 골리앗을 돌팔매 한 방으로 물리치고 왕위에 올라 국가의 기틀을 확립하며, 그의 아들 솔로몬은 놀라운 지혜로 영광의 시대를 연다.

소년은 눈을 동그랗게 뜨고 영웅담에 귀를 기울였다. 우리

민족의 영웅들이 외적으로부터 민족을 방어하는 데 주력했기 때문인지, 여호수아 같은 공격형 영웅에게서는 색다른 쾌감을 느낄 수 있었다. 어린 나이에 민족의 영웅으로 등극하여 왕의 자리에 오른 다윗은 말할 것도 없이 최고의 영웅이었다. 성경학교 소년들은 이스라엘 민족의 수많은 영웅과 동일시했고, 어른들은 소년들이 이순신 장군처럼 나라를 지키고 세종대왕처럼 슬기로운 사람이 되게 해달라고 기도하는 것이 아니라 여호수아처럼 담대하고 솔로몬처럼 지혜로운 사람이 되게 해달라고 기도했다.

놀라운 점은 여름 성경학교에서 들은 이야기를 현실에서도 볼 수 있었다는 것이다. 유대인은 모세의 이집트 탈출을 재현하듯, 나치에게 홀로코스트의 시련을 겪은 후 유럽을 빠져나와 조상의 땅 팔레스타인에 터를 잡았다. 그들은 그곳에서 주변 아랍 세력과 전쟁을 벌였고, 1967년에 벌어진 제3차중동전쟁에서는 단 엿새 만에 승리를 거두었다. 인구 사백만의 이스라엘이 인구 일억의 아랍연맹에 승리를 거둔 이 전쟁은 그야말로 다윗과 골리앗의 싸움의 재현이었다. 게다가 이스라엘군 지도자의 이름마저 모세였으니! 소년은 감동했다.

만일 이 시점에서 성장이 멈추었다면 소년은 정신으로는 이스라엘인이 되었을지도 모른다. 가자에서 전쟁을 계속해야 한다는 87퍼센트의 이스라엘 국민에게 공감했을지도 모른다. 어린아이까지 죽어나가는 참상을 보면서도 여호수아가 여리고성을 함락한 뒤 "남녀노소를 칼날로 멸한" 것을 떠올리며, 안됐지만 전쟁이란 으레 그런 것이라고 합리화했을지도 모른다. 6·25 때 다리 잃은 걸 내세우며 행패 부리던 동네 아저씨처럼, 과거에 엄청난 희생을 했으니 이제 무슨 짓을 해도 정당화된다고 우겼을지 모른다.

그러나 소년은 여름 성경학교 시절 이후 이스라엘 영웅 서사로는 감당할 수 없는 쓰디쓴 여름을 숱하게 맛보아야 했다. 그러면서 여호수아의 무리가 원주민에게는 외적이었을 것이라는 생각도 하게 되었다. 칼날을 휘두르는 자리에서 칼날에 베이는 자리, 총을 쏘는 자리에서 총에 맞는 자리로 옮겨가보고, 영웅의 서사가 아니라 패자의 서사, 아니 승패를 넘어서는 새로운 서사를 찾아다니게 되었다. 그 덕분에 총을 든 영웅이 아니라 아이의 주검을 안은 아버지와 동일시하는 어른으로 성장했으니, 참으로 다행스러운 일이다.

할머니의 목소리

꽤 더울 때 오래전부터 알던 작가를 찾아 창원에 갔다. 막 사십대에 접어든 뜨거운 시절에 처음 만났지만 지금은 일흔에 다가선 노작가였다. 오랜만에 긴 시간을 함께 보내며 수십 년간의 이야기를 되새기는 동안 얼마 전부터 이 작가에게서 느껴지던 편안함을 다시 확인할 수 있었다. 변하지 않을 것은 변하지 않았으면서도 나이가 들면서 변할 것은 변했다는 데서 느껴지는 자연스러운 편안함이었다. 변하지 않을 것은 변하고 변할 것은 변하지 않는 부자연스러운 선례들에 신물이 나던 터라 이 순순한 노화가 그렇게 반가울 수 없었다. 오래전 가장 뜨거운 현장을 찾아 창원으로 내려갔던 이 치열한 작가에게 나타난 변화의 핵심은 무엇보다도 너그러움이라고 표현할 수 있을 듯한데, 이는 내가 늙음에서 기대하는 중요한 덕목이기도 하다.

필립 로스의 어느 단편에 이런 장면이 나온다. 군대에서 하사관으로 부하들을 상대하다 갈등에 빠진 주인공 네이선은 문득 환청처럼 "왜 애는 들들 볶고 그래?" 하는 할머니의 목소리를 듣는다. 어린 시절 네이선이 잘못을 하여 마음의 상처를 입었을 때 어머니가 아들을 가르치려고 마구 소리를 질러대면 할머니가 늘 하던 말이었다. 할머니는 그런 때 필요한 것은 설교가 아니라 꼭 끌어안아주는 따뜻함이라고 생각했으며, 네이선은 이런 할머니에게서 자비가 정의에 우선한다는 것을 배운다.

이 땅에서 베이비붐 세대로 태어난 나의 어린 시절도 네이선과 크게 다르지 않았다. 젊은 어머니는 격변하던 한국사회에서 자리를 잡으려고 안간힘을 쓰는 동시에 그 과정에서 배운 세상의 이치를 어린 맏아들에게 전수하려고 노력했다. 이것저것 깊게 고려할 여유가 없었던 그 시절에는 어쩔 수 없는 일이었겠지만 그 방법이 늘 그렇게 부드러웠던 것만은 아니어서, 나처럼 재질이 약한 경우에는 좋은 그릇으로 커가기는

커녕 자칫하면 깨져버리기 십상이었을 것이다. 그러나 나에게는 절대적 피난처인 할머니가 있었고, 할머니는 어머니가 내세우는 세상의 이치를 인간의 이치로 압도했다. 어쩌면 어머니와 할머니 사이에 암묵적 역할 분담이 이루어져 어머니가 할머니를 믿고 더 가혹하게 세상을 가르칠 수 있었던 것인지도 모르지만, 어쨌거나 할머니는 내가 어떤 처지이건 누군가에게는 귀한 사람일 수 있음을 분명히 알려주었다.

집밖의 세상에서도 할머니의 이런 목소리는 당연히 필요하다. 그래야 힘겨운 사람들도 비빌 언덕이 생길 테니까. 세상이 아무리 혹독하게 자신의 논리를 강요하더라도 인간이 사는 이치를 대변하는 존재가 버텨주어야 하는 것이고, 이는 비단 어떤 종교의 온화한 지도자만이 아니라 네이선의 할머니나 나의 할머니처럼 평범하게 늙어가는 사람들의 역할이기도 하다. 그러나 노인 인구는 점점 늘어간다는데, 네이선과 내가 들었던 할머니의 목소리는 갈수록 듣기 힘들어지는 듯하다. 외려 인간의 이치와는 동떨어진 강퍅한 말이나 행동이 터져나오는 일이 빈번하니, 머잖아 그 대열에 합류할 연령층에 속한 사람으로서 마음이 무거워지며 자신을 돌아보게 된다.

하긴 노년을 바라보는 많은 사람들이 백 세 시대의 공포에 짓눌려 있는 상황에서 과거와 같은 노인의 역할을 기대하기란 쉽지 않을 듯하다. 이렇다 할 안전판이나 생계수단 없이 성년 이후 살아온 시간보다 긴 시간을 감당해야 할 때, 많은 사람들에게 노후란 오로지 생존의 문제로 환원되기 때문이다. 나이는 들지만 도무지 늙을 수가 없는 꼴이다. 게다가 생존을 놓고 젊은이들과 경쟁마저 불사해야 하는 상황이라면, 그들 앞에서 인간의 이치니 뭐니 이야기하기가 영 면구스러울 수밖에 없다.

그러나 우리의 할머니들이라면 바로 이런 상황에서 목소리를 더 높였을 것 같기도 하다. 사실 할머니들인들 그렇게 호락호락한 삶을 살았을까. 외려 훨씬 힘겨운 과정을 겪었지만, 바로 그 고난 속에서 인간의 이치를 터득하지 않았을까. 이런 생각을 하다보니, 나잇값을 하는 것이 결코 나이가 들면서 그냥 따라오는 부산물이 아니라 힘겹게 얻어낸 성취임을 깨닫게 되고, 그래서 인간답게 늙어가는 분들이 더욱 존경스러워 보인 여름이었다.

브레이킹 배드

    올해(2014) 미국의 에미상 작품상은 드라마 〈브레이킹 배드〉
에 돌아갔다. 필립 시모어 호프먼이 사라져 허전한 마음을 매
슈 매코너헤이로 달래고 있던 사람으로서 매코너헤이가 빼어
난 연기를 보여준 〈트루 디텍티브〉가 좋은 대접을 받기를 바랐
고, 심지어 〈브레이킹 배드〉의 제작자도 〈트루 디텍티브〉의
작품상 수상을 예상했지만, 결국 〈브레이킹 배드〉가 작품상
을 포함하여 상 다섯 개를 가져갔다.

    물론 〈브레이킹 배드〉는 매력적인 드라마다. 화학교사 출신
의 주인공 월터 화이트가 재능을 발휘하여 최고 수준의 마약
을 제조하다가 뛰어난 두뇌로 암흑가의 권력자로 부상한다는

줄거리는 얼핏 황당하게 느껴지지만, 박진감 넘치는 전개에 활극의 요소도 가미되어 한 시간이 후딱 지나가곤 한다. 그러나 이 드라마의 장점은 무엇보다도 한 인간의 변화를 끈질기게 탐구하면서 삶의 여러 아이러니를 포착해낸 점이라고 할 수 있다.

고등학교 교사 월터 화이트는 한때 화학 분야의 촉망받는 두뇌로 큰 벤처기업의 창립자가 될 수도 있었으나 지금은 부업까지 해가며 근근이 살아가는 신세다. 그는 장애가 있는 아들에 늦둥이 딸을 둔데다 폐암 선고까지 받아 막다른 골목에 몰린다. 그러나 화이트는 가장으로서 가족의 생활을 책임지기 위해 이를 악문다.

최악의 상황에서 어떻게든 가족을 책임지려는 가장, 이것이 그가 인생의 막바지에 자신과 세상에 제시하고 싶어한 자기 이미지이고, 이는 나를 포함한 많은 사람들의 공감을 얻어냈다. 바로 이 대목에서 첫번째 아이러니가 생기는데, 화이트에게는 이 시기가 가장 비참하지만 그럼에도 심간은 가장 편한 때라는 것이다. 자신이 설정한 이미지대로 나도 나를 보고 세상도 나를 보아주기 때문이다. 세상을 살면서 이렇게 자기와 자기 이미지와 세상이 자기를 보는 눈 세 가지가 일치하는 때가 있다면 누구나 그때를 행복하다 할 것이다. 반대로 그것이 어긋나는 상황, 그리고 그것을 수습하려는 무리한 시도는 온갖 불행의 단초가 된다.

월터 화이트의 행복한 시간은 길게 이어지지 않는다. 여기서 두번째 아이러니가 생기는데, 그에게 불행이 시작되는 시점은 그가 가장으로서 능력을 발휘하기 시작하는 시점이라는 것이다. 이때 그는 가족을 위해서라면 무슨 짓이든 할 수 있다는 마피아의 윤리를 자신의 윤리로 받아들인다. 또 성실한 사람이기 때문에 이런 윤리에 맞춰 살려고 최선을 다하고, 능력자이기 때문에 마약 제조에서 발군의 실력을 발휘한다. 거기에 암마저 진행이 멈추어 그 어느 때보다 유능한 부양자가 되지만, 바로 그 과정에서 가족은 와해되고 자신은 악당으로, 괴물로 변해간다. 더불어 그가 내세웠던 가족을 책임지는 가장이라는 자기 이미지는 진정성을 의심받기 시작한다.

이런 자기 이미지가 가식이라고 말하기는 쉽다. 그러나 이 드라마는 영리하게도 그런 이미지 설정이 그 나름의 간절함에서 비롯되었음을 보여주면서, 동시에 그 간절함이 모든 것을 정당화한다고 믿는 순간 그런 마음 자체가 악으로 변해감을 보여준다. 나아가 이 악은 계속 선으로 인정받으려고 자기 이미지를 세상에 강요한다는 점 또한 놓치지 않는다. 자신이 설정한 이미지대로 세상이 자기를 봐주지 않을 때 보통 힘없는 사람은 세상을 원망하고, 힘있는 사람은 그것을 자신에 대한 모독으로 여겨 자신이 내세운 이미지대로 보라고 세상을 윽박지른다. 권력자가 된 화이트는 물론 후자를 택하고 그로 인해 가족은 더 빠르게 무너진다.

결국 월터 화이트에게 가족과 화해할 가능성은 자신이 한 일이 가족이 아니라 자기를 위한 것이었음을 솔직하게 인정하는 순간 찾아오며, 이것이 이 드라마가 보여주는 마지막 아이러니다. 화이트는 그런 인정을 통해 진실한 자기 인식에 이르게 된다. 비록 자신의 최후에 대한 예감과 함께 찾아온 순간이지만 그에게는 인생 어느 때 못지않은 평화로운 시간이었을 것이다. 자기 이미지의 굴레에서 벗어나 맨얼굴의 자신과 대면할 때 진정한 평화가 찾아온다는 것은 사회적 지위가 확고한 사람에게든 마약 사범 월터 화이트에게든 예외 없이 유효한 진실일 테니까.

고사장에서

"종이 울리면 자리에 앉는다."

교실 앞쪽 벽에 붙은 급훈이다. 이렇게 담백한 급훈은 본 적이 없기에 나도 늦었지만 가훈을 정해볼까 하는 뜬금없는 생각이 든다. "아침이 오면 일어난다." 너무 건전한가? "비가 오면 술을 마신다." 이건 너무……

이른 아침부터 교실에 앉아 있는 여자아이 스무 명이 내 머릿속의 이런 한가한 잡념을 모르는 게 다행이다. 그들은 수험생이고 나는 오늘 시험 감독이다. 앞으로 무려 다섯 시간 동안 우리는 함께 있을 것이다. 아이들이 그림을 그리는 동안 나는 그 사이를 어슬렁거릴 것이다. 책도 전화기도 들여올 수 없으니 긴 시간 동안 한 가지 문제를 꾸준히 생각할 능력이 없는 나에게는 돌아다니며 그림을 구경하는 게 큰 낙이 될 것이다. 나는 그림에 문외한이지만 그래도 백지에서 어떤 형태가 완성되어가는 과정은 사람의 마음을 사로잡는 데가 있다.

준비물을 점검하다 한 아이가 종이테이프를 가져오지 않아 당황하자 어떤 아이가 선뜻 나서서 나누어준다. 시험을 보러 왔지만 경쟁자이기보다는 한배를 탄 동료다. 이제 곧 해야 할 일 때문에 긴장하고 있지만 다른 아이들 때문에 긴장하지는 않는다. 다들 편한 차림이지만 그럼에도 풀어진 느낌은 아니며, 하나같이 길게 기른 머리에는 윤기까지 흐른다. 저렇게 다듬기 위해 새벽 몇시에 일어나 준비를 했을까? 입시일에도 해 뜨기 전부터 정성껏 머리를 매만지는 아이들을 상상하자 새파란 힘이 느껴져 잠이 달아난다.

아이들 앞에 놓인 백지에 서서히 형태가 자리잡기 시작한다. 스무 살이 안 된 아이들 스무 명이 좁은 방에 모여 집중을 하니 그 열기가 물리적 에너지로 다가온다. 한 시간이 채 지나지 않았는데 벌써 손부채질을 하는 아이가 있다. 삼분의 일은 아예 일어서 있다. 두 시간이 지나자 거의 다 일어서서 그린다. 많은 아이들이 한꺼번에 자신이 가진 모든 것을 쏟아붓는 광경은 왠지 숙연하다.

아이들은 가끔 주변 그림을 기웃거린다. 아마 그 그림이 자기 것보다 나은지 못한지 대번에 알 것이다. 사실 여기 있는 스무 명 가운데 합격자가 될 아이는 극소수에 불과하다. 문제를 잘못 이해하여 처음부터 방향을 잘못 잡은 아이도 있는데, 그 아이는 앞으로 네 시간 반 동안 그림을 아무리 잘 그려도 그 극소수 안에는 들어갈 수 없을 것이다. 아마 시험이 끝나자마자 누구보다 먼저 자신의 탈락을 알고 울음을 터뜨릴 것이다.

그러나 시간이 지나면서 아이들은 다른 모든 것을 잊는다. 아이들에게는 오직 눈앞의 그림만 존재한다. 우열과 당락마저 넘어선다. 자신의 손에서 흘러나와 서서히 형태를 갖추어가는 자신의 창조물만 있을 뿐이다. 지금 밖에서 기다리는 부모가 그들의 창조물인 자식만 생각하는 것과 마찬가지다. 그들에게 자식의 가치가 우열에 있지 않은 것과 마찬가지로, 이제 아이들에게 자기 그림의 가치는 우열에 있지 않다. 그 그림이 지금 이 순간 자신의 모든 것을 집중하여 빚어내는 창조물이기에 가치가 있다. 아이들은 그 창조의 순간에 무아지경으로 몰입하고 있다.

나 또한 아이들의 몰입에 몰입한다. 나도 아이들과 한배를 탄 듯하다. 햇빛을 막으려고 블라인드를 내려놓았기 때문에 교실이 아니라 선실에 함께 있는 느낌이다. 몸마저 아이들에 동조하는지 더운 느낌이 들어 재킷을 벗는다. 닫힌 곳에서 함께 들이쉬고 내쉬는 공기 속에서 수험생과 감독은 사라지고 집중의 시공간을 공유하는 인간들만 남는다.

마칠 시간이 다가오자 서너 명만 빼고 모두 자리에 앉아 있다. 문제를 잘못 이해했던 아이는 끝나기 오 분 전에 실수를 깨닫는다. 그러나 울지 않는다. 씁쓸한 미소를 한 번 흘릴 뿐이다. 울 거라고 지레짐작했던 내가 부끄럽다. 아이의 젊은 부력이 부럽다. 그래, 그런 부력 덕에 이 배는 침몰하지 않았으면 좋겠다. 당락이 이 배를 침몰시키는 파도로 몰아쳐 이 선실에 있는 아이들이 막막한 바다를 떠도는 슬픔이 되는 일은 없었으면 좋겠다. 창조와 몰입의 다섯 시간이 긴 항해에 소중한 구명조끼 노릇을 할 수 있었으면 좋겠다.

종이 울리고 아이들이 일어선다.

사전 한 권

"연애는 개인의 자유이자 권리다. 사회가 끼어들 일이 아니다. 차라리 자연에게 물어보라. 자연은 그 미를 찾아다니는 사람을 품어주듯 연애하는 사람을 품어줄 것이다. 이것이 근대를 살아가는 그의 철학이었기에 그는 민주주의를 위해 싸웠듯이 연애를 위해서도 그의 존재를 걸고 싸웠다."

이 무슨 이상한 소리냐 하겠지만, 사실 퀴즈를 내려고 예문을 만들어본 것인데 서툰 작문이라 잘 읽혔는지 모르겠다. 퀴즈는 예문에 나온 한자어 명사들의 공통점이 무엇이냐는 것이다. 모두 19세기 말 이후 일본어에서 온 단어들이라는 것이 답이다. 이렇게 말하고 보니 이 예문은 너무 잘 읽히면 오히려 문제일 것 같다는 생각도 든다.

퀴즈의 답이 사실임을 확인하려면 이한섭 교수의 『일본어에서 온 우리말 사전』을 찾아보면 된다. 저자의 수십 년에 걸친 열망과 노력의 산물인 이 사전은 1880년대 이후 일본어에서 우리말로 들어온 어휘 삼천육백여 단어를 담고 있는데 조금만 들춰봐도 누구나 놀랄 것이고 언어 순결주의자라면 실어증에 걸릴지도 모른다. 우리가 내 것처럼 사용하는 수많은 한자어들이 일본어에서 온 것이기 때문이다. 다시 말하면 이 글도 예문만이 아니라 그뒤에 쓴 부분, 그리고 지금부터 이어질 부분도 일본어에서 온 말들의 지배를 피할 수가 없다는 뜻이다. 더 중요한 것은 이런 어휘들이 근대 문물과 함께 들어와 우리 삶에서 핵심적인 자리를 장악하고 있다는 점이다. 우리는 그 어휘들로 교육을 받았기 때문에 여간해서는 그 어휘들의 자장에서 벗어나기 힘든 것이다.

저자도 그런 어휘들이 지금은 우리말에 녹아들어 있기 때문에 이제 외래어의 일부로 보아도 되지 않겠느냐고 말한다. 이 말은 얼핏 들으면 조심스러운 현실론 같지만, 다르게 보면 엄청난 요구를 하는 것으로 받아들일 수도 있다. 이 어휘들은 서양 출신 외래어와는 달리 한자라는 껍질에 덮여 있어 특별한 노력 없이는 외래어라고 인식하기가 쉽지 않기 때문이다(그래서 이 사전의 역할이 더욱 중요해 보인다). 거꾸로 이런 어휘들이 외래어임을 인식한다는 것은 그 말들이 우리 현실이나 역사와 어딘가 어긋나 있다는 점을 늘 의식한다는 뜻인데 이것은 얼마든지 긍정적인 계기로 활용할 수도 있다. 또 이렇게 어긋남을 의식하게 하는 것이 외래어나 번역어, 나아가서는 번역 전체의 역할인지도 모른다.

사실 위의 퀴즈의 답은 아직 반밖에 나오지 않았는데, 나머지 반은 예문에 나온 한자어 명사들이 일본어에서도 실제로 외래어나 다름없었다는 것이다. 일본에서 한자를 이용해 서양 어휘를 번역한 단어들이었다는 것이다. 예컨대 '사회'는 영어로 하자면 'society'를 번역한 말로서 일본에서는 대체로 1870년대 후반에 정착되었고 우리나라에서는 불과 이십 년 뒤인 1890년대부터 사용되었다. 일본과 우리의 차이가 있다면 일본은 자기나라 현실에 없는 'society'라는 말을 표현하기 위해 '인간 교제' 등 다양한 말을 백여 년간 실험해보다가 '사회'라는 번역어를 얻었다는 것이고, 우리는 그런 고투 없이 일본에서 그 말을 직수입했다는 것이다. 그러나 말이라고 공짜일 리는 없고, 한자라는 공통 도구의 편리함은 외려 독이 될 수도 있었을 것이다. 자신의 빈 곳에 대한 자의식 없이 들여와놓고 실체로 감당해내지 못하는 말에 부대끼고 허방을 짚은 경험이 실제로 얼마나 많았을까.

야나부 아키라의 『번역어의 성립』은 일본에서 중요한 서양어를 번역한 과정을 기록한 책으로(예문은 이 책에서 다룬 단어들을 이용한 것이다), 어떤 이들은 가슴에 품고 죽기도 했을 말들이 실은 일본의 번역어를 수입한 것이라는 사실을 이 책에서 처음 알았을 때 받은 충격이 지금도 잊히지 않는다. 이 책의 왼쪽에 서양 어휘의 역사를 다룬 레이먼드 윌리엄스의 『키워드』(민음사, 2010)를 놓고 오른쪽에 『일본어에서 온 우리말 사전』을 놓으면 뭔가 흐름이 잡히는 느낌도 든다. 가령 1970년대의 어느 날 까까머리에 검은 교복을 입은 학생이 시내 한복판에 크게 내걸린 '한국적 민주주의의 토착화'라는 구호를 보고 느낀 공허와 부조화도 그 흐름 속에서 조금은 해명이 되지 않을까.

검은 성모와 할매 부처

바르셀로나에서 내륙을 향해 기차를 갈아타며 한참을 가면 '톱니의 산'이라는 뜻의 몬세라트가 나온다. 케이블카 밑으로 점점 넓게 펼쳐지는 땅을 지켜보며 올라가다 고개를 돌리면 신들의 불거진 근육을 길게 떼어내 허공에 다닥다닥 붙여놓은 듯 허옇고 거대한 바위산이 펼쳐진다. 가우디가 성 가족 성당의 모델로 삼았다는 산이다. 작년 12월 24일, 성탄 전날이었다.

정상 근처에는 꽤 웅장한 수도원이 바위산에 안겨 있다. 굳이 이 높은 곳을 찾아온 이유는 여러 가지가 있지만 카탈루냐의 수호자인 검은 성모를 만나는 것도 빼놓을 수 없다. 별난

신심이야 있을까마는, 나그네 신세로 돌아다니다보면 어느새 성당에서 일 유로를 내고 초에 불을 붙이게 된다. 여차하면 제 땅에서도 나그네가 되고 마는 흉흉한 세상이니 지푸라기라도 잡고 빌고 싶은 마음이 왜 없겠는가. 특별한 날이라 긴 줄을 서겠거니 하고 찾아갔지만 의외로 쉽게 만날 수 있었다. 중요한 순례지라는 건 옛말이고 이제는 유리로 보호하는 관광 명소가 되어버렸다. 그래서 성모는 관광객들이 다른 일로 바쁜 성탄 전날엔 오히려 아들과 호젓한 시간을 보내게 된 것일까.

하지만 가까이서 바라본 검은 성모의 아름다움은 그런 것들을 아랑곳하지 않음에 있는 듯하다. 누구와 마주하든 늘 그 사람보다 몇 치 앞을 더 내다보고 한 길 더 깊은 곳을 들여다볼 듯한 얼굴. 실제로 이 성모상은 지혜의 보좌에 앉은 것이라 한다. 머리에 인 바위산에서 뿜어져나오는 듯한 그 엄정하고 서늘한 기운에, 하소연을 하러 왔던 순례자도 도로 마음을 거두어 추스를 것 같다. 순례에서도 위로보다는 지혜와 힘을 구하는 것이 카탈루냐인의 기질이려나.

경주 남산에는 고등학교 시절 교련복 차림으로 우울하게 며칠을 보냈던 화랑교육원 근처에 부처의 골짜기가 있다. 정겹기 짝이 없는 탑곡塔谷의 마애불들을 어루만지다 마지막으로 동쪽 기슭에 있는 이 골짜기의 주인을 찾아 터벅터벅 걸어간다. 올해 10월 3일, 개천절이었다.

몇십 분을 올라가 대숲이 끝나는 곳이 오른쪽으로 열리면 아담한 크기의 바위 안에서 그 주인을 만날 수 있다. 그러나 주인이라기보다는 주인집에서 허드렛일이나 거들 것 같은 아낙네다. 이 부처 때문에 골짜기에 불곡佛谷이라는 이름이 붙었고 부처에게는 마애여래좌상磨崖如來坐像이라는 버젓한 직함도 있지만 아무리 봐도 할매 부처라는 별명이 훨씬 잘 어울린다.

사실 할매 부처는 수많은 팬을 거느린 존재지만 미처 모르고 있다가 전날 산너머에서 어느 스님의 해설을 귀동냥한 뒤 찾아 나서게 되었다. 스님 말에 따르면 마애불은 바위에 부처를 새긴 것이 아니라 이미 바위 안에 있던 부처를 드러낸 것이다. 이 할매 부처도 바위에 구멍을 파고 들어앉은 것이 아니라 원래 자기 자리에 그대로 있는 것이기에 그리 편안해 보인다는 이야기다.

그러나 얼굴은 수심에 잠긴 듯하다. 아니면 저 푸근한 얼굴에 감도는 것은 엷은 미소일까. 옆에는 자그마한 바위 둔덕이 있어 그곳에 올라 부처를 위에서 내려다볼 수도 있다. 할매 부처는 아래위의 모든 시선을, 그렇게 쏟아지는 모든 마음을 다

받아들여줄 듯하다. 위에서 볼 때면 남산에서 제일 늙은 이 부처가 얼핏 수줍은 동정녀로 보인다. 그래서인지 일 미터 가까운 깊이의 바위 속 그늘에서 좀처럼 빛에 몸을 드러내지 않는다. 그러다가 동지 때, 해가 가장 낮게 내려앉았을 때, 딱 한 번 그 빛을 온몸으로 받는다.

며칠 뒤 동지가 오면 누군가 어떤 간절한 마음에 할매 부처의 몸에 해가 들어차는 순간을 기다리며 바위 둔덕을 어슬렁거릴지도 모르겠다. 그 며칠 뒤 성탄이 오면 어떤 나그네가 검은 성모를 만나 감히 그녀의 손을 어루만지며 굳게 마음을 다져먹을지도 모르겠다. 그러나 이 세상이 일 년에 한 번 크게 저무는 이 시기에 도시 한가운데 있을 수밖에 없는 사람은 멀리 있기에 오히려 두 여성에게 동시에 기원하는 특권을 누릴 수 있을지도 모른다. 세상이 다시 눈을 뜰 때는 부디 푸근한 공감의 지혜가 곳곳에서 전환의 계기를 만들어내기를.

중단 없는 전진

해가 바뀌면서 새로 마음을 다지게 해줄 만한 표어를 상상해보는 사람들이 많다. 이런저런 표어를 눈에 걸리는 대로 품평해보는 것도 일상의 소소한 재미 가운데 하나인데, 지금까지 보아온 수많은 표어 가운데 어렸을 때 들었던 '중단 없는 전진'만큼 나에게 강하게 들어와 박힌 것은 많지 않은 듯하다. 그 말을 내가 좋아하느냐 싫어하느냐, 표어 작성자들의 의도가 무엇이었느냐 하는 것은 상관이 없다. 그냥 어느 시기에 어느 곳, 어떤 환경에서 태어나 성장하고 살아온 사람에게 피할 수 없는 것이 있듯이 그 표어가 그냥 내 머릿속으로 들어와 어딘가에 새겨져버린 듯하다. 가령 느린 삶에 관한 이야기를 들으면 머리로는 동조를 하고 박수를 쳐도 내가 그렇게 살 그릇은 못 된다는 생각이 들곤 하는 것이다.

그만큼 이 표어는 나에게 내면화되어, 어떤 면에서는 나 자신도 어쩔 수 없는 믿음이 되어버렸다고 고백할 수밖에 없다. 이것이 믿음이 되었다는 말에는 세 가지 뜻이 있다. 하나는 물론 '중단 없이 전진해야 한다'고 믿었다는 뜻이다. 또하나는 그런 표어의 전제가 되는 믿음, 즉 '노력하면 실제로 중단 없는 전진이 가능하다'는 믿음을 나 자신도 어느새 받아들이게 되었다는 것이다. 보기에 따라 이것은 타인의 가혹한 채찍질을 내면화하는 위험한 상태라고 말할 수도 있을 텐데, 아마 내가 이 표어를 달가워하지 않는 데에는 이런 느낌도 포함되어 있을 것이 분명하다.

그러나 이 표어가 여기에 그쳤다면 아마 그렇게 오랜 기간 나를 지배하지는 못했을 것이다. 이 말이 위력을 발휘했던 것은 경우에 따라 낙관적이고 진취적인 기상의 표현으로 변신할 수도 있었기 때문이다. 설사 이것이 어떤 영역에서 사람들을 채찍질하기 위해 만든 표어라 해도 받아들이는 사람이 꼭 그 영역에만 적용하란 법은 없다. 간결하고 함축적인 말이 흔히 그렇듯이, 얼마든지 그 말의 의미를 재해석해서 다른 영역에 적용해나갈 수 있기 때문이다. 이 표어의 의미도 물이 고이면 썩는다는 식으로 혁신을 다그치는 것으로 받아들일 수도 있고, 또 아주 폭넓게 이 땅에서 이루어지는 인간적인 성취의 모든 영역, 인간의 존엄을 높이는 데 기여하는 모든 가치에 적용할 수도 있다. 실제로 이 표어는 내 머릿속에서 '중단 없는'이라는 강박적 표현이 희석되고 넓은 의미의 '전진'이라는 개념과 결합하는 방식으로 자기 진화를 해나갔고, 그래서 더욱더 깊이 뿌리를 내리게 되었던 듯하다.

'전진'이 나에게 믿음이 되었다는 말의 세번째 뜻은 역사가 '전진'하는 것이 어떤 자연법칙 같은 것이라고 믿게 되었다는 것이다. 원래 이 말은 표어, 즉 명령에 가까운 말에서 출발했지만, 실제 증거가 손에 쥐어지면서 현실을 반영하는 사실 진술처럼 바뀌어버린 것이다. 아마도 이런 전환에는 1970년대 후반부터 머리가 굵어지기 시작하여 젊은 시절에 중요한 역사적 성취를 목격한 나 자신의 세대적 경험이 자리잡고 있을 터이기에 지혜로운 사람들로부터 순진한 믿음이라고 비난을 받아도 할말은 없다. 그러나 이 믿음이 순진한 것은 어떤 세대의 짧은 경험을 일반화했기 때문이라기보다는 세상의 전진을 가만 내버려두어도 저절로 이루어지는 자연법칙처럼 믿었기 때문일 수도 있다. 사실 '전진'은 주어진 법칙이 아니라 그것을 법칙으로 만들고 싶은 많은 사람들의 염원을 표현한 것일 뿐인데.

실제로 세상을 겪을수록 개인에게든 집단에게든 전진이냐 퇴행이냐 하는 흐름의 결정은 평지가 아니라 비탈에서 이루어진다는 느낌이 든다. 전진이란 늘 비탈을 올라가는 행동이라는 뜻이다. 지금까지 우리가 이루어낸 모든 인간적 성취도 가파른 오르막길에서 함께 안간힘을 써서 밀어올린 것이어서 사실 그 자리에서 간신히 지탱하는 것만도 만만치 않은 일이다. 따라서 사람들이 '전진하다'가 자동사라고 믿고 두 손을 내려놓는 순간 그간의 성취는 내리막길로 데굴데굴 굴러내려 갈 것이다. 어쩌면 우리는 지금 눈앞에서 바로 그 장면을 목격하고 있는 것인지도 모른다.

의심의 혜택

　중국 춘추시대에 포숙은 관중이 여러 번 손가락질받을 만한 일을 했어도 좋은 쪽으로 이해해주어 관포지교라는 말을 남길 우정의 터를 닦았다. 관중은 이를 고맙게 여겨 "나를 낳은 사람은 부모지만 나를 아는 사람은 포숙"이라고 말했다. 포숙은 관중을 깊이 알았기 때문에 미심쩍은 상황에서도 관중의 선의를 의심하지 않았던 것이다. 그러나 만일 그렇게 잘 아는 사람이 아니었다면 포숙은 어떤 태도를 보였을까? 춘추시대와 마찬가지로 세상은 전쟁터라는 관점이 힘을 얻는 시대에 살고 있는 우리는 과연 어떤가? 잘 알지 못하는 사람이 뭔가 미심쩍은 일을 했을 때 그 사람의 행동을 어떻게 받아들이는

가? 거꾸로 내가 뭔가 의심을 받을 만한 상황에 놓였을 때 다른 사람이 나를 어떻게 대해주기를 바라는가?

영어에서 'benefit of the doubt'라는 말은 이런 상황과 관련하여 사용하지만 관포지교라는 말과 마찬가지로 한눈에 무슨 뜻인지 알기는 어렵다. 의심의 혜택이라니? 믿음이라면 몰라도 어떻게 의심이 혜택이 될 수 있는지 어지간한 상상력으로는 감이 잡히지 않는다. 사실 이 말은 원래 법정에서 나온 말로 이때 의심의 대상은 사람이 아니라 그 사람이 죄를 지었다는 주장이다. 즉 피고가 형사 법정에 섰을 때 배심은 일단 이 사람이 죄인이라는 주장을 의심하는 데서 출발하며, 검사는 확실한 증거를 확보하여 합리적 의심의 여지가 없도록 피고의 죄를 입증해야 한다는 것이다. 따라서 이 말은 우리 헌법에도 명시되어 있는 무죄 추정의 원칙과 곧바로 통한다.

이런 원칙이 확립된 것은 물론 억울한 사람이 생기는 것을 막자는 뜻인데, 이는 곧 예로부터 혐의가 있으면 일단 유죄로 추정하고 비합리적 방법으로 증거를 꿰어맞추는 경우가 많았다는 사실을 반증한다. 실제로 합리적 의심이라는 말이 영미 법정에서 사용된 것이 18세기 후반부터이니, 이 말이 근대 인권의 진전과 밀접한 관계가 있다는 점은 쉽게 짐작할 수 있다.

동시에 이런 합리적 의심이 법 제도의 합리적 재정비를 자극했으리라는 것도 미루어 짐작할 수 있다.

의심의 혜택이라는 묘한 말은 이렇게 법정에서 출발했지만 일상에서도 미심쩍은 상황에서 사람의 행동이나 말을 일단 좋은 쪽으로 해석해준다는 뜻으로 사용되기 시작했다. 이것은 타인을 경쟁자, 나아가 잠재적 적으로 보는 근대 세계에서 이 원칙이 일반적인 인간관계를 풀어가는 중요한 기준이 될 수 있다는 사실을 보여주는 동시에 하나의 제도적 원칙이 올바로 서는 것이 보통 사람들의 일상에까지 깊은 영향을 미친다는 사실을 보여주기도 한다. 세상을 살다보면 마주칠 수밖에 없는 수많은 미심쩍은 상황과 관련된 사람을 일단 죄인으로 취급하는 태도와 믿어주는 태도 가운데 어느 쪽이 지배하느냐에 따라 사회의 분위기 자체가 상당히 달라질 것이기 때문이다.

그러나 의심의 혜택을 제대로 누리려면 두 가지를 염두에 두어야 한다. 첫째, 이것은 증거가 없으니까 봐주지 증거만 나오면 가만히 두지 않겠다는 뜻으로, 이런 유보적 관용은 더 나은 인간관계로 나아가기 위한 최저의 기준일 뿐 다른 더 높은 수준의 인간관계에는 못 미칠 수 있다는 점이다. 그러나 오히려 바로 이 점 때문에 이 원칙은 가령 종교적 수준의 너그러움에는 발을 뺄 많은 사람들도 전쟁터에서라도 지켜야 하는 최소한의 예의로서 받아들일 여지가 있다.

둘째로 증거가 없으면 무죄라는 말은 증거가 확인되면 처벌이라는 말과 동전의 양면을 이룬다는 점이다. 따라서 어느 한쪽을 무시하고 다른 한쪽만 지킬 수는 없다. 증거에 대한 합리적 의심이 강해질수록 입증의 합리성, 나아가 유죄가 확정된 자의 처리에 대한 합리성과 투명성도 강화된다. 반대로 그런 합리성과 투명성이 강화되면 그 자신감을 바탕으로 무죄 추정에 더욱더 너그러워질 수 있다. 따라서 명백한 잘못을 눈감아주면 다른 건 몰라도 인심은 훈훈해질 것이라고 생각하는 것은 오해다. 그 반대다. 한쪽이 흐릿해지면 다른 쪽도 흐릿해진다. 입증된 잘못은 확실하게 짚고 넘어가야 진정으로 너그러워져 의심의 혜택을 제대로 누릴 수 있다.

소통은 고통

둘째가 군대에 갔다. 대학생 아들이 둘인 집은 대개 둘이 교대로 군대에 가 부모의 경제적 부담을 덜어주기 마련인데 이 집은 한 학기가 겹치게 되었다. 원래는 한 학기 일찍 갈 생각이었으나 아들이 그 직전에 여자친구를 만나게 되었고 아버지는 그것이 충분한 입영 연기 사유가 된다고 보아 한 학기 유예를 제안했다. 그래도 당사자는 한 학기가 하루 같았을 것이고, 그로 인해 떨어져 있는 고통이 늘면 늘었지 줄지는 않을 것이다. 그 고통이 전해지니 아버지는 당사자도 아니면서 젊은 남녀의 관계의 향방에 은근히 신경이 쓰이지 않을 수 없는데, 그러면서도 흔히 하는 말로 '고무신 거꾸로 신는 것'만 걱정하지 군대 간 아들은 상수로 보고 있었다. 그런데 들리는 이야기로는 요새는 '군화를 거꾸로 신는 경우'도 적지 않다고 한다.

왜 군화를 거꾸로 신는 사례가 늘어날까? 아버지는 입영을 앞둔 아들 앞에서 차마 그 주제를 화제로 올릴 수는 없었지만 한 가지 이유 정도는 짐작이 간다. 그것은 나날이 발전하는 소통의 도구 덕분에 잠자는 시간 빼고는 둘이 쉴 틈도 없이 늘 연결되어 있었다는 것이다. 그래서 남자가 군대에 가게 되면 처음에는 그 연결이 강제로 단절되기 때문에 큰 고통을 받지만, 시간이 지나면서 최초로 자신의 관계를 길게 생각하고 평가해볼 여유를 갖게 되고 그러다 마음이 바뀌는 경우도 생긴다. 뒤집어 말하면 군대 가기 전의 관계는 늘 연결되고 소통되는 듯하지만, 실은 그런 착각을 줄 뿐 단단한 남녀관계의 기초가 되는 진정한 소통은 오히려 막는 면도 있다는 것이다.

꼭 남녀관계가 아니라도 소통이 제대로 안 되는 중요한 이유는 소통을 주어진 것으로, 당연한 것으로 여겨 별다른 노력을 기울이지 않는다는 것이다. 사실 현대사회는 소통이 되는 것이 아니라 소외되고 단절되는 것이 차라리 자연스러운 상태라고 할 수 있다. 따라서 가만히 있는데 소통이 되는 것이 오히려 이상한 일이다. 단지 과거에는 단절과 소외의 상황이 꽤 노골적으로 드러나 있던 반면, 지금은 소통 수단의 발달로 그런 상황이 위장되어 있고, 또 소통이 왕성하게 이루어지고 있다는 환상 때문에 진정한 소통이 오히려 차단되는 일도 많아졌다는 점이 다를 뿐이다. 이런 헷갈리는 상황이기에 아예 뻔뻔스럽게 불통不通 마케팅을 밀고 나가는 정치가 무슨 대단한 원칙이라도 고수하는 것인 양 비춰지는 것인지도 모른다. 그런 정치가 거리에 불통의 장벽을 세우는 데 아들과 다름없는 젊은이들이 동원되는 것을 볼 때면 아버지는 심란해진다.

번역을 해서 지금까지 아들을 길러온 아버지가 볼 때는 인간 소통의 제일 수단인 언어 자체가 완전하지 않다. 이런 불완전함 때문에 무궁무진한 가능성도 열리지만, 깊은 소통으로 나아가려면 생각이나 감정을 언어로 표현하기 위해 최대한 노력해야 하는 동시에 언어화되지 않은 것에 대해 겸허한 마음을 지녀야 한다. 물론 아들은 그간 커오는 과정에서 언어의 불완전한 면을 절실하게 느낀 일이 많지 않았겠지만, 예를 들어 아버지와 마주했을 때는 소통이 만만한 게 아님을 좀 느끼지 않았을까 짐작해본다. 나아가서 아들이 여자친구를 만나는 과정이 언어의 한계를 느끼는 중요한 교육과정이라고, 아니,

그것을 느끼지 못한다면 진정으로 소통해보려는 노력조차 하지 않는 것이라고, 아버지는 점점 꼰대 같은 생각으로 빠져든다.

깊은 소통은 의지를 갖고 노력해야 하는 고통스러운 과정이다. 그래서 타인은커녕 자신과 제대로 소통하며 사는 사람조차 많지 않다. 그러려면 먼저 자신에게 정직해야 하는데 이것이 쉽지 않은 일인데다가, 자신과 소통할 문법을 찾아내는 것은 더더욱 쉽지 않은 일이기 때문이다. 아버지는 군대 갈 만큼 성장한 아들이 이 면에서는 얼마나 성장했을지 궁금해하다가 이내 남 말 할 처지가 아님을 깨닫고 얼굴을 붉힌다. 하지만 남과 진정한 소통을 이루어본 경험이 자신과의 소통에 큰 자극이 되기도 한다는 생각에 다시 아들을 떠올리며, 소통이라는 고통을 겪어본 경험이 자산이 되어 어느 쪽이든 신발을 거꾸로 신어야 하는 더 큰 고통은 겪지 않기를 슬며시 빌어본다.

『거대한 뿌리』와 『사랑의 변주곡』

얼마 전 오랜만에 계간지를 한 권 샀다. 그 이유는 오직 한 가지, 김수영의 미발표 시가 실렸다는 것이었다. 그리고 나서 얼마 뒤, 한 친구와 술을 한잔하다 그 이야기를 하자, 친구는 자신도 똑같은 일을 했다며 반색을 했다. 우리는 그럴 줄 알았다는 듯이 웃음을 터뜨렸고, 왠지 소주맛도 한결 나아진 것 같았다.

수많은 김수영의 팬들 앞에서 감히 명함을 내밀 입장이 못되는 내가 이런 이야기를 하는 의도는 그가 우리를 포함한 앞뒤 세대에게 얼마나 큰 영향력을 행사했는지 보여주려는 것뿐이다. 시와는 다른 행성에서 살아가는 나 같은 사람이 계간

지까지 구입할 정도였으니.

얼마전 '고전 & 스테디'에 들어갈 만한 책의 추천을 요청받고 빈약한 책꽂이를 살피는데 마침 그 가운데 꽤나 낡아 보이는 『거대한 뿌리』(민음사, 1974)가 눈에 띄었다. 누렇게 바랜 책에는 1975년에 발행한 3판이라고 찍혀 있다. 지금도 판매되는 것으로 확인했으니, '고전'이냐 아니냐는 내가 감히 판단할 문제가 아니로되, '스테디'인 것만은 분명한 셈이다. 게다가 지금까지 용케 내 책꽂이를 떠나지 않았으니, 나 개인에게도 어떻든 '스테디'라고 할 수 있겠다.

1975년에 나온 3판이니, 아무리 늦게 샀어도 대학에 들어가기 전에 구했을 것이다. 그랬다면 아마 그것은 같은 동네에 살던 어떤 형의 영향 때문이었을 것이다. 지금도 잊을 만하면 만나 술잔을 기울이는 이 형―물론 지금은 서로의 입에서 김수영은커녕 시의 시옷 자도 나오지 않는다―은 나보다 예닐곱 살 연상으로, 김수영이 죽고 나서 얼마 지나지 않은 시기, 김지하가 한창 활약하고 박해를 받던 시기에 대학을 다녔을 것이다. 뒤표지에 김지하의 얼굴이 음화처럼 인쇄된 『황토』(풀빛, 1970) 양장본을 본 것도 그 형 집에서였던 것 같다. 따라서 김수영은 나에게 시 자체보다는 내가 좋아하고 따르던 그 형이 속한 어떤 문화의 상징으로서 다가왔던 셈이다.

　대학에 간 뒤로는 그 형과 오랜 기간 왕래가 거의 없었는데, 그렇다고 김수영도 함께 사라진 것은 아니었다. 무슨 뜻인지는 잘 모르지만—김수영이 죽은 나이와 엇비슷해진 지금도 물론 모른다—그럼에도 정신에 착착 감기는 그 시구들은 그 뒤에도 계속 머릿속에 남아 있었던 듯하다. 그것이 바로 김수영의 시가 가진 힘이라고 말할 수도 있겠지만, 그의 시 자체에 대한 이야기는 물론 내가 할 수 있는 것이 아니다. 다만 지극히 개인적인 면에서 내 조건과 맞아떨어졌던 점들은 언급해볼 수는 있을 것 같다.

　첫째는 무엇보다도 김수영의 시에서 언급되는 풍경이 내가 자라면서 본 동네, 넓게는 서울 풍경과 가까이 닿아 있기 때문인 것 같다. 예를 들어 김지하의 '황톳길'이나 숭어가 뛰는 '부줏머리 갯가'는 대단히 매혹적임에도 불구하고, 어린 시절에 내 눈으로 직접 본 것은 아니다. 그러나 김수영의 '파밭'은 마당이나 동네 빈터에서, 굳이 시골이 아니라 해도 서울 변두리에서 흔히 볼 수 있는 것이었다. 주관적인 착각이었겠지만, 김수영의 '풀'이나 '꽃' 또는 '꽃잎' 같은 것도 시골의 자연이 아니라 어쩐지 툇마루에서 바라보는 마당의 풀이나 꽃일 것만

같은 느낌을 주었다. 게다가 거기에 '방'이나 '집'까지 보태지면, 자연스럽게 1960년대에 살던 조그만 마당이 있는 집을 떠올리게 되면서, 아버지 세대의 삶을 포함한 많은 기억들이 꼬리를 물곤 했다.

둘째는 내가 흔히 접할 수 있는 일상적인 것들이 시 속에 등장했기 때문이었던 것 같다. 애초에 상상력이 빈약한 쪽으로 생겨먹다보니, 나는 우리 세대가 한번쯤 거쳐가기 마련인 무협지에도 도무지 재미가 붙지 않았다. 그저 고만고만한 공간에서 이루어지는 고만고만한 생활이 전부인 줄 알고 살았다. 방향은 완전히 다르지만, 학교에서 배우는 시도 마찬가지였다. 그 놀랍고 기발한 상상력과 비유에 감탄을 하기는 하지만, 나의 일상생활에서 벗어난 어떤 것을 맞이하기 위한 모종의 마음의 준비가 여간 힘든 것이 아니었다. 그것이 바로 예술을 맞이하는 자세라면 할말은 없지만. 그러나 김수영의 시에서는 구질구질한 일상이 시의 출발점이 되어, 시의 언어로 얼마든지 수용되는 듯한 느낌을 받았다. 거꾸로 보자면, 비장한 마음으로 시의 세계로 들어가려고 노력하지 않아도, 별 볼 일 없는 일상생활에서 문득문득 그의 시구들이 연상되곤 했던 것이다. 게다가 김수영의 시는 그런 구질구질한 것들을 뚫고 들어가

찬란하게 도약을 해버리니, 나의 추레한 일상이 돌연 어떤 비의를 감춘 것처럼 느껴지기도 했던 것이다.

셋째는 얼마 되지는 않지만, 그후에 읽은 시나 다른 글에서 계속 김수영을 돌아보게 만드는 요소들이 있었다는 것이다. 아무래도 어문계열이다보니 우리의 시나 문학도 조금씩은 읽게 되었는데, 잊고 싶어도 잊을 수 없을 만큼 김수영이 계속 언급되고 참조되는 바람에, 게다가 김수영을 나보다 훨씬 좋아하고 깊이 아는 친구들이 술자리에서도 그의 이름과 시구를 자주 언급하는 바람에 어쩔 수 없이 상당한 반복 학습을 하게 되었다. 물론 그래서 지겨웠다는 뜻은 결코 아니지만. 1988년에 나온 또다른 시선집 『사랑의 변주곡』(창비, 1988)을 산 데에는(이 시집도 지금까지 책꽂이에 남아 있다) 아마 그런 사정이 작용했을 것이다. 물론 겹치는 곡이 많아도 안 겹치는 노래 몇 곡 때문에 같은 가수의 판을 또 사는 팬의 심리가 바로 그런 것이라 해도 할말은 없다. 어쩌면 바로 그런 심리 때문인지 몰라도, 김현이 해설을 쓴 『거대한 뿌리』와 백낙청이 발문을 쓴 『사랑의 변주곡』은 같이 꽂아두어도 중복된다는 느낌이 전혀 들지 않는다. 마치 내가 다른 시기에 만났던 두 김수영이 나란히 함께 있는 듯한 느낌이라고나 할까.

나 개인적으로야 물론 김수영이 세상을 뜬 나이를 훌쩍 넘어설 때까지도 그가 나에게 '스테디'하게 남기를 바란다. 또 그렇게 되도록 노력하고 싶다. 하지만 나 말고 아직 그를 만나지 못한 다른 사람들도, 이렇게 시와 아무런 관계없는 사람까지도 언급하는 시인이라는 별난 이유 하나만으로도 김수영에게 관심을 가져보기를 바라는 마음이다.

새로운 가족

김태용 감독의 영화 〈가족의 탄생〉(2006)을 보았을 때 느꼈던 상쾌함을 아직 잊지 못한다. 물론 그 상쾌함은 영화 자체의 경쾌하고 긍정적인 분위기에서 촉발된 것이다. 하지만 도대체 가족을 다룬 영화가 특정 이데올로기의 선전물이 아니고서야 어떻게 경쾌하고 긍정적일 수 있을까? 이 영화는 가족이란 어디까지나 만들어가는 것이라는 주장을 한껏 밀고 나아가는 방법으로 그런 통념에서 나온 의문을 가볍게 따돌린다.

이 영화에서 현재 연애중인 청춘 남녀 가운데 남자 경석은 불륜의 결과물로 아버지가 다른 누나와 함께 살고 있고, 여자 채현은 생모를 떠나 두 어머니(굳이 따지자면 서로 시누이와 올케 비슷한 사이)와 함께 살고 있다. 말하자면 둘 다 제도 밖에서 만들어진 가족 출신이며, 지금은 또 그들 나름으로 가족을 만드는 길로 나아가고 있다. 영화 제목이 말해주듯이 새로운 가족의 출현인 셈이다.

그러나 가족이라는 주어진 제도의 무게에 시달려본 사람이라면, 이 새로움이 가져오는 신선한 느낌은 환영하더라도, 영화가 어린 경석과 채현이 새로 만들어진 가족을 받아들이기까지 겪었던 고통을 건너뛴 것에 아쉬움을 느낄 수도 있을 듯하다. 그 경쾌함이 가족을 주어진 것으로 받아들이라는 요구와 그 요구에 대한 굴복으로 점철되는 현실의 무거운 추를 환상의 가위로 잘라냄으로써 얻은 것이 아니냐는 의심을 여전히 버리지 못한다는 것이다. 그러면서 그 증거로 결말에 가까운 대목에서 나오는 불꽃놀이, 찬양의 노래, 선경의 승천이 어우러지는 환상 같은 장면을 예로 들지도 모르겠다.

반면 고레에다 히로카즈의 〈그렇게 아버지가 된다〉(2013)는 거꾸로 새로운 가족을 과거의 가족으로 되돌려놓는 영화다. 영화는 병원에서 아기가 바뀌는 바람에 자기도 모르게 관습적 가족과는 다른 삶을 살아온 두 가족이 육 년이라는 세월이 흐른 뒤 이제 다시 아이를 바꾸어 관습적 제도로 복귀하는 과정을 보여준다. 물론 이 과정에서 아버지 료타는, 아버지라는 자리가 자식을 낳는다고 해서 그냥 주어지는 것이 아니라 만들어나가는 것임을 깨닫게 되지만, 아버지라는 자리를 규정하는 제도 자체를 다시 만들 생각이 없음은 분명하다.

따라서 〈가족의 탄생〉에서 해방감을 맛본 사람이라면 아기가 바뀐 이 예외적 에피소드가 결국 기존 제도에서 규정하는 관계의 심화와 강화의 방향으로 나아가는 것에 답답함을 느낄 수도 있을 듯하다. 왜 고레에다 감독은 더 근본적인 질문을 하지 않는 것일까? 혹시 가족이라는 제도에 새로움을 거부하는 신비한 뭔가가 있다고 믿는 것은 아닐까? 그에게 가족이라는 신비한 유대는 병원에서 두 아이가 바뀌었다는 이질적인 요소조차 동화해내는 큰 바다 같은 것일까? 이런 의문을 품을 때쯤 마치 그 의문을 확인해주는 증거처럼 료타가 아기를 바꿔치기한 간호사를 찾아가는 시퀀스가 눈에 들어온다. 료타는 간호사의 아들이 등장하자 너는 관계없는 일이니 나서지 말라고 한다. 그러자 간호사의 아들은 자신의 어머니이기 때문에 관계가 있다고 대꾸하는데, 료타는 그 말을 개입의 충분한 이유가 되는 것으로 수긍하고 자리를 뜬다.

가족은 만드는 것이라는 명제와 주어진 것이라는 명제가 하나의 현실의 두 가지 표현임을 모르는 사람은 없을 것이다. 그 것을 잘 알면서도 자칫 어느 한쪽으로 치우쳐버리기 십상인 것은 이 현실에서 두 명제의 긴장이 만들어내는 역학이 워낙 역동적이어서 그 위에 서면 좀처럼 균형을 잡기 힘들기 때문일 것이다. 그런 점에서 다르덴 형제의 〈자전거를 탄 소년〉은 가족은 주어진 것이라는 명제에서 출발하여 만드는 것이라는 명제로 성공적으로 건너감으로써 가족이라는 현실을 떠나지 않으면서도 그 변화—해체가 아닌—를 근본적으로 사유한 드문 예다.

이 영화는 생부가 자신을 버릴 리 없다고 믿는 아들이 아버지를 찾아다니는 데서 시작하여, 주어진 것에 대한 믿음이 깨지는 고통스러운 과정을 고스란히 보여주면서, 피가 섞이지 않은 새로운 어머니와 가족적 유대를 형성해나가는 낯설면서도 힘겨운, 그러나 밝은 미래가 엿보이는 길을 제시한다. 〈가족의 탄생〉이 건너뛰었던 현실을 고스란히 끌어안으면서도 〈가족의 탄생〉의 긍정적 해방감을 공유하는 것이다.

고레에다 히로카즈가 영화로 만들었다고 하는 요시다 아키미의 『바닷마을 다이어리』(조은하·이정원 옮김, 애니북스)는 어떨까? 지금(2015년)까지 여섯 권이 나온 이 미완의 만화—만화 맞다,

그것도 순정만화(일본에서는 소녀만화라고 부른다고 한다) 장르에 속하는 만화다—에서는 언뜻 보자면 지극히 만화적인 가족이 설정되어 있다.

우선 이 만화의 보이지 않는 중심에는 늘 소문으로만 등장하는 한 남자가 있다. 딸 셋을 둔 가장이었던 이 남자는 처자식을 버리고 다른 여자를 만나 결혼한다. 세 딸의 어머니는 얼마 후 집을 나가고, 세 딸은 할머니와 함께 산다. 장성하여 각자 제 밥벌이를 하지만 아직 결혼하지 않은 세 자매는 할머니가 돌아가신 후에도 함께 산다. 한편 새로 결혼한 아버지는 딸(이 만화의 주인공 스즈)을 하나 낳는데, 새 부인이 죽자 다시 아들 둘이 딸린 여자와 결혼한다. 그러나 스즈가 중학교에 갈 무렵 아버지는 죽고, 첫 결혼에서 낳은 세 딸에게 부고가 전해진다. 만화는 이런 복잡한 정황에서 출발하며, 부고를 받은 딸들이 아버지의 장례식에 참석했다가 그곳에서 외톨이가 된 배다른 여동생을 보고 함께 살자고 제안하여 바닷가 가마쿠라에서 네 자매가 한집에 사는 순정만화적 설정이 초반에 완성된다.

그러나 순정만화든 아니든 새로운 가족—〈가족의 탄생〉에서 경석과 누나가 이룬 것과 비슷한 가족—이 제시된 것은 분명하다. 그런 새로운 가족이 〈자전거를 탄 소년〉에서는 치밀한 전개 끝에 마지막에 얻어낸 성취였고, 심지어 경쾌한 〈가족의 탄생〉에서도 상당한 진통 끝에 나온 결과물이라는 암시가 있던 것을 생각해보면, 『바닷마을 다이어리』가 아예 처음부터 이 까다로운 과제를 감당하겠다고 나선 것은 상당히 과감해 보인다. 그렇기 때문에 네 자매의 공동생활이라는 순정만화적 조건을 만들기 위한 억지 설정일 것이라고 지레짐작하기 쉽지만, 이 새로운 가족이 지금까지 거론한 어느 작품 못지않게 현실감을 지니고 있다는 것이 『바닷마을 다이어리』의 흥미로운 점이다.

우선 방금 줄거리에서 언급한 인물들은―이미 죽은 인물을 포함하여―모두 배경으로 사라지지 않고 생생하게 살아서 네 자매의 삶에 계속 영향을 준다. 이들은 네 자매의 아버지가 세 번에 걸쳐 가족을 만들어가는 과정에서 상호작용을 했던 관계망 안에 자리를 잡고 있다. 그래서 아버지가 만든 것이 주변 사람들에게 삶의 조건으로 주어지는 과정, 다시 말해서 한 사람이 만든 것이 다른 사람에게는 주어진 것으로 전화되는 과정, 그리고 그들 나름으로 그런 영향에 대응하는 과정이 세심하게 포착된다. 물론 이런 주어진 조건은 제대로 대응을 할 수 없는 어린아이에게 가장 무거운 짐으로 다가오기 마련이며,

이런 점에서 열세 살의 스즈가 이 가족 드라마의 주인공으로 등장하는 것은 자연스러운 일이다. 스즈의 성장담은 곧 주어진 가족과 만드는 가족이 형성하는 긴장된 관계의 핵심을 관통하는 이야기가 될 수밖에 없기 때문이다.

세 자매의 큰언니 사치가 어린 스즈에게 함께 살자고 먼저 손을 내민 것도 그녀 자신이 스즈와 비슷하게 성장한 사람이었기 때문이라는 사실이 드러난다. 스즈와 비슷한 나이에 아버지와 어머니가 모두 떠나버렸기 때문에 누구보다 스즈의 처지에 공감할 수 있는 사람이었던 것이다. 〈자전거를 탄 소년〉에서는 잘 드러나지 않았던 공감의 이유, 즉 서맨사가 소년 시릴에게 손을 내민 이유가 『바닷마을 다이어리』에서는 그 나름의 설득력을 갖고 제시되고 있는 셈이다. 사치가 스즈에게 손을 내민 것은 순정만화적 억지 설정이 아니고, 또 피붙이 간의 끌림이나 단순한 동정도 아닌, 새로운 가족적 연대의 가능성을 제시하는 행동이라고도 볼 수 있는 것이다.

스즈는 새로운 가족 속에서 어떻게 성장해나갈까? 그것은 앞으로 나올 책에서 계속 확인하게 되겠지만, 스즈의 미래상이라고 할 수 있는 사치에게서 어느 정도 엿볼 수도 있다. 사치는 성장 과정에서 기른 힘을 바탕으로 윗세대, 즉 넓게 보아 그녀의 삶의 조건을 규정한 세대와 새롭게 관계를 설정해 나간다. 그 가운데도 주목할 만한 예는 자신의 어린 시절 불행의 출발점이 되었던 아버지의 불륜을 재연하게 된 그녀의 불륜 사건이다. 이런 반복은 가혹하지만, 사치는 윗세대가 가족을 만든(또는 부순) 과정을 자신의 삶으로 복기함으로써 어린 시절 자신에게 주어졌던 것의 실체에 다가서고 그것을 자신의 삶에 통합해낸다. 스즈 또한 자신에게 주어진 조건을 자기 삶에 통합해내고, 주어진 것의 성격을 자신이 만들어가는 삶으로 바꾸면서 삶을 확장해나가지 않을까? 이때 자매들끼리 이루어낸 새로운 가족적 연대는 스즈에게 큰 자산이 될 것이며, 스즈의 성장은 곧 가족의 의미를 근본적으로 다시 묻고 가족의 가치를 새로 만들어내는 과정이 될 것이다.

H에 대한 몇 가지 기억
— 한승오, 『삼킨 꿈』(강, 2012)

하얀 목련

"하얀 목련이 필 때면 다시 생각나는 사람……" 하고 시작
되는 양희은의 〈하얀 목련〉이라는 노래가 있다. 1980년대가 아
직 끝나지 않았던, 아니, 영원히 계속될 것 같던 어느 날, H는
어디에선가 그 노래가 흘러나오자 정말 지겹다고 한마디했다.
그가 근무하던 전방에서 매일 하루종일 틀어댔기 때문이라는
것이다. 그는 과대표를 하다가 정해진 수순을 밟아 강제징집
을 택해 군대에 갔다. 가고 나서 얼마 후, 군대 보낼 때만 잠깐
마음이 찡했고 그뒤로는 틀림없이 그를 잊고 살았을 나에게
H는 평소의 그답지 않게 많은 것을 담은 긴 편지를 보내왔다.

그러나 시건방지기 짝이 없었던 나는, 이렇게 이곳 생각을 많이 하면 너만 괴롭지 않겠느냐, 이곳은 잊고 군대생활에 적응하는 게 마음 편한 길이 아니겠느냐, 하는 취지의 답장을 보냈고, H는 과연 H답게 그뒤로 적어도 나에게는 편지를 뚝 끊었다. 그후 나는 그에게서 군대 이야기를 들어본 적이 거의 없었던 것 같다. 이 〈하얀 목련〉 이야기만 빼고.

무엇을 할 것인가

H와 나는 짧은 기간 동거를 했다. H는 제대한 뒤 살 곳이 필요했고, 나는 그때 어느 산동네에 자취방을 얻어놓고 있었다. 나는 아주 짧은 기간이지만 직장생활을 할 때였고, H는 물론 백수였다. 따라서 돈 벌어오는 한 사람과 집에 있는 한 사람이라는 전형적인 역할 설정이 이루어질 만했지만…… 실제로 그렇게 되었던 것 같지는 않다. 말만 동거일 뿐, 사실 서로 얼굴 볼 시간도 많지 않았다. 이런 경우 늘 그렇듯이, 백수 쪽이 훨씬 바빴던 것 같다. 그러다가 H가 아무 말 없이, 짧은 편지 한 장과 여러 번 복사를 해서 점자에 잉크를 묻혀놓은 것처럼 보이는 문건을 하나 남기고 홀연 내 방을 떠남으로써 우리의 짧은 동거는 끝이 났다. 그가 남기고 간, 출사표인지 나

를 위한 교육용 자료인지 모를 문건의 제목은 '무엇을 할 것인 가'였다. 나는 단기 동거인의 유지를 받들어 그것을 읽어보면 서 H가 무엇을 하러 갔는지 생각해보았고, 가끔은 내가 무엇 을 해야 하는지도 생각해보았다.

서해에서

〈서해에서〉는 정태춘의 노래지만, 나는 이 노래를 정태춘 의 목소리로 듣기 전에 H의 목소리로 먼저 들었다. 언제 들었 는지는 기억 못하지만, 아무래도 노래방 시대 이전, 숟가락으 로 상을 두드리던 시절이었던 것 같다. 그때까지 나에게 H는 늘 '부산＋이북＋남자'였다(내 처도 H이고 이북이지만, 간혹 '부산＋남자'가 빠져 있다는 사실을 고맙게 여길 때가 있다). 그래서였나, 부산 앞바다와는 멀리 떨어진 〈서해에서〉를 처음 듣던 날, "어라?" 하는 생각이 들었다. 그러고 보니 H의 여성적인 눈이며 곡선을 그리는 콧 날이며 마른 몸매 같은 것들이 내 머릿속에 고정되어 있던 H를 늘 흔들어왔던 것 같다는 느낌도 들었다. 어쨌든 뭔가 어렴풋 하던 것이 노래 하나로 확인이 되었고, 그 순간 그것이 그의 머리 뒤 배경에 확고하게 자리를 잡으면서 H의 얼굴이 좀더 입체적으로 살아나게 된 것 같았다. 나중에 기회가 있을 때 두

세 번 다시 그에게 〈서해에서〉를 신청해서 들었지만, 물론 첫 경험을 능가하지는 못했다.

강남 야외 결혼식

H가 결혼한다는 소식을 듣게 되었다. 장소는 강남. 엉? 그것도 야외 결혼식. 잉? 그러나 가보니, H의 피붙이가 운영하는 식당 마당에서 열린 야외…… 간이 결혼식이었다. 식당 마당이 커봤자일 터이니 하객은 많지 않았지만, 나는 그 소수에 낀 것을 영광으로 알지는 않았고 그냥, 너도 갈 때가 되니 가기는 가는구나, 하는 생각을 했던 것 같다(H의 큰아이와 나의 큰아이는 동갑이다). 계절이 언제인지는 기억나지 않지만 야외라서 차가운 바람이 많이 불어 을씨년스러웠다. 바닥에는 잔디가 깔려 있었나, 아니면 자갈이 깔려 있었나(아마도 자갈이었던 듯)…… 서양식으로 했던가, 아니면 전통 결혼식이었던가(아마도 전통식이었던 듯. 맞는다면 나는 H가 양복 정장 입은 모습을 평생 한 번도 못 본 셈이다)…… 잘 기억나지 않지만, H가 겸연쩍은 표정으로 실없이 많이 웃었던 기억은 난다. 신부는…… 오랜 세월이 지나 다시 본 그녀의 얼굴에서 그때의 신부 얼굴을 떠올릴 수 없었던 것으로 보아(유난히 동그랗다는 것 외에는), 별로 웃지 않았던 것 같다. 끝나

고 오는 길에 혼자, 야외 결혼식을 하기에는 아무래도 좀 추운 날이야, 하고 생각했던 기억은 분명히 난다. 그리고 추운 줄도 모르고 그답지 않게 약간 헤프게 웃던 H의 얼굴도.

기도원

H의 어머니는 암으로 돌아가셨다. 그리고 H는 어머니가 돌아가시기 직전 한 달 동안 어머니가 가 계신 기도원에서 함께 생활을 했다. 물론 나중에 그에게서 들은 이야기다. 현장을 목격한 것이 아님에도, 그의 이야기만으로 나는 술이(또는 낮이었다면 잠이) 확 깨는 느낌이 들었다. H가 나와 종류가 다른 사람이라는 것은 진작부터 알고 있었지만, 이것은 내가 도저히 흉내 내는 척도 할 수 없는 부분이었기 때문이다. 잠시 상상을 해보고 대입도 해보았던 것 같다. 그러나 나도 나 나름으로 나의 어머니를 향한 어떤 마음이 있기는 하지만, 그렇게는 못할(또는 안 할) 것 같았다. 워낙 다르기 때문에 배우려 한다고 해서 배워지지도 않을 것 같은 부분이었다. 그냥 거기 있는 것을 알고 존중할 수밖에 없는 어떤 지극한 마음. 늘 H를 나와는 다르면서도 존경할 구석이 있는 친구라고 생각하며 살았지만, 그 순간에 그 둘을 동시에 손으로 만져본 느낌이었다.

전봇대

H는 전봇대에 올라가던 이야기를 하는 것을 즐겼다. 그가 어떤 통신사에 다니며 전화선을 만지던 시절의 무용담인 셈이다. 비록 전봇대 위로 올라가는 이야기이기는 하지만 『무엇을 할 것인가』에서는 한참 내려오는 이야기였기에, 나는 그 이야기를 들을 때면 마음 한구석에서 의문이 피어오르곤 했다. 물론 정색을 하고 물어볼 일은 없을 것임을 잘 알고 있었지만. 어쨌거나 그는 굉장히 만족스러운 표정, 어쩌면 약간 방심한 듯한 표정으로 그 이야기를 하곤 했다. 이 책을 읽어본 사람은 알겠지만, H는 경험이 쌀알처럼 딴딴하게 응결된 다음에야 일 년에 한 번 자기가 농사지은 쌀 보내주듯이 자기 이야기를 하는 사람이다. 그래서인가, 전봇대 타던 이야기를 할 때면 묘하게 풀려 있다는 느낌을 받곤 했다. 그 느낌이 참 좋았다.

부삽과 오래된 전축

H의 일자형 시골집에는 뒷간과 수세식 화장실이 따로 있다. 물론 그 둘 사이에 그렇게 심오한 차이가 있는 줄은 이 책을 보고야 알았고, 처음 보았을 때는 그저 수세식 화장실이 도

시생활에 익숙한 가족을 위한 배려라고만 생각했다. 물론 그런 심오한 차이를 인식하지 못했다고 해서, 변소가 둘 있다는 사실이 주는 묘한 위화감까지 느끼지 못한 것은 아니다. 게다가 오줌을 눌 때는 별 상관없지만, 똥을 눌 때는 어느 쪽인가를 선택해야 하는 입장에 처하게 되므로(대개 거기 내려가면 하룻밤 자고 오기 때문에 한번쯤은 선택의 기회를 맞이하기 마련이었다) 꽤나 고민을 하기 십상이었다. 그래서 S는 부삽에 똥을 누고 퍼 날랐느니, J도 그걸 알고 과감하게 시도를 해보았느니 하는 이야기가 오가기도 했다. 그런데 H의 집에는 뒷간과 화장실만 있는 것이 아니라 오래된 전축도 있었다. 한번은 여간해서는 남한테 아쉬운 소리 안 하는 H가 아내가 애용하는 전축이 고장났다며 어떻게 손을 볼 수 없겠냐는 이야기를 했고, 언제나 자상한 다른 J가 그 문제를 책임지고 해결했을 뿐 아니라 들을 만한 음악도 제공했다. 나는 H 부부와 긴 시간을 함께했을 그 오래된 전축을 처음 보았을 때, 마치 뒷간과 화장실의 중간쯤에 그 전축이 자리를 잡고 그 안에서 제수씨가 좋아하는 김광석이 노래를 하는 듯한 느낌을 받았다. 그 일자집의 일자 마당에 그런 중간 같은 게 있는 것이 어떤 면에서는 좋았다. H가 예전처럼 서슬 퍼런 칼로 내리치지 않고 그의 가족의 역사를 안고 들어왔다는 점에서도 좋았고, H가 그런 바탕에서 그답게 어떤 독자적인 길을 찾아나가려 하는 것이 보인다는 점에서도 좋았다. 실제로 나는 H가 처음부터 일반적인 '귀농' 집단에 속하지 않고 어느 정도 거리를 둔 채로 자기 생각을 유지하고 굴려나가려 하는 것이 역시 H답다고 느꼈다. 그런 생각의 결과는 드문드문 책으로 전해졌는데, 첫번째 책은 부제가 '편지'였고 그다음 책은 '일기'였다. 이번 책에는 어떤 부제가 붙을지 모르겠지만, 본문을 보건대 한 가지 분명한 점은 그의 마음이 점점 딴딴하게 여물어 어떤 막바지에 이르렀다는 것이다. 이것은 내가 아는 H에게는 뭔가 중요한 결정을 내릴 때가 다가왔다는 뜻이다. 물론 그 결정이 무엇일지 미리 궁금해하지 않을 만큼 피차 나이가 들기는 했지만. 그나저나 제수씨는 요새 그 오래된 전축으로 무슨 노래를 듣고 있을까. 아니, 그 전축이 아직도 있기는 할까.

벽이 되어 늙다

—김정환, 『전망은 그릴 수 없는 아름다운 그림』(사회평론, 1999)

　　압박 때문에 이 글을 쓰는 자리에 앉아 있지만, 지금도 나는
이 자리가 내 자리라는 생각은 못하겠다. 어쭙잖게 겸손한 척
해서도 아니고, 김정환의 위대함에 주눅이 들어서도 아니다.
사실 김정환이 어떻게 위대해질지는 앞으로 두고봐야 할 일
인 것 같은데, 나는 이미 1954년생인 그에게 이런 찬사를 보
낼 만큼 그를 존경하고 좋아하지만(봐라, 벌써 말투도 그를 닮아가지 않
는가), 그의 예술적 삶의 이 중요한 대목에서 어떤 말을 끼워넣
을 만큼 그의 예술의 생애를 잘 알지는 못하기 때문이다. 그렇
다고 김정환에게 무슨 숨겨야 할 과거가 있어서 부러 잘 모르
는 사람을 불러다 앉혀놓은 것도 아닐 터이니, 무슨 뜻인지 모

를 그의 뜻에 이용당할 만큼만 이용당하고 자리를 벗어나는 것이 상책이겠다.

과거 이야기가 나와서 말인데, 1996년에 김정환의 시집 『순금의 기억』(창비, 1996)에 대한 짧은 평을 읽고 실제로, 아하, 이 사람에게 나는 잘 모르는 과거가 있나보다, 하는 생각을 한 적이 있기는 하다. 평자는 김정환이 새로운 시집을 통해 "속내 이야기를 털어놓고" 있다고 하면서, 그가 마침내 "역사는 (……) 그저 지리멸렬일 뿐"이라고 말한다고 전했다. 그러면서 바로 나와 같은 독자를 염두에 둔 듯, 그의 이전 시 독자들은 "아연할 법"하지만, "본래 그는 역사를 믿지 않았다"고 덧붙였다. 사실은 그 지리멸렬 위에 "희망의 이름으로 시간의 탈을 덮어씌웠"던 것인데, 이제 그 희망을 버렸다는 이야기였다.

그래, 희망을 버렸다는 이야기는 그럴 수도 있겠다. 누가 누가 희망을 버렸다는 이야기는 새삼스러운 이야기도 아니니까. 그런데 본래 역사를 믿지도 않는 사람이 왜 스스로에게 역사를 강요했을까? 이것은 본래 역사를 믿었는데 세상을 겪어보고 자신의 믿음이 현실과 맞지 않는 것이 확인되자 그 믿음을 버렸다는 이야기와는 많이 다른 이야기가 아닌가. 뭔가 거무스름한 과거의 그림자가 내비치는 느낌이 들지 않는가. 그런

데 그 시집이 나온 즈음에 김정환은 역사서를 한 권도 아니고 여러 권씩 쏟아내고 있었으니, 나는 다시 아연할 수밖에 없었다. 뭐야, 역사에 확실하게 정을 떼는 방법인가?

물론 여러 가지 이야기가 있을 수 있겠다. 이 역사와 저 역사는 다르다고 할 수도 있겠고, 시인으로서의 김정환과 역사서 저자로서의, 또는 운동가로서의 김정환은 다르다고, 다시 말해서 역사를 믿지 않아도 역사에 대한 이야기는 얼마든지 할 수 있는 것이라고 할 수도 있겠다. 당장 감당하지 못할 이런 복잡한 문제들은 미루어둔다 해도, 지극히 소박한 질문은 남는 것 같다. 역사를 믿지 않는 사람에게 역사를 믿는 척 강요하는 어떤 것이 밀물처럼 밀려들어와 그 사람을 덮어버렸다가, 시간이 지나 어떤 이유에서인가 다시 썰물이 되어 빠져나가고 나면 역사를 믿지 않는 모습이 다시 그대로 드러난다? 그 물결은 환상 또는 가상현실이기 때문에 사람을 들뜨게만 할 뿐, 또는 착각에 빠지게만 할 뿐, 사람의 믿음은 조금도 바꾸어놓지 못하고, 단지 환상에 대한 기억만, 흔적기관 같은 것만 남겨놓는 것일까? 관념이 아닌 "더럽고 데데한" 시간을 살아가며, 환상에 대한 기억만 파먹게 만드는 것일까?

그런 진단은 1980년대에 "역사라는 환상극"의 무대에서 주연, 조연, 엑스트라로 활동했던 사람들을 '모래시계 세대'니 '386 세대'니 하는 식으로 재빨리 명명해버리려는 시도와도 통하는 것 같다. 이런 식의 세대론이라는 것은 앞뒤 흐름과의 단절을 전제한 것이고, 일상과는 거리가 있는, 결국 일상에 파묻히고 말 특수한 돌출을 가리키는 것이기 때문이다. 더군다나 거기에는 "젊었을 때는 누구나 운운"하는 식으로 등을 두드려주며 생색을 내는 태도와 어서 일상 속에서 곱게 늙어갈 준비를 하라는 권유가 깔려 있지 않은가. 정치적으로 실패한 운동은 세대적 분위기로 규정되어 역사의 모래 속에 생매장당하고, 개인들은 그 모래 속에서 모래알을 한 알 한 알 헤아리며 사는 것이 운명인지도 모르겠다. 재빨리 차단을 하려는 듯 '신세대'라는 바리케이드를 치는가 싶더니, 한 세대의 세월도 기다려주지 못하겠다는 듯 서둘러 '모래시계 세대'니 '386세대'니 하는 삽질로 매장 작업에 들어간 것이 『순금의 기억』이 나오던 어름일 것이다. 실패한 입장에서 세대적 규정을 당하는 것이야 피할 수 없는 처벌 항목 가운데 하나라 쳐도, 텔레비전 드라마 제목이나 컴퓨터 기종의 이름을 갖다붙이는 것은 새로운 시대의 어법인지, "역사에 대한 환상"에 빠졌던 사람들을 마음먹고 조롱을 하겠다는 것인지 분간이 가지 않는다.

이런 낡은 토로를 두고 김정환은 "울화"라고 부를지도 모르겠다. 또, 정작 정면에서 당하는 사람들은 돌파를 하려고 안간힘을 쓰거나 노여움을 삭이며 늙어가고 있는데, 꼭 옆에 있던 사람이 자기 일인 것처럼 나서서 얼굴 붉힌다고 타박할지도 모르겠다.(그러라지.) 어쨌거나 세대 규정의 감옥 안에서 바라본다면, 김정환은 비칭 '386'에서 세 자리가 각각 한 끝수 차이로 아슬아슬하게 빗나가는 사람이며, 이런 아슬아슬한 거리를 알아두는 것이 김정환에게 일방적으로 당하지 않는 비결일 수 있을 것 같다.

그 차이는 김정환이 1980년대 "역사에 대한 환상"의 물결 속에서 자신의 예술의 씨앗을 발아시킨 시인이 아니라, 자기 예술을 가지고 1980년대로 들어가, 1980년대와 정면 돌파를 시도한, 그의 표현을 빌리자면 "역사 현실과 예술 현실 사이의, 비극적인 만큼 아름다운 관계를 노래"한 시인이라는 데서도 찾을 수 있다. 그래서 그에게는 "역사 현실"과 "예술 현실"이 늘 두 개의 항으로, 심지어 대립항으로—"80년대 남한에서 사회주의가 현상적으로 가장 치열했을 때 나의 문학은 가장 위기에 처했었다"고 말할 정도로—존재한다. 이것이 말하자면 '386세대'적인 미학과의 거리이자 그 미학에 대한 의혹의 근거이며, 전태일과 박노해론(「마음의 감옥과 마음 밖 감옥—노동자 문학의 미래를 위하여」)에서 구체적인 표현을 얻어나가는 그의 미학의 근거이기도 하다. 동시에 90년대 말에 이르러 시인 김정환만이 쓸 수 있는 김수영론(「벽의 변증법」)—그것이 자신의 시의 생애와 미래에 대한 고백이기도 하기 때문에—의 뼈대를 이루는 것이기도 하다.

더불어 앞서 인용했던 평자가 김정환의 시와 역사관을 분리시켜 볼 수 있는 근거가 되는 부분이기도 하다. 역사와 예술의 팽팽한 긴장이 그의 시의 핵심이었다면, 역사의 바탕을 이루는 세계관이 무너졌을 때, 그것도 어떤 식으로든 무너뜨린 것이 아니라 제풀에(?) 바람이 빠지듯이 꺼져버렸을 때, 또는 거울이 깨지듯 박살이 났을 때, 예술이 역사 쪽으로 밀어대던 작용은 역사의 반작용 없이 어떻게 버틸 것인가? 역사의 허방을 딛고 푹 고꾸라질 것인가? 예술이 모든 것을 포섭해버릴 것인가? 역사 현실과 예술 현실 사이에 간극이 존재하지 않던 미학이 역사의 함몰과 더불어 예술마저 함께 무너진 것에 비하면, 예술이라도 남은 것이 다행이라 여길 것인가?

다시 자청해서 세대론의 감옥으로 들어가본다면, 김정환은 스물여섯의 나이에 시를 발표하기 시작했으며, "80년대 남한에서 사회주의가 현상적으로 가장 치열했을 때"에 "이젠 썩을 나이"인 서른셋을 지나가고 있었으며, 1990년대에 접어들면서는 마흔을 코앞에 두고 있었다. 행인지 불행인지 몰라도, 짐작컨대, 곱게 늙고 싶어도 곱게 늙을 준비를 하기에는 좀 늦은 처지였는지도 모르겠다. 어쨌든 그가 자기 예술을 가지고 80년대에 들어갔다는 것이 '386세대'와 달랐듯이, 위기에 처했든 어쨌든 자기 예술을 가지고, 또는 예술의 "엄정함"을 가지고 80년대에서 나왔다는 것도 '386세대'적인 흐름과는 달랐다. 어쨌든 그도 그 나름으로, 곱게는 아니더라도, 늙을 준비를 했는데, 그 방법이라는 것이 묘하게도 개인의 노화를 역사의 노화로 치환하는 것이었다. "인간의 나이, 인간의 생애가 신화보다 수천 년 더 늙었다는 점"을 깨닫는 것이었다. 그것은 동시에 문명의 나이만큼 늙은 노인으로서 자신이 겪은 시대를 역사 속에 자리매김하는 일이었으며, 비극을 겪은 노년의 "치열하게 너그러운" 웃음으로 자신을 응시하는 일이기도 했다.

이렇게 김정환은 현대만큼 늙어버리고, 그럼으로써 드디어 현대성으로, 첨단으로 올라설 발판을 마련했다. 그것은 장장 십이 년에 걸친 글들을 모아놓은 이 책에서 보자면, "저 관념론의 대가" 제임스 조이스를 "예술의 좌파" 제임스 조이스로 만들어놓은 것으로, 스스로 "첨단의 노래"를 불렀다고 하는 김수영이 전혀 현대적이지 않다고 하면서 자신의 시의 미래를 예감하는 것으로 나타난다. 혹시 김정환 스스로는 도저히 우파로 전향하지 못하겠으니까, 그 뚝심과 고집으로 프루스트, 조이스, 쇤베르크 등의 모더니스트들을 아예 좌파로 예술적 전향시켜버린 것은 아닐까? 이 대목에서 김정환이 본래 역사를 믿지 않았다는 지적이 다시 떠오르게 된다. 그렇다면 우리는 이 책을 김정환의 십이 년에 걸친 길고 느린 예술적 전향서로, 아니 원위치 복귀에 대한 진술로 읽어야 하는 것일까? 그럴까?

어쨌거나 김정환의 예술은 어떤 장해가 걷힌 듯 옆으로 확장되어 음악에 가닿았다(그전에도 거의 모든 예술에 관심을 가졌지만). 거기서 그는 어떤 강박감 없이 편안하면서도 치열하게 예술 자체를 탐구해 들어갔고, 그 성과를 책으로 내기도 했다(『음악이 있는 풍경』 1·2, 이론과실천, 1998). 그리고 이 책의 전반부에 나오는, 강한 듯하지만 어떤 강박에 사로잡힌 듯 가쁘고 위태위태하던 문체가, 아니나 다를까, 깨어지면서 깨진 거울 조각들 같은 난해하면서도 날카롭고 아름다운 문체가 되었다. 그리고 그런 문체에 실려, 예술의 세계관과 새로운 미학이 거칠 것 없이 자유롭게 탐사되었다.

김정환은 거기서 그간의 두 사업을 통합하면서, "19세기 말에서 20세기 전반을 지배했던 정치·경제학의 시대는 끝나"고 21세기는 예술의 시대가 될 것이라고 선언하게 된다. 예술이 정치를 매개하지 않고 "스스로 인간의 삶의 질을 높이는 주체의 관계, 예술의 자체 형상화 시대로 돌입한다"는 것이다. 그러면서 예술이 대처해야 할 당면한 문제들, 가상현실의 문제, 대중문화의 문제 등을 적시하고, 오해의 위험을 불사하면서 "예술을 위한 예술"이라는 표현을 쓰기까지 한다. 이러한 선언적 진술의 바탕은 "정치를 포괄하며 정치를 넘어서는 예술의 열린 세계관"이 된다. 예술이 정치의 전망을 형상화하는 일에 매달리지 않고 스스로 세계를 바꾸어나가게 될 것이라는 뜻이겠다. 여기서 다시 역사 현실이 복귀하면서 김정환의 예술과 현실이라는 두 항은 이전의 연장선상에 있지만, 새로운 모습으로 재정립된다. 물론 "예술의 좌파"가 그것이다.

그리고 김정환은 아무 일 없었다는 듯 멀쩡하게 다시 문학으로 온다. 1997년쯤일 것이다. 그는 자신이 딴 데 간 게 아님을 증명하려는 듯, 엄연히 이전의 연장선상에 있음을 증명하려는 듯, 독한 마음으로 "옛날의, 실현되지 못한, 그러나 이미

낡아버린 강령 전문 초안을 다시 읽으며" 그 "글에 담긴 정치적 내용에 대해 나는 지금도 별로 반성하고 싶은 생각이 없다"고 뚝뚝하게 내뱉은 다음, "실패"를 역사 속에서 새로 자리매김한다. 그리고 자신은 희망을 버린 것이 아니라고 강조하려는 듯, 자신이 말하려는 희망은 이런 것이라고 강조하려는 듯 되풀이하여 새롭게 희망을 이야기한다(「실패와 기억의 시간, 그리고 희망의 예술」「시의 희망과 희망의 시 사이」). 그렇게 이 책의 '5부, 21세기를 위하여'에 실린 글들은 출사표처럼 힘차게, 그리고 넓은 품으로 비극을 품고 너그럽게 다가온다(역순으로, 즉 쓰여진 순서대로 읽어보라). 더불어 김정환은 「벽의 변증법」에서는 김수영을 빌려 자신의 시학을 촘촘하게 구체적으로 고백하고 있고, "20세기가 임종을 맞아 임종의 시각으로 쓰는 자신의 가족사"인 『파경과 광경』(『사회평론 길』에 연재; 푸른숲, 2000)을 "난해를 포괄하는" 문체로 쓰고 있다.

대체로 이곳이 김정환이 지금 서 있는 지점이다. 이 대목은 김정환에게만이 아니라, 또 김정환의 예술에 관심을 가진 사람들만이 아니라, 김정환과 같은 시대를 함께 살아가고 있는, 어떤 식으로든 함께 늙어가고 있는 사람들에게 중요한 대목이다. 물론 그는 이제 새롭게 말문이 터지는 시점에 있으므로 계속 더 귀를 기울여봐야 할 것이고, 그의 말에 대한 감탄과 지지와 의혹과 우려는 무엇보다도 『파경과 광경』을 비롯하여 이제 그가 보여주고 있는 예술을 통해 확인되거나 철회될 것이다. 너무나도 당연한 말이지만, 모든 것은 앞으로 김정환의 예술이 얼마나 세상을, 사람을 변혁할지에 달려 있는 것이다.

노려보고 있던 하나의 벽이 제풀에 허물어지는 황당함 뒤에 이제 낡은 것 같지만 또 새로운 벽이 김정환의 크지 않은 키 너머로 자라고 있는지도 모르겠다. 김정환의 뚝심을 아는 사람이라면, 그가 벽을 우회해 딴 길을 찾을 리는 없다고 생각할 것이다. 그의 실물을 본 사람이라면, 그가 높은 벽을 타넘어가려 할 때는 일반인에게 필요한 것 이상의 곡예적 기예가 필요하다는 것을 잘 알 것이다. 그럼 정면 돌파를 시도하다가 벽속에 묻히거나 뚫고 나가거나 둘 중의 하나일까? 김정환의 지혜로 보건대, 아무래도 그는, 늘 쉬운 일은 아니지만 그의 말투를 흉내내보자면, 스스로 벽이 되면서 그 벽을 열어 통로가 되는 길을 찾을 것 같다. 그 순정함과 엄정함으로!

내가 읽고 만난 김윤식

— 김윤식, 『내가 읽고 만난 일본』(그린비, 2012)

똑같은 문제를 어떤 사람은 며칠 고민하고 넘어가버리기도 하고, 어떤 사람은 평생을 끌고 가기도 한다. 물론 곁에서만 똑같은 문제로 보일 뿐이다. 똑같은 상실의 고통을 어떤 사람은 며칠 만에 털어버리기도 하고, 어떤 사람은 평생을 지니고 사는 것처럼 보이는 경우와 마찬가지다. 사람이 얽히는 순간, '똑같은' 상실의 고통 같은 것은 없듯이 '똑같은' 문제도 없다. 추상적으로 보이는 문제도 마찬가지다. 가령 예술과 학문 사이에서 비평의 자리는 어디인가, 라는 문제는 어떨까? 얼마든지 추상화하고 또 추상적으로 해결해볼 수 있는 문제인 듯하지만, 사람에 따라서는 이 문제가 자신의 삶 자체라고 여길 수도 있다.

"남의 글을 교묘하게 칭찬하는 게 비평이지."(한겨레, 2016. 3. 31)
육십 년 가까이 비평을 해온 김윤식은 한 신문 인터뷰에서 그
렇게 말했다. 물론 이 말은 일본의 비평가 고바야시 히데오에
게서 가져온 것—"비평이란 사람을 칭찬하는 특수한 기술"—
이고, 『내가 읽고 만난 일본』에 따르면 김윤식은 십여 년 전
2004년 고바야시의 유해가 있는 곳에서 서성이며 그와 속으
로 나눈 대화를 통해 비평관을 그런 식으로 정리한다. 그런데
같은 책에 따르면 김윤식이 고바야시를 본격적으로 만난 계
기는 그로부터 또 삼십여 년 전인 1970년, "국립대학의 젊은
조교수"로서 "한국문학에 끼친 일본문학의 영향 연구"를 위해
일 년 계획으로 일본에 갔다가 마주친 미시마 유키오의 자살
사건(1971)이었다. 일본 땅에 처음 발을 디딘 그는 이때 "만년
설을 머리에 인 거대한 산맥들"과 본격적으로 마주하게 되며,
그들의 자장 안으로 들어가면서 원래 갔던 연구 목적은 내팽
개치고 그들을 읽는 일에 열중하게 되었다고 고백한다. 이렇
게 본다면 신문 인터뷰에서 툭 던진 듯 나온 말 한마디에 수십
년, 다시 말해 김윤식의 "국립대학의 젊은 조교수 시절" 이래
의 역사가 잠겨 있는 셈이다.

그 역사가 다일까? 물론 아니다. 김윤식이 아무런 토대도 갖추지 않은 상태에서 일본의 대가들과 마주한 것은 아니다. 일본의 산맥과 마주하기 전 그의 비평가로서의 자의식을 강하게 건드린 것은 일본에 도착하자마자 만났던, 당시 한국의 상황에서는 드러내놓고 읽기 힘들었던 죄르지 루카치의 『소설의 이론』(1916)이었다. 루카치는 비평과 근대라는, 김윤식의 평생에 걸친 화두의 핵심을 건드렸고, 그런 만큼 그후에도 계속 그에게 중요한 준거로 작용한다. 또 김윤식은 이때 "국립대학의 젊은 조교수"일 뿐 아니라 『현대문학』의 조연현을 통해 등단(1962)한 비평가였고, 조연현의 비평관은 그가 기대는 중요한 언덕이었다. 따라서, 당연한 이야기지만, 김윤식은 일본의 대가들을 만나 어떤 화두를 얻은 것이 아니라, 이미 일본에 가기 전에 움켜쥔 화두가 있었고, 그것을 들고 일본의 산맥들을 오른 것이었다.

이렇게 말하면 평생 비평의 자리를 자문해온 노老비평가의 모습이 그려지지만, 평생에 걸쳐 어떤 한두 가지 문제를 집요하게 파고든 사람은 김윤식 외에도 많다. 김윤식이 그들과 다른 점, 김윤식을 김윤식이게 하는 점은 마치 이런 문제를 완전히 대상화하는 것은 있을 수 없다는 듯이 문제와 자기 자신을 합친다는 것, 즉 자기 자신을 문제로 만든다는 것이다. 그래서 김윤식에게 예술과 학문 사이에서 비평의 자리는 어디인가, 하는 질문은 곧바로 예술가와 연구자 사이에서 비평가인 나의 자리는 어디인가, 하는 질문으로 바뀐다. 이런 이행과 합일의 과정이 『내가 읽고 만난 일본』에서만큼 진솔하게 드러나는 경우는 드물 것이다.

게다가 이렇게 문제를 읽어내는 방식은 다른 사람을 볼 때도 똑같이 적용된다. 그래서 김윤식은 글이 그 글을 쓴 사람 자신과 다르지 않다고 보고, 고바야시의 글에서 고바야시의 삶을, 에토 준의 글에서 에토의 삶을, 그리고 물론 이광수의 글에서 이광수의 삶을 읽어낸다. 그러나 이렇게 해서 드러나는 이 산맥들의 속살이야말로 동시에 김윤식의 속살이기도 하다. 그 산맥들을 문제로 삼는 순간 김윤식은 그 산맥을 자신의 몸으로 파고들어 산맥과 자신을 구분할 수 없는 상태로 만들기 때문이다. 이 점을 이해하지 못하면 우리는 왜 김윤식이 근대라는 문제를 붙들고 에토 준으로 들어갔다가 "내면에 비장된 인간의 외침"인 글쓰기를 손에 쥐고 나왔는지, 왜 이광수와 근대라는 문제를 붙들고 일본에 갔다가 이광수와 글쓰기를 손에 쥐고 나왔는지 이해하기 힘들 것이다. 왜 "누나의 교과서에서 본 그곳(근대)"을 향해 떠난 김윤식이 맨 마지막에 "붓 한 자루"만 달랑 손에 쥔 행자가 되었는지 이해하기 힘든 것이다.

포플러 숲으로 된 강변 초가삼간에서 자란 나는, 어느 날 홀연 까마귀와 붕어와 솔개 들을 속이고 등에 책 보따리를 지고 누나의 교과서에서 본 그곳(근대)을 향해 길을 떠났다.

백석의 시구에 기댄 이 대목은 김윤식이 이 책에서 계속 회귀하는 출발점이자 어떤 원형이다. 수십 년 뒤 루카치의 이론서에서 정연하게 표현되는 문제의 원형이 이미 여기에 담겨 있다(그러니 말 그대로 평생의 문제의식인 셈이다). 그가 떠난 길은 이광수를 포함해 "구한말 혹은 망국의 조선인 유학생들"이 떠난 길이기도 했다. 식민지의 식민지에서 태어난 그들은 근대를 찾아 식민지—일본은 흔히 스스로를 식민지로 상상했다고 하니—로 갔고, 김윤식이 일본에 "두 번씩이나 머물며 바장인" 이유는 그들의 "외면 조건"과 "가능만 하다면 그 내면 조건까지 알아볼" 생각 때문이었다.

"내면 조건"까지 알아내는 것은 어떤 학문적 방법론이며, 그

것이 "한국문학에 끼친 일본문학의 영향 연구"라는 과제와 어떻게 연결되는 것일까? 우리는 그 대답을 바로 듣지 못한다. 오히려 김윤식은 곧 길을 잃었다고 고백한다. 그러나 그렇게 길이 닫히는 순간 다른 길이 열리는 광경을 우리는 보게 된다. 그가 길을 잃고 나서부터 남이 아닌 자신의 "내면 조건"을 알아보는 일에 나서기 때문이다. 그렇게 해서 결국 그의 "내면 조건"이 어떤 면에서는 이광수 등의 "내면 조건"과 동일시되었음을, 김윤식에게는 그 둘이 어느 정도라도 동일시되지 않으면 진전이 불가능한 것이었음을, 그렇게 동일시되는 순간 이광수도 글쓰기를 얻었고 김윤식도 글쓰기를 얻었음을, 그 결과로 나온 것이 『이광수와 그의 시대』(솔, 1999)였음을 알게 된다. 그 순간 우리는 이 두꺼운 책의 바닥에 깔려 파도처럼 계속 밀려오던 질문이 결국, 나는 누구인가, 였다는 것, 그리고 이 책은 그 질문에 대한 김윤식의 최선의 답변이라는 것을 깨닫게 되며, 동시에 우리 자신을 향해 묻지 않을 수 없게 된다. 뭔가를 속이고 어딘가를 향해 길을 떠나 지금 여기에서 바장이는 나는 누구인가?

반동기의 예술가

—메이너드 솔로몬, 『루트비히 판 베토벤』(한길아트, 2006)

반동이나 퇴조 같은 표현이 역사의 흐름을 표현하기에 얼마나 적합한 말인지는 모르겠으나, 단순한 비유인 만큼 아주 큰 그림에서는 얼추 맞아떨어지는 것 같기도 하다. 우리 현대사도 그렇지만, 루트비히 판 베토벤이 살았던 19세기 전후 유럽의 역사도 그런 비유가 어울릴 만큼 좌우로 크게 흔들리며 진행되어온 것처럼 보인다. 그 속에서 베토벤의 육십 년에 약간 못 미치는 생애는 중간을 기준으로 전반기는 혁명의 고조기, 후반기는 퇴조기에 속해 있다. 그러나 그 가운데 학습 기간을 제한다면, 우리가 아는 그의 음악의 많은 부분은 혁명의 퇴조기에 속했던 인생의 중후반에 나온 셈이다.

구체적으로 말하자면 베토벤은 1770년에 태어나(이 전기를 쓴 솔로몬에 따르면 베토벤 본인은 자신이 귀족의 사생아라고 믿어 자신의 출생연도를 바꾸어 말하곤 했다) 1792년에 스물을 갓 넘긴 나이에 두번째로 빈에 간 이후 삼십여 년을 그곳에서 살다 1827년에 죽었다. 메테르니히(베토벤보다 세 살 아래다)는 1809년에 오스트리아 총리가 되어 나폴레옹의 몰락 후 빈회의를 이끌면서 유럽 전체에서 반동적 체제를 확립했다. 따라서 베토벤은 사십대로 접어들 무렵부터(교향곡으로는 5, 6번, 소나타로는 〈고별〉, 현악사중주로는 〈하프〉를 작곡할 무렵부터) 메테르니히의 보수적 체제 안에서, 그것도 반동의 심장부인 빈에서 그와 함께 살았던 셈이다. 메테르니히는 1848년 3월혁명으로 물러났으니, 베토벤은 개인적으로 원수진 일은 없으나 어쨌든 그의 젊은 날의 이상을 짓밟는 데 주도적 역할을 한 메테르니히의 실각을 보지 못하고 세상을 떴다.

계몽주의적 이상에 열광했던 베토벤은 이 긴 혁명의 퇴조기를 어떻게 살았을까? 사상가도, 정치가도, 혁명가도 아닌 예술가, 그 가운데도 사상을 직접 표현하는 데는 한계가 있는 음악가였던 베토벤과 그의 음악은 이 시기로부터 어떤 영향을 받았을까? 독어권에서는 이 시기, 즉 빈회의 이후부터 1830년

혁명(또는 1848년 혁명)까지 예술을 지배한 풍조를 '비더마이어 (Biedermeier)'라고 부른다. 비더마이어라는 말 자체는 가공의 시집 저자의 이름에서 나온 것이지만, 반동으로 돌아선 중간계급의 취향에 순응하는 모든 것, 특히 생활 방식이나 미술에서 밋밋하고 보수적이고 생기 없는 모든 것을 가리키는 말이 되었다. 소시민적 안온함을 찬양하는 이런 분위기와 가령 베토벤의 〈합창〉은 영 어울리지 않는 것 같지만(사실 베토벤 같은 사람의 존재 때문에 비더마이어를 새롭게 해석하자는 주장도 나온다), 베토벤은 예술적으로도 그런 분위기에서 살았다. 실제로 작품의 어떤 부분에서는 비더마이어 풍조에 타협했다는 이야기를 듣기도 한다.

이 시기에, 특히 말년으로 다가갈수록 베토벤은 미친 사람 취급을 받았고, 본인도 그것을 알고 있었다. 무엇보다도 괴팍한 차림새와 태도와 행동 때문이었는데(그렇다고 젊었을 때 온순했다는 말은 결코 아니지만), "빈 사람들은 자신들의 최고로 위대한 작곡가가 숭고한 미치광이라고 점점 더 굳게 믿게 되었다". 베토벤은 사회적 분위기에 휩쓸린 듯 애국적인 작품도 쓰곤 했으나, 메테르니히의 경찰국가에 살면서도 귀족, 황제 가릴 것 없이 욕을 퍼부었다. 그럼에도 경찰은 그를 건드리지 않았는데, 그것은 그가 다름아닌 베토벤이었기 때문이기도 했지만, "정신이 살짝 돈 사람이라고 여겼기 때문이기도 했다". 이 무렵 음악 외에 그의 관심사는 조카의 양육권 문제였다(베토벤이 이 문제에 그렇게 집착한 이유를 파헤칠 때 솔로몬의 정신분석적 접근은 힘을 발휘한다). 그러나 이 시기에 베토벤이 가장 몰두한 것은, 너무도 당연한 이야기지만, "일"이었다. 베토벤의 모토는 "한 줄도 쓰지 않는 날이 없도록"이었다.

일이 무엇보다도 우선이었다. 그는 더이상 더 고차원적인 개인적 만족감을 얻으려고 애쓰지 않았다. 걷고 먹고 마시고 대화를 나누고 이따금씩 파이프를 피우는 정도면 충분했다. 그는 이제 자기 예술에 완전히 사로잡힌 단계에 이르렀다.

이렇게 일에 몰입하지 않아도 베토벤은 이미 살아 있는 전설이 되어 있었지만, 그는 계속 전설을 고쳐 쓰고 있었다. 베토벤이 이렇게 죽기 직전까지, 안팎으로 불편한 환경에서도 음악에 몰입하며 자신을 밀어붙인 동력은 무엇일까?

시간을 거슬러올라가 1804년, 혁명의 전파자이자 계몽주의의 이상적 지도자로 여겨지던 나폴레옹이 황제에 즉위했다는 소식을 듣고 이에 실망한 베토벤이 '보나파르트'라고 적혀 있던 3번 교향곡의 표지를 찢어버리는 유명한 사건이 일어난다. 페르디난트 리스가 전하는 이 일화를 솔로몬은 전적으로 신뢰하지는 않지만, 그럼에도 삼십대 중반의 베토벤에게 이때가 "신념의 위기"였던 것은 분명하다고 진단한다. 일차적으로 계몽주의적 신념의 위기이고, 또 음악의 위기였다는 것이다. 여기에서 음악적 위기라는 것은 두 가지로 이해할 수 있다. 하나는 베토벤의 음악 생산을 지원하는 시스템, 즉 넓게는 합스부르크 왕가를 중심으로 하는 빈의 음악가 후원 시스템과의 단절 문제에 대한 고민에서 생긴 위기다. 또하나는 음악 자체의 위기, 즉 빈의 음악이자 베토벤의 음악의 기초를 이루던 모차르트와 하이든의 고전주의 양식에 대한 고민에서 생긴 위기다. 여기에 덧붙여, 솔로몬은 정신분석적 방법론을 동원하여 베토벤이 어린 시절부터 아버지와의 관계에서 풀지 못한 숙제가 보나파르트를 바라보는 양면성으로 드러나는 방식을 짚어낸다.

이렇게 역사의 흐름에 중대한 변화가 일어나던 시기에 시대와 예술과 개인 세 가지가 보나파르트를 중심으로 얽히면서 베토벤이 위기를 맞이하고 있었다는 사실은 매우 의미심장해 보인다(베토벤이라는 한 예술가를 시대의 흐름과 예술의 변화와 내면의 정신적 과제라는 세 가지 측면에서 일관되게 조명해나가는 것이 솔로몬이 이 전기를 서술해나가는 방식이기도 하다). 이것은 계몽주의와 혁명이, 어렸을 때부터 전문적이고 가혹한 음악교육을 받아, 어떤 의미에서는 음악밖에 모르고 "덧셈 이상의 산수는 익히지 못할 정도로" 둔한 면이 있던 이 음악가 지망생에게 깊이, 그의 음악의 핵심에까지 영향을 주어 그의 이념과 음악을 결합시켜놓았다는 반증이기 때문이다. 그렇게 결합되어 있었기에, 계몽주의의 사회적 영향력이 썰물처럼 빠져나가는 시기에도 베토벤은 "변절"하지 않았을 뿐 아니라 음악에서 계속 자신을 갱신해나갈 수 있었던 것이 아닐까. 베토벤의 굳은 의지도 의지지만, 무엇보다도 그것이 일상적 과제이자 일이 되었기에 가능했던 것이 아닐까. 다시 말해서 베토벤은 고투 끝에 시대의 과제를 자기 예술의 과제로 소화해낸 예술가였던 것이고, 그래서 "베토벤은 (……) 정신적인 멜랑콜리로 물러나지도 않았고 (한때 선한 군주였던―인용자) 보나파르트가 배신한 세속적이고 형제애적인 유토피아에 대한 자기 신념을 포기하지도 않았다."

이 유토피아에 대한 신념이 이십여 년이 지나 죽음을 몇 년 앞두고 〈장엄 미사〉나 〈합창〉 교향곡―그것은 쉴러의 시를 빌린 자신의 유토피아적 신념의 토로이자 음악적 과제의 성취였다―을 향해 다시 변증법적으로 상승하는 과정을 솔로몬의 섬세한 설명으로 따라가보는 것은 때가 때인지라 더욱 보람 있는 일로 느껴진다.

이문구에 대한 외람된 희망

― 이문구, 『외람된 희망』(실천문학, 2015)

얼마 전 좋아하는 한국 작가가 누구냐고 묻기에 이문구라는 준비된 답을 하자, "번역이 되지 않는 작가를 좋아하는군요" 하는 논평이 돌아왔다. 흥미로운 논평이었다. 이문구를 번역과 관련지어 생각해본 적은 없기 때문이다. 사실 이문구를 좋아한 것은 꽤 오래전, 번역에 큰 관심이 없을 때부터이니 그를 좋아한 계기에 번역이 얽힌 적은 없지만, 번역을 본격적으로 하고 나서도 오랜 시간 늘 같은 답을 해온 것을 보면, 설사 나 자신은 의식을 못했다 해도, 둘 사이에 어떤 관련이 있을 수도 있겠다는 생각이 들었다. 그러니까 번역이 불가능한 것에 대한 나의 복잡한 태도―물론 여기에는 번역이 불가능한 영역에 대한 선망도 포함되어 있을 것이다―와 이문구의 어떤 면이 연결되었을 수도 있다는 것인데, 이것을 한번 의식적으로 짚어보는 것도 흥미로울 듯하다.

이문구의 작품과 언어가 우리 땅과 혀에 단단히 뿌리박혀 있기 때문에 번역의 언어로 실어나르기가 만만치 않다는 점은 번역가가 아니라도 충분히 짐작할 것이다. 그러나 나 자신은 우리 문학을 외국어로 번역하는 일이 주 관심사가 아니기 때문에 이런 정황이 직접적인 문제로 다가오지는 않는다. 오히려 반대 방향에서 다가설 때 문제가 된다. 즉 외국문학을 우리말로 번역할 때 이문구를 이용할 수 있을까, 있다면 어떻게 이용할까 하는 문제다.

이것은 외국에서 이문구 비슷한 작가를 찾아내 그 작가를 이문구의 언어를 차용하여 번역하는 문제는 아니다(차라리 그렇게 간단한 문제면 좋겠다). 외국문학을 번역한다는 것은 외국어를 사용하는 작가가 말하는 방식을 우리말로 재현하는 일이라고 표현할 수도 있다. 이런 재현이 어떻게 이루어지는가 하는 것은 아주 복잡한 문제겠지만, 일단 번역가가 확보한 우리 문학 언어 자원에서부터 출발할 수밖에 없는 것은 분명하다. 이때 이문구를 번역가의 자원으로 끌어안을 수 있느냐, 즉 이문구를 소화하여 번역의 언어로 활용할 수 있느냐 하는 것은 번역가에게 하나의 문제가 될 수 있는 것이다.

물론 설사 그런 활용이 가능하다 해도, 그것은 어디까지나 출발선에 불과하다. 외국의 어느 작가의 언어와 우리 작가의 언어를 일대일로 대응시키는 것은 있을 수도 없을 뿐 아니라 그런 시도조차 어리석은 일이라 할 수 있고, 나아가 번역이 그 언어 자원의 테두리 내에서 우리에게 익숙한 언어로만 이루어지는 것도 아니기 때문이다. 오히려 번역은 우리말에 상처를 낸다. 누구나 짐작하듯이 우선 외국어와 우리말의 어긋남 때문이다. 그러나 또 한 가지, 외국 작가도 한 사람의 작가라는 사실 또한 잊지 말아야 한다. 작가는 무엇보다도 자기만의 목소리로 말을 한다고 할 때 그는 그때까지 없던 새로운 방식으로 말을 한다는 뜻이며, 이 점에서는 외국 작가와 한국 작가가 다를 이유가 없다. 오히려 외국 작가는 외국어를 사용하기 때문에 우리말에 이중으로 상처를 내기 마련이다.

이 상처가 새살로 아물려면 원래 살이 단단해야 하며, 그렇지 않을 경우 그대로 문드러져버리기 십상이다. 번역에서도 결국 이것이 진정한 모험과 무모한 모험을 가르게 되므로(모험을 하지도 않는 경우는 이야기하지 말자), 모험에 나서려는 번역가, 모험에 성공하여 양쪽 문학의 언어에 새로운 공간을 조금이라도 열어보고 싶은 열망이 있는 번역가는 늘 자신의 자원을 점검해보지 않을 수 없다. 그럴 때 언뜻 번역의 언어로 편입이 불가능해 보이는 우리 문학의 영역이 존재한다는 것은 번역가에게는 늘 안타까우면서도 기쁜 자극을 주는 일이며, 바로 이런 점에서 이문구는 늘 오르기 힘들고 그래서 더 사랑하게 되는 산이다. 이번에 새로 엮여 나온 산문집 『외람된 희망』—그의 작가 인생 전체에서 뽑아 모은 글들이다—은 그가 얼마나 우뚝하고 아름다운 산인지 한눈에 보여준다.

예를 들어 한자어를 벗어난 우리말들이 자기 가락에 실려 스스로 감정을 만들어내며 스르르 풀려나가는 이런 길고 긴 문장은 그가 국어책에 동시가 실린 작가임을 역연하게 보여준다.

자고 나서 동살이 잡혀가는 울 밖을 넘어다보면 저녁마다 기러기떼가 구름을 훔쳐가며 사라지던 섣달 스무날께보다 훨씬 가까워진 하늘이, 제물에 풀어져내려 과녁빼기 산골짜기에 물빛으로 엉긴 것부터 보이고, 겨우내 붐비던 휘몰이 바람이 아주 떠나간 들판은 아직도 서리를 겹으로 뒤집어쓴 채

늦잠이 한창인데, 봄것을 기르는 비닐하우스의 지붕은 어느새 익은 볕이 쏟아져내려 눈을 바로 뜨지 못하게 한다.

또 한문 번역체의 냄새를 은근히 풍기며 고고한 품격으로 감정의 분출을 억제하고, 그래서 비통함이 더욱 사무치는 이런 문장을 보라.

스스로 박복함을 탄식하는 나의 비관이 다만 공양할 만한 혈육이 없음에서 그치지 않음도 사실은 파란이 중첩했던 혈육들의 생애와, 그처럼 초라할 수 없었던 이승과의 영결_{永訣}에 뿌리를 묻는 것이었다.

그러나 내가 가장 아끼는 것은 동네 사람들의 입말을 살려 의뭉스럽게 웃음을 자아내는 문장이다. 다음은 이문구(인용문의 "이선생")가 발안에 내려가 살던 시절에 계원들과 함께 개를 잡아먹던 이야기로, 팔지도 않는 개를 억지로 팔게 한 다음 그것을 또 외상으로 하자고 나선 상황이다. 그러자……

(……) 그 집 아주머니는 별꼴을 다 본다고 발끈하면서,

"없으면 말지, 날 궂은 날 무슨 바람이 불었길래 자는 사람까지 깨워설랑은 이 난리덜인지 모르겠네. 없으면 말어. 돈두 군구, 잘됐지 뭐여."

그 집 아주머니는 퉁명을 부렸지만 애초에 그런다고 물러설 위인들이 아니었다. 이윽고 그중의 하나가 두어 걸음 다가서며 은근하게 말했다.

"아주머니두 참, 우덜이 언제 넘의 살 밝히는 거 보셨어요? 저 이선생이 전버텀 생각이 있어허시길래 예까지 와본 거지요."

이들 각각이 그 나름으로 독자적인 색깔을 지닌 봉우리로서 이문구라는 산을 이루고 있다. 잊지 말 것은, 이문구 자신이 이 책의 곳곳에서 언급하듯이, 그의 문장이 처음에, 아니, 사실 세월이 흐르고도, 그렇게 대중의 환영을 받았던 것은 아니라는 사실이다. 그의 언어는 자연스럽고 편안한 호흡으로 돌아다닐 수 있는 산책길이 아니라 작심하고 올라가야 하는 가파른 봉우리들이었기 때문이다. 이른바 가독성이라는 면에서 높은 점수를 딸 수는 없었던 것이다. 그래서인지 번역의 언어를 이른바 자연스러운 우리말 안에 가두려는 이런저런 시도들을 염두에 두고 그의 글을 읽다보면 쉽게 읽히지 않는 것이 얼마나 즐거운 일인지 새삼 깨닫게 된다. 번역이든 아니든 문학의 언어는 절대 평지에만 머물지 않는다는 것을 여실히 보여주기 때문이고, 그래서 더욱더 이문구를 번역 언어의 자원으로 흡수하는 일이 나의 외람된 희망으로 굳어지는 것이다.

'영어=미국=근대적 가치'라는 환상

― 김영철, 『영어 조선을 깨우다』 1·2

"독립을 하면 나라가 미국과 같이 세계에 부강한 나라가 될 터이요, 만일 조선 인민이 합심을 못하여 서로 싸우고 서로 해하려고 할 지경이면 구라파에 있는 폴란드란 나라 모양으로 모두 찢겨 남의 종이 될 터이다. (……) 조선 사람들은 미국같이 되기를 바라노라."

이것은 영어를 중심으로 우리 근대사를 훑어본 김영철의 『영어 조선을 깨우다』(일리, 2011)에 인용된 이완용의 연설(1896년 11월 24일자 독립신문에 수록) 가운데 일부인데, 이 책을 읽다보면 이른바 '영어파'의 최고의 시절은 아무래도 이완용이 조선 독립을 부르짖던 바로 이 무렵이었던 듯하다는 느낌이 든다. 이완용은 일본어보다 영어를 훨씬 먼저 배운 사람으로, 과거에 급제한 뒤 1886년에 설립된 '왕립 영어 학교' 육영공원의 1기 입학생이었으며, 입학 후 얼마 있다가 주미 공사를 따라 미국에 건너가 대리공사 자리까지 올라갔다. 이완용은 이런 경력을 바탕으로 귀국 후 "미국통"으로서 정부 요직을 맡았고 독립협회에도 관여했다.

독립신문은 1896년 4월 7일, 갑신정변 후 미국에 망명했다가 미국 시민 필립 제이손이 되어 귀국한 서재필이 창간했다. 이 무렵에는 조선에서 영어를 배운 첫 세대들이 권력의 전면에 나서 활약하고 있었으며, 구체적으로 주미 공사관 출신인 박정양, 이완용, 이채연이 모두 독립신문 창간의 "결재 라인"에 있었다. 우리나라 최초의 근대적 신문으로 꼽히는 독립신문은 영어판도 발행했으며, 그 내용에서 민권, 법치주의, 주권 수호 등 근대적 가치를 옹호하고 계몽하는 역할을 했다. 물론 그 이상적인 모델은 미국이었다.

권력의 핵심부를 맴돌던 이완용과 근대적 가치를 앞세우고 국민 계몽에 나섰던 미국 시민 서재필은 '영어파' 또는 '친미파'로서 만날 수 있었으며, 그 결과물 가운데 하나가 위에 인용한 이완용의 연설이다. 저자는 영어파가 권력에서나 계몽에서나 가장 큰 힘을 휘두르던 이 시절에 영어가 새로운 가치를 전달하는 수단으로 부각되어 젊은이들이 "영어에 대한 욕망"을 품게 되었으며, 이것은 이전에 영어를 배우던 학생들이 "말만 통하면 출세하는 세태를 쫓은" 것과는 다른, 새롭게 깨인 "욕망"이었다고 평가한다. 이때가 말하자면 '영어＝미국＝근대적 가치'라는 환상만이 아니라, 그러한 근대적 가치를 이 땅에서 실현하는 것이 가능하다는 환상까지도 유지가 되던 시기였던 것이고, 이 환상의 우산 아래 이완용과 서재필이 함께 서 있었던 셈이다. 실제로 우리나라에 상륙한 영어도 이때가, 영어가 공용어였던 해방 직후 미군정기와는 또다른 의미에서, 가장 화려했던 시기가 아니었을까.

이 책에 따르면, '영어＝미국＝근대적 가치/독립'이라는 환상은 그로부터 수십 년 전으로 거슬러올라가며, 그 핵심적 인물 가운데 한 사람은 이완용의 주군인 고종이었다. 『해국도지』 『조선책략』 등 중국계 저술 등을 통해 "공평한 나라 미국" "연합해야 할 미국"이라는 이미지가 형성되었고, 고종은 이런 이미지에 강한 영향을 받아 미국의 힘에 의지하여 나라의 독립을 유지하려 했다는 것이다. 그는 실제로 미국인들을 가까이 하고 그들의 조언에 귀를 기울였으며, 육영공원을 세우는 등 영어교육에 각별한 관심을 기울이기도 했다. 과연 미국이 고종의 독립을 위한 노력에 얼마나 도움을 주었는지는 모르겠으나, '영어＝미국＝권력'이라는 등식이 이때부터 확정된 것은 확실하다.

독립신문 이전에 영어나 미국을 근대적 가치와 연결시키려고 한 또다른 집단은 서재필의 모태라 할 수 있는 '개화파'였다. 갑신정변에서 미국의 직접적인 도움을 얻으려 했던 것은 아니지만, 예를 들어 김옥균이 미국의 사절이나 영어교육에 호의적이었던 것은 분명하며, 미국에 보빙사를 파견하는 일을 적극 추진하는 등 미국 문물과 직접 접촉하려는 의지가 강했던 것 또한 분명하다. 이보다 중요한 것은 갑신정변 후 일본에 망명했던 서재필 등이 미국으로 가서 공부를 함으로써, 기왕의 개화파적 정신에 미국이 구현한다고 여기는 가치를 결합할 기회를 얻게 되었다는 점이다. 여기에서 '근대적 가치＝미국적 가치'라는 등식이 성립되고, 미국을 이상화하는 계기가 생기기 때문이다.

그러나 미국과 독립과 근대적 가치를 대체로 동일시했던 환상은 19세기 말에 정점을 찍은 뒤, 일제의 조선 강점 추진과 가쓰라–태프트 밀약(1905)으로 상징되는 미국의 방관으로 붕괴되고 만다. 그와 더불어 서구적 또는 미국적 근대화라는 환상의 우산 밑에 함께 모여 있던 '영어파' 또한 독립협회 해산이라는 상징적 사건을 계기로 흩어진다. 이완용처럼 친일로 돌아서는 사람이 있는가 하면, 같은 육영공원 출신으로 영국 공사관에 근무하던 이한응처럼 자결을 하는 사람이 생기기도 한다. 또 윤치호는 루스벨트의 일본 침략 옹호에 반발하여 친미에서 반미로 돌아섰다가, 1930년대에는 반미를 일제의 아시아주의와 연결시키며 친일로 돌아선다.

따라서 이때부터 '친미파' 자체는 권력으로부터 멀어진다. 그와 더불어 영어 또한 권력으로부터 멀어져야 마땅할 터인데, 놀랍게도 이 땅에서 영어 학습 열기는 식기는커녕 오히려 뜨겁게 불타오른다. 저자는 그 이유를 미국에 대한 이상화의 유지와 입시 두 가지에서 찾는다. 실제로 일제강점기에도 1930년대 이후 일제가 미국과 전쟁을 벌이던 시기를 제외하면, 근대적 가치와 미래의 번영의 상징이라는 미국의 지위에는 변함이 없었으며, 이는 신소설만이 아니라 이광수의 『무정』(1917)에서도, 또 많은 언론 보도에서 미국 유학이 젊은이의 미래의 이상적 경로로 제시되는 것에서도 확인된다. 일본으로 유학을 가더라도 다수가 영어를 전공하였는데, 예를 들어

1926년에는 일본 유학생 가운데 영어 전공자가 25퍼센트를 차지했다. 미국은 문화적으로도 엄청난 영향력을 행사하여, 1916년부터 1930년대까지 미국 영화의 점유율은 85퍼센트가 넘었다. 저자는 이 점에 주목하면서 이 땅에서 "미국에 대한 친밀감"은 해방 후에 나타난 것이 아니라 이미 고종 때 형성되었고, 이것이 "일제 치하에서도 면면히 이어져 내려오고 있음"을 알 수 있다고 지적한다. 그러나 여기에서는 다른 요인들을 함께 고려할 필요가 있는 듯하다. 미국의 이상화된 지위는 미국이 일제의 조선 강점을 묵인했다는 사실에도 불구하고 크게 흔들리지 않았다는 점, 그리고 미국의 그런 지위 유지를 일제가 우민화 정책과는 관계없이 방해하기는커녕 오히려 조장했다는 느낌까지 든다는 점이다(일본이 미국과 전쟁을 벌이는 강점기 말기는 예외지만). 아무래도 민족과 근대적 가치가 복잡하게 얽히는 이 지점은 더 깊은 연구가 필요한 듯하다.

실제로 저자는 경성제대 입시에 영어 과목이 들어간 것을 이 땅에 영어 공부의 열기가 확산되는 결정적 계기로 지목하고 있는데, 자세한 경위는 안 나와 있지만 이 또한 일제와 관련없이 결정된 것으로 보기는 어려울 것이다. 어쨌든 1920년 대 중반 이후 상급 학교 진학이 입신양명의 새롭고 유일한 출구로 자리잡으면서 입시 과목에서 영어가 중요해졌으며, 상급 학교의 꽃이라고 할 수 있는 경성제대의 입시는 이른바 "입시 산업"을 일으키고 또 그 산업을 좌지우지하게 되었다. 예를 들어 일제강점기 모든 고등보통학교에서 영어를 필수로 가르치게 된 것도 경성제대 입학시험에 영어 과목이 포함되면서부터였다. 영어가 처음 조선에 들어올 무렵 관리로 출세하는 길이 보장되었기 때문에 영어 열풍이 불었던 것처럼, 식민지 조선에서도 영어가 신분 상승의 길목에 있었기 때문에 영어 열풍이 불었다고 저자는 이야기한다.

저자는 한 걸음 나아가, 시험으로 인해 영어 열풍이 불면서 영어교육 또한 시험에서 높은 점수를 얻는 "시험 영어", 즉 의사소통의 수단이라는 기능을 잃어버린 영어가 공교육에서 지배적인 방식으로 자리를 잡았다고 말한다. 실제로 저자는 이 책 전체에서 영어교육과 관련하여 분명한 입장을 견지하는 것으로 보이는데(영어교육과 그 방법에 관한 관심을 되풀이하여 환기하는 것은 이 책의 또하나의 특징이자 장점이다), 그것은 가장 초기에 미국인들이 우리나라에서 영어를 가르치던 방식, 즉 벌리츠의 직접 교수법이 가장 효과적이라는 입장이다. 이것은 원어민이 오직 외국어만 사용하여 외국어를 가르치는 교수 방법이다. 이것이 외국어를 배우는 소규모 집단에서 효율적인 방법이라는 것을 부정할 사람은 많지 않겠지만, 그것이 전체 공교육에서 대규모로 이루어질 때, 또 외국어 학습 이외의 분야로 확산될 때도 가능한가, 또는 최적의 방법인가 하는 것은 더 생각해볼 문제다. 예컨대, 저자도 이야기하지만, 일제강점기 이전에도 영어교육이 배재학당 같은 일반 학교로 확산되면서 바로 조선인 영어 교사가 투입될 수밖에 없었고, 이로 인해 직접 교수법은 실행이 불가능했다. 비단 먼 과거의 예가 아니라도, 어떤 면에서는 직접 교수법의 확장 증보판이라고 할 수 있는 이른바 '영어 몰입 교육'(영어 과목뿐만 아니라 다른 과목들도 영어로 가르치는 교육)이 최근 여러 가지 이유에서 좌초한 것은 이런 교수법이 결코 간단한 문제가 아님을 보여준다. 사실 우리 사회에 그런 식의 대규모 '영어 몰입' 환경이 만들어지지 않는다는 것 자체가 이 사회나 문화가 아직 건강하고 힘이 있다는 증거라는 이야기도 얼마든지 나올 수 있는 것이다.

어쨌든 19세기에 영어가 이 땅에 상륙한 이래 21세기에 이른 이 시점에 영어 학습은 그야말로 '광풍'에 이른 느낌이다. 저자가 인용한 자료에 따르면 2005년 우리나라 영어 사교육비 규모는 연간 십오조원으로, 이는 명목 GDP의 1.9%, 전체

교육 예산의 47.5%에 해당하는 수치다. 이 자체로도 엄청나지만, 이것이 미국 이상화나 시험 영어의 원조라고 할 수 있는 일본과 비교할 때 개인당 7.4배나 높은 규모라는 것은 우리의 근대화가 밟아온 경로를 되짚어보게 하는 중요한 대목이며, 바로 이렇게 되짚어보려 할 때 이 책이 차지하는 자리가 더욱 커 보인다고 할 수 있다. 영어야말로 우리 역사와 밀접하게 결합되었을 뿐 아니라, 현재도 이 땅에서 그 어느 언어보다 권력의 냄새를 짙게 풍기는 매우 정치적인 언어이기 때문이다. 반대로 생각하면, 영어를 심상하게 배울 수 있는 단순한 외국어 수준으로 강등시키는 일이 어떤 의미에서는 나라 전체의 역사적 과제가 되어버린 상황이기 때문이다.

생각하지 않는 갈대

그녀는 지금이나 앞으로나 자신에게 가장 큰 죄는 자신을 속이는 것임을 알게 되었다. 시간이 오래 걸리기는 했지만 그래도 그것을 배웠다. 생각하라 ― 아니면 다른 사람이 너 대신 생각하고 너에게서 힘을 빼앗아가며, 너의 타고난 취향을 왜곡하고 다스리며, 너를 교화하고 소독할 수밖에 없다.

　　　　　　　―스콧 피츠제럴드, 『밤은 부드러워라 *Tender is the Night*』

파스칼의 "인간은 생각하는 갈대"라는 말은 위험해 보인다. 마치 인간이란 당연히 생각을 할 수밖에 없는 존재라고 말하는 것처럼 들리기 때문이다. 17세기 파스칼 시대 사람들은 어땠는지 몰라도, 현대인에게는 차라리 "인간은 (생각을 할 수는 있으나) 생각하지 않는 갈대"라고 하는 묘사가 더 어울리지 않을까.

가령 홍상수 감독의 〈극장전〉(2005)에서 주인공 동수는 맨 마지막에 독백을 한다. "이젠 생각을 해야겠다…… 생각을 더 해야 돼, 생각만이 나를 살릴 수 있어……" 동수가 왜 이런 말을 하는지는 그야말로 생각해봐야 할 문제지만, 어쨌든 동수에게 생각은 늘 당연히 이루어지고 있는 것이 아니라 스스로 다짐을 해야만 할 수 있는 어떤 것이다.

『밤은 부드러워라』의 여주인공 니콜에게도 생각은 자신에게 명령해야만 하는 일이다. "생각해라." 그런데 니콜에게는 여기에 한마디가 더 붙는다. "아니면 다른 사람이 너 대신 생각한다." 내가 생각을 하지 않으면 생각이 중단되거나 사라지는 것이 아니다. 남이 대신 생각해주게 된다. 생각하지 않는 것은 텅 빈 상태가 아니라 남의 생각으로 꽉 차 있는 상태다.

여기에서 두 가지 깨달음이 이어진다. 하나는 남이 나 대신 생각해주면 그 생각이 나를 지배하고 나를 길들이게 된다는 것이다. 니콜은 부부관계에서 이런 깨달음을 얻지만, 이것이 권력과 정치의 문제이기도 하다는 것은 두말할 필요가 없다.

또 한 가지 깨달음은, 머릿속이 꽉 차 있으니까 나는 생각을 하고 있다고, 남의 생각이 내 생각이라고 착각을 한다는 것이다. 결국 자신을 속이는 것인데, 니콜이 보기에 이것이야말로 가장 큰 죄다. 파스칼의 말이 위험한 것은 그의 말을 액면대로 받아들일 경우 자칫 이 죄가 눈에 들어오지 않을 수도 있기 때문이다.

하지만 스스로 생각을 하는 것 또한 위험하다면 위험하다. 생각할 수 있는 잠재력이 있는 한, 어차피 사람에게 안전한 길은 없다. 니콜의 깨달음도 결국 그녀 대신 생각을 해주던 남편과 헤어지겠다는 결심으로 이어진다. 생각을 하지 않던 사람이 생각을 하게 되면, 영혼이 없던 존재가 영혼을 가지게 되면, 좁게는 사적인 관계, 넓게는 공적인 관계에 변화가 생긴다. 기존의 관계를 고수하고 싶은 사람에게 이 변화는 위험해 보인다. 대신 생각해주는 것을 시혜로 여기는 사람에게는 배신으로 보일 수도 있다. 그럼에도 니콜은 성장과 변화의 길을 택하고, 마치 그녀를 염두에 둔 듯 존 업다이크는 말한다. "성장은 배반이다. 다른 길은 없다. 어딘가를 떠나지 않고는 어디에도 도달할 수 없다."(『돌아온 토끼』)

소설이 국경을 건너는 방법
ⓒ 정영목 2018

1판 1쇄 2018년 6월 1일
1판 2쇄 2018년 7월 20일

지은이 정영목
펴낸이 염현숙
기획·책임편집 강윤정 | 편집 김봉곤 김영수 황예인
디자인 김이정 이주영 | 마케팅 정민호 박보람 나해진 우상욱
홍보 김희숙 김상만 이천희
제작 강신은 김동욱 임현식 | 제작처 한영문화사

펴낸곳 (주)문학동네
출판등록 1993년 10월 22일 제406-2003-000045호
주소 10881 경기도 파주시 회동길 210
전자우편 editor@munhak.com | 대표전화 031) 955-8888 | 팩스 031) 955-8855
문의전화 031) 955-3576(마케팅) 031) 955-2678(편집)
문학동네카페 http://cafe.naver.com/mhdn | 트위터 @munhakdongne
북클럽문학동네 http://bookclubmunhak.com

ISBN 978-89-546-5135-6 03810

www.munhak.com